Harald Irnberger

Geil

Kriminalroman

grafit

Der Autor:

Harald Irnberger, geb. 1949 in Kärnten, ist seit dem 18. Lebensjahr journalistisch und literarisch tätig. Er veröffentlicht u. a. in »Zeit-Magazin«, »Merian«, »Playboy«, »Focus«, »Der Spiegel«, »Geo« und »stern«.

Über das bereits 1990 erschienene *Richtfest* urteilte Elfriede Jelinek: »Ein bösartig-komisches Buch über die Machtverhältnisse im unschönen Wien, wo die Leute, die es sich richten können, keinen Richter mehr brauchen. Irnbergers große Qualität besteht darin, daß er weiß, worüber er schreibt. Und die Leute, von denen sein Buch handelt, kennt er auch noch persönlich. So ist er unschlagbar.«

Problemlos läßt sich dieses Urteil auf den zweiten Kriminalroman *Stimmbruch* (1994) und den nun vorliegenden dritten übertragen.

Zusammen mit Ingrit Seibert schrieb Harald Irnberger die Reise-Reportage *Der Admiral in seinem Labyrinth*, die den Entdeckungsfahrten des Christoph Kolombus gewidmet ist.

Alle Titel erschienen bei GRAFIT.

Postfach 300240, D-44232 Dortmund

Umschlagfoto: Archiv
Satz: HEVO GmbH, Dortmund
Druck und Bindearbeiten: Fuldaer Verlagsanstalt
ISBN 3-89425-055-0
1. 2. 3./97 96 95

1.

Die Lage war nicht neu, doch dieses Mal so dramatisch wie noch nie: Victor Hugo Praxmarer war pleite. Als er vorhin am Würstelstand am Naschmarkt ein Burenhäutl gegessen hatte, war sein letzter Zwanziger draufgegangen.

Derlei Tiefs konnten seine Überzeugung nicht erschüttern, daß er den großen Durchbruch als Schauspieler noch vor sich hatte. Zwar lag die Zeit, da Praxmarer in diversen fortschrittlichen Ensembles als versierter Brecht-Darsteller galt, nun schon etliche Jahre zurück und eine große klassische Rolle war ihm seither nicht einmal in einem der Wiener Kellertheater anvertraut worden. Gleichwohl fühlte sich der Mime immer deutlicher zum Shakespeare-Interpreten heranreifen. Und irgendwann, daran bestand für ihn kein Zweifel, würde das selbst einem dieser Ignoranten von Theaterdirektoren aufgehen.

Vorerst mußte Praxmarer allerdings mit der aktuellen Situation fertig werden. Sein Anspruch auf Arbeitslosengeld war jüngst abgelaufen und weit und breit nicht das kleinste Engagement in Sicht. Er hatte in den letzten Wochen alle Kleinbühnen und Kellertheater der Stadt abgeklappert, die in Praxmarers nun bald zwanzigjähriger Bühnenlaufbahn die Stätten seiner vorderhand etwas unbefriedigend verlaufenen Karriere gewesen waren. Doch keiner der dem Mimen allesamt wohlbekannten Theaterleiter hatte ihm einen neuen Job auch nur vage in Aussicht gestellt.

Lauter Westentaschen-Napoleons waren das, diese aufgeblasenen Ensemble-Vorturner: Ebenso arrogant wie unfähig – künstlerische Nieten, die sich mit noch unfähigeren Speichelleckern und Arschkriechern umgaben. Haspel, Gratzer, Meyer, Welunschek und wie sie alle hießen, diese Subventionsverschleuderer: Praxmarer haßte diese Leute durch die Bank zutiefst. Doch das konnte er ihnen natürlich nicht ins Gesicht sagen. Er war ihnen auf Gedeih und Verderb ausgeliefert. An die leitenden Fuzzies der von ihm noch mehr verabscheuten Logentheater kam er ja erst gar nicht heran. Einmal abgesehen davon, daß sich Praxmarer seinerzeit, in der Hochblüte der Versuche einer Revolutionierung auch des bürgerlichen Amüsierbetriebes Theater – »Schafft drei, vier, viele Vietnams!« hatte die zündende, von einer neuen Schauspielergeneration durchaus auf ihr berufliches Wirken bezogene Losung gelautet -, geschworen hatte, niemals in einem dieser bis in die Grundfesten verrotteten Häuser vorzusprechen.

Zwar waren die Zeiten inzwischen andere und auf die spontane revolutionäre Aktion war der lange Marsch durch die Institutionen gefolgt, was bedeutete, daß man im Hinblick auf strategische Langfristperspektiven durchaus kurzfristige taktische Kompromisse eingehen konnte. Trotzdem war es Praxmarer nie gelungen, auch nur die kleinste Rolle am Volkstheater oder an der Josefstadt zu ergattern. Vom Burgtheater gar nicht zu reden. Doch dort herrschte seit jeher allerschlimmste künstlerische Korruption und Freunderlwirtschaft. »Du Burgschauspieler!« war die schlimmste Beschimpfung, die Praxmarer einem Kollegen an den Kopf werfen konnte. Alle Hoffnungen, die er kurzzeitig und stillschweigend in den neuen, vom eingesessenen Wiener Theaterestablishment von allem Anfang an heftig angefeindeten Burgtheater-Direktor gesetzt hatte, waren bald schmerzlicher Ernüchterung gewichten. Dieser Mann fand es nicht der Mühe wert, sich an seinem neuen Wirkungsort nach den wahrhaft großen, bisher durch die Verschwörung der örtlichen Theaterlemuren verhinderten Begabungen umzusehen, sondern importierte lediglich Heere von ihm bedingungslos ergebenen Schranzen und Schmeichlern.

Nein, auch auf Peymann konnte Praxmarer nicht setzen, in dem Punkt gab er sich keinerlei Illusionen mehr hin. Dem war es in seinem grenzenlosen Zynismus sogar zuzutrauen, daß er Leute wie Bleimüller an die

Burg holte – und sei es bloß, um den deutschen Großkritikern besonders eindringlich vorzuführen, welch erbärmliche Schauspieler die Wiener Publikumslieblinge seien.

Nun, mit diesem Ernstfall mußte er vorderhand noch nicht rechnen, beruhigte sich Praxmarer. Der unsägliche Bleimüller, der ihm immer wieder vorgezogen wurde, war zwar ein lispelnder Schreihals und schamloser Gesichterschneider. Publikumsliebling war er indes keiner. Der mußte froh sein, in dem zur postmodernen Theaterbedürfnisanstalt verkommenen Schauspielhaus ab und an als Kleindarsteller wirken zu dürfen. Praxmarer schauderte beim Gedanken, für derlei Wurzenspielerei Gratzer in den Arsch kriechen zu müssen. Womöglich sogar buchstäblich. Doch Bleimüller war ja offenkundig genau der Typ dafür – und dann spielte er sich noch dazu mächtig auf. Erst vorgestern hatte er im *Café Museum* über drei Tische hinweg Praxmarer leutselig angeboten, dessen Auto zu kaufen: »Wenn dir das Geld ausgehen sollte und du in Schwierigkeiten steckst, lasse mich das wissen!« hatte Bleimüller großsprecherisch verkündet und dabei eine Lautstärke angeschlagen, daß jeder der Anwesenden sein Angebot hören konnte.

Praxmarers Kleinwagen war zwar schon ziemlich alt und reichlich angerostet. Doch er war immerhin noch fahrtauglich. Und er war der einzige Vermögenswert, den er besaß. Gewissermaßen war der Wagen ein Symbol seiner Unabhängigkeit. Sollte dies etwa die Ursache des unzüchtigen Angebots gewesen sein? Während er die Linke Wienzeile hinunterschlenderte, ertappte sich Praxmarer bei der Überlegung, wieviel er Bleimüller für das Wrack wohl abnehmen könnte.

In dem Moment wurden des Tragöden düstere Gedanken von einem großformatigen Foto abgelenkt, das im Schaukasten neben dem Eingang zu einem Nachtlokal ausgehängt war: Ein in einer höchst unkonventionellen Stellung kopulierendes Paar war darauf zu sehen. Praxmarer trat näher, um die Schweinerei im Detail zu betrachten. Just da kam ein korpulenter Mann aus dem Nachtclub, schloß den Schaukasten auf und entfernte das bewußte Foto.

»He, warum gerade dieses?« protestierte Praxmarer.

»Bedaure, der Herr«, antwortete der Korpulente und schlug dabei den servilen Tonfall an, den in Wien kleine Geschäftsleute im Umgang mit potentieller Kundschaft zu verwenden pflegen, »der Hauptdarsteller hat sich gestern nacht bei der Vorstellung erheblich verletzt – mia müssen diese Nummer leider aus dem Programm nehmen.«

Ohne sich dessen gleich bewußt zu sein, war Praxmarer mit einem Mal höchst interessiert. »Besetzungsprobleme?« fragte er mit lauerndem Unterton.

Nun begann ihn der Korpulente aufmerksam zu mustern. Alle Servilität wich aus seiner Stimme: »Se san wohl a Schauspieler, ha?« fragte er.

»Ah, Sie kennen mich?«

»Ned persönlich – aber Ihnaren Typ kenn i. Sie miassen wissen, i war nämlich Bühnentechniker am Volkstheater. Und den Typ kenn i seit damals ganz genau – arbeitsloser Schauspieler.«

»Im Moment durch Zufall frei«, korrigierte Praxmarer.

»Vermutlich hat der Peymann gegen Sie intrigiert?«

Praxmarer war nicht in der Verfassung, den Sarkasmus wahrzunehmen, der in dieser Frage lag. »Nein, Klingenberg«, antwortete er mit der ihm geboten erscheinenden Ernsthaftigkeit. Er vermied es hinzuzufügen, an welchen Klingenberg er dabei dachte. Er hielt sich in dem Moment allein schon deshalb für gerissen, weil es ihm – entgegen seines spontanen Impetus – gelungen war, den unsäglichen Bleimüller nicht einmal zu erwähnen. Sich gegenüber des schmierigen Kerls, mit dem er gerade sprach, ausgerechnet auf Bleimüller hinauszureden, wäre ein unverzeihlicher Fauxpas gewesen. Praxmarer verschwendete aber keinen weiteren

Gedanken an dieses Thema, weil er jetzt mit sich über die Frage ins Gericht ging, ob es statthaft sei, sich an derlei Häuser engagieren zu lassen.

Bühne ist Bühne, entschied er nach kurzem Prozeß – und für einen wirklich großen Menschendarsteller konnte jegliche Bühnenerfahrung nur hilfreich sein. »Wer ist hier der Chef?« wandte sich Praxmarer an den Korpulenten.

Der blies sich zu seiner vollen Körpergröße auf: »Des bin i! Herr Grubicek mein Name – künstlerischer, technischer und kaufmännischer Direktor des erotisch-exotischen Varieté-Theaters *Ding Dong*, vor dem was wir sich soeben befinden. Wenn Sie vorsprechen wollen, dann folgen Sie mir in mein Büro.«

Ohne sich umzusehen, eilte Grubicek davon. Praxmarer folgte ihm wie von einer unsichtbaren Macht gezwungen. Man könne sich die Sache ja einmal anhören, dachte er.

Nachdem sie einen plüschigen Zuschauerraum durchquert hatten, in welchem es nach kaltem Zigarettenrauch und verschüttetem Alkohol roch, sowie einen engen Flur entlanggeeilt waren, schloß der Direktor des Etablissements die Tür zu der neben den Toiletten gelegenen Kammer auf. Dort setzte sich Grubicek hinter einen mit Papierkram vollgeräumten Schreibtisch und bot Praxmarer mit einer Handbewegung den zweiten Stuhl an.

»Alsdann, damit des gleich klar is«, eröffnete er im Befehlston die Verhandlung, »mia san ein seriöses Haus, des was seinen Gästen nix vorgaukelt: kane faulen Tricks, kane Fisematenten – hier wird ordentlich gepudert und des in einem exotischen Stil auf allerhöchstem künsterlischen Niveau. Verstehn's? Bühnenerfahrung haben's ja, wie Sie behaupten – und pudern werden's doch wohl no können?«

»Dankschreiben aus aller Welt«, warf Praxmarer ein und versuchte dabei, sich möglichst blasiert zu geben. Er fand es angebracht, nun ein wenig den Künstler hervorzukehren, der gebeten werden will. Des weiteren war er überzeugt, mit der eben abgegebenen Erklärung nur unwesentlich übertrieben zu haben. Jedenfalls hatte es ihm gegenüber in dieser Angelegenheit nur selten nennenswerte Reklamationen gegeben.

Mehr noch: Laut einem seit etlicher Zeit beständig kursierenden Gerücht hatte offenbar eine von Praxmarer zufriedenstellend bediente Zufallsgefährtin in der Damentoilette des in Aufrißangelegenheiten bedeutendsten Wiener Innenstadtwirtshauses mit Lippenstift an den Rand eines Spiegels für alle hier verkehrenden Interessentinnen die Mitteilung hinterlassen: *STEIL GEIL: VICKERL – 65 24 737.*

Das war tatsächlich Praxmarers Telefonnummer. Zwar hatte er noch keinen sich direkt auf diese Werbebotschaft beziehenden Anruf erhalten, doch am Tresen dieses Lokales derart viele Anbahnungsmanöver erfolgreich abwickeln können, daß er von der Existenz der Häusel-Losung in dem ihm nicht zugänglichen Teil dieser Gaststätte überzeugt war.

Erst jüngst wieder war er dort von einer ihm bis dahin völlig unbekannten Dame in deren Behausung mitgenommen worden, wo sie es sich angelegen sein ließ, kniend von hinten begattet zu werden. Während Praxmarer gerade mit gebührender Hingabe zu Werke ging, hörte er sie mit einem Mal fragen: »Kennst du den Witz vom Jesus im Puff?«

»Nein, erzähl«, forderte er seine neue Bekannte umständehalber etwas kurzatmig auf.

»Alsdann, der Jesus hört vom Betriebsrat im Himmel, daß dort jedem nach zweitausend Jahr zwei Tag Erdenurlaub zustehen. Natürlich beantragt er gleich so einen Urlaub und kommt nach Wien. Weil aber zwei Tag sehr wenig sind und er keine Zeit verlieren will, geht er gleich ins Puff. Er denkt sich nämlich, wenn da schon der Erzbischof seine Lustknaben hat, wird man doch wohl noch gegen ehrliche Bezahlung vögeln dürfen. Aber natürlich will er ned, daß des bekannt wird, deshalb sagt er zur Dame: 'Gnädigste, ich zahl den doppelten Tarif, aber dafür dürfen Sie mich nicht fragen, wer ich bin und woher ich komm.' 'Keine Sorg, Burscherl', sagt sie, 'des interessiert mich überhaupt nicht.' Also, die beiden gehen auf's Zimmer, und der Jesus holt nach, was er die letzten zweitausend Jahr versäumt hat. Wie er fertig ist, sagt die Hur zu ihm: 'Horch, Hawerer, i frag dich ned, woher du kommst und wer du bist, aber eines muß i dir wirklich sagen: Pudern tust wie ein junger Gott!«

Praxmarer hatte sich durch diese Pointe naturgemäß geschmeichelt gefühlt und aus purer Dankbarkeit gleichfalls einen blöden Witz erzählen wollen – unter den gegebenen Umständen hielt er sogar einen saublöden für angebracht. »Ausgezeichnet!« keuchte er – weil noch immer voll im Zustand der Verrichtung – »Da muß ich dir einen anderen erzählen. Kennst du den Witz von der Frau mit dem Pferdearsch?«

Weiter war er nicht gekommen. Seine Gefährtin hatte sich jäh umgedreht und ihm eine Ohrfeige gegeben. Das hatte indes nur mit der von Praxmarer nicht hinreichend beachteten spezifisch weiblichen Form der Rezeption von Witzen zu tun gehabt und überhaupt nichts mit seiner Vorstellung als solcher, weshalb er weiterhin mit Fug und Recht behaupten konnte, daß seine einschlägigen Bemühungen noch nie Anlaß zu nennenswerten Reklamationen gegeben hatten.

Genau betrachtet, so schien es ihm nun, war sein ganzes bisheriges Leben auf das sich eben anbahnende Intermezzo zugelaufen. Das hatte schon während seiner Schulzeit begonnen, die er in einer Kleinstadt im Tirolischen zubrachte. Erstmals war er da mit Zwölf auffällig geworden, als seine Klasse einen Aufsatz zum Thema schreiben sollte: *Was ich mir wünschen würde, wenn ich mir etwas wünschen dürfte*. Alle Mitschüler hatten auf vielen handgeschriebenen Seiten alles Wahre, Gute und Schöne herbeizitiert, dessen ihre kindliche Vorstellungskraft habhaft werden konnte. Praxmarer hingegen beschränkte seine Kundgebung auf einen einzigen Aussagesatz: *Eine Tarnkappe, damit ich die Konditorei ausrauben kann.*

Die Folge war ein dreifach unterstrichenes Nichtgenügend samt der Bewertung »Thema verfehlt!« gewesen, woraus Praxmarer indes nichts gelernt hatte. Als ein Jahr später das Aufsatzthema gestellt wurde: *Was ich einmal werden will*, kreuzten seine Klassenkameraden von Astronaut bis Lokomotivführer mannigfaltig begründet mit allen mehr oder weniger realistischen Berufswünschen auf, die ein regelmäßiges, gesichertes Einkommen sowie eine wohldotierte Altersversorgung versprachen. Praxmarer hingegen ließ sich wiederum zu nur einem einzigen Satz hinreißen, der für langanhaltende Aufregung im gesamten Lehrkörper sorgte: *Frei praktizierender Erotomane im alpenländischen Raum.*

Im Lehrerzimmer hatte es daraufhin tiefschürfende Erörterungen zur Frage gegeben, inwieweit dieser Schüler Praxmarer Viktor die Bedeutung des Wortes Erotomane bereits zu erfassen in der Lage sei. Einer etwas naiven Junglehrerin, die im Hinblick auf die fehlerlos hingeschriebenen Worte »frei praktizierend«, sowie »alpenländischer Raum« gemeint hatte, den verblüffenden Wortschatz dieses Kindes würdigen zu müssen, waren disziplinäre Maßnahmen angedroht worden.

Letztendlich hatte sich der Schuldirektor dazu entschlossen, allfälligen Problemen mit der übergeordneten Schulbehörde vorzubeugen und die Angelegenheit stillschweigend versickern zu lassen. Eine weitblickende Entscheidung, wie es vorderhand schien, denn Praxmarer Viktor trat bald darauf ganz unspektakulär eine Kaufmannsgehilfenlehre bei der örtlichen Julius Meinl-Filiale an und wurde erst Jahre später rückfällig, indem er ohne gesicherte Existenz in die weit entfernte Bundeshauptstadt übersiedelte, sich Victor Hugo Praxmarer zu nennen begann sowie auf dem zweiten Bildungsweg die Ausübung der Schauspielkunst zu erlernen trachtete.

Inzwischen war die Zeit der weltweiten Studentenrevolten angebrochen, die nicht einmal vor den Theatern, ja nicht einmal vor Wien halt machten. Angehende Bühnenkünstler mit proletarischem Hintergrund waren mit einem Mal gefragt, und obwohl der Verkauf von Feinkostartikeln in einer Julius Meinl-Niederlassung, genau betrachtet, nicht eben als Gipfel plebejischen Schaffens gelten konnte, nahm Praxmarer damals eine Sonderstellung inmitten aller der Bürgerkinder ein, die brav maturiert und danach das Reinhardt-Seminar oder das Salzburger Mozarteum absolviert hatten. Die mochten ihm zwar an Sprechtechnik und derlei bourgeoisen Verschmocktheiten überlegen sein, doch sie brachten nie und nimmer auf die Bühne, was ideologisch gefestigte Kritiker am jungen Praxmarer als »proletarische Urwüchsigkeit« rühmten.

Kurzum, seine Anfangserfolge hielten sich zwar in den Grenzen der Kellertheater und sonstiger Refugien fortschrittlicher Kulturarbeit, doch sie waren ausreichend, um ihm eine nicht unerhebliche Anzahl von Verehrerinnen zuzuführen, die ihn zumindest als akzeptable Durchgangsstation auf dem Weg zur klassenlosen Gesellschaft sexuell befreiter Menschen sahen.

Für Praxmarer boten sich also mannigfache Möglichkeiten zur Entwicklung zum facettenreichen Spaßvögler. Auch als seine Bühnenkarriere stetig und beharrlich einzuknicken begann, konnte er wenigstens in dem Punkt den Erfolgskurs halten. Handelte es sich doch hierbei um das einzige Vergnügen, das er sich selbst in Zeiten dramatischer finanzieller Engpässe leisten konnte, und da es im Umfeld der Wiener Theaterszene weiterhin nicht wenige Frauen gab, die das alles so ähnlich sahen, war er über die Jahre in der Tat einigermaßen herumgekommen und hatte dabei die unterschiedlichsten Leute kennengelernt. Für Praxmarer schien es somit eine durchaus nachvollziehbare Laune der Vorsehung zu sein, daß er ausgerechnet in der finanziell verzweifeltsten Stunde seines Daseins einem Mann wie Grubicek in die Hände gelaufen war.

»Wie sieht die Sache gagenmäßig aus?« lenkte der künftige Hauptdarsteller das Gespräch forsch auf den ihm gegenwärtig wichtigsten Punkt.

»Bei drei Auftritten pro Vorstellung fünfhundert Schilling«, antwortete der Direktor ohne erkennbare Gefühlsregung.

»Pro Auftritt?«

»Pro Vorstellung.«

»Pro Hauptdarsteller?«

»Pro Ensemble.«

»Also zweihundertfünfzig«, resümierte Praxmarer mit einem Anflug von Fatalismus in der Stimme. Er glaubte sich erinnern zu können, daß sogar der geizige Meyer damals am Künstlerhaustheater zumindest nicht weniger bezahlt hatte. Doch er war im Moment nicht in der Lage, ein Engagement an finanziellen Gegensätzen scheitern zu lassen. »Also gut«, sagte er, »wie legen wir es an?«

»No, ganz einfach, mia machen jetzt gleich eine Probe, und nacher tu ich entscheiden, ob Sie engagiert san«, beschied ihn der Direktor. »Sie ham ein Glück, Ihnare Partnerin is nämlich grad da, weil i umständehalber mit ihr eine Solo-Nummer einstudieren hab wollen.« Er erhob sich von seinem Stuhl: »Und damit's es gleich wissen: Einen Hänger können Sie Ihnen vielleicht am Burgtheater leisten – aber bei mir do ned, is des klar!«

Grubicek setzte sich in Bewegung: »Und jetzt folgen Sie mir in die Garderobe.«

2.

Praxmarer konnte sich später nicht mehr exakt erinnern, was er zuerst wahrgenommen hatte: den stechenden Schmerz an den Trommelfellen, den die Detonation auslöste; die mit einem jähen Knall zersplitternden Fensterscheiben seiner Wohnung; den grellen Lichtstrahl, der für einen Bruchteil von Sekunden die noch vom Vormittagsnebel eingehüllte Gasse erhellte; den penetranten Gestank von verbranntem Gummi, der sich mit einem Mal ausbreitete; den ätzenden Rauch, der seine Tränendrüsen reizte – oder aber das stetig anschwellende hysterische Geschrei von Nachbarn und Passanten. Als er seine Sinne endlich wieder so weit geordnet hatte, um benommen aus dem Fenster sehen zu können, sah er jedenfalls da unten am Fahrbahnrand, wo er letzte Nacht seinen Skoda geparkt hatte – ein letztes Mal, das war ihm dabei wohl bewußt gewesen – einen kleinen Krater, in dem Flammen loderten und aus dem Rauch aufstieg. Rundum herrschte ein unbeschreibliches Chaos. Gleichwohl vernahm Praxmarer ganz deutlich die schrille Stimme der älteren Frau, die in diesem Haus ebenerdig wohnte: »Jessas na! Des müssen die Zigeuner sein! Jetzt is des G'sindel auch schon bei uns im sechsten Hieb! Um Gott's willen, und i hob mei Wäsch in Lichthof draussen hängen!«

»Was machen's denn so ein Bahöl, warum sollen des ausgerechnet die Zigeuner sein?« war als nächstes die brummige Stimme des Hausbesorgers zu hören.

»Na eh klar – ham's des ned g'lesen in der Zeitung: die sprengen jetzt ja überall herum, die Zigeuner! Erst neulich im Burgenland ...«

»Blödsinn«, wurde die Ebenerdige vom Hausmeister barsch unterbrochen, »des is genau umgekehrt: Die Zigeuner ham's dort unten in die Luft g'sprengt!«

»Was Sie ned sagen? Die Welt is wirklich schon total verkehrt!«

Das sei absolute Profi-Arbeit gewesen, hatten die Experten der Polizei später einhellig festgestellt. Die Täter könnten jedenfalls nicht aus den Kreisen irgendwelcher chaotischer Terroristen stammen. Dieser Anschlag lasse alle Anzeichen von straffer Organisation erkennen. Und von solidem Fachwissen.

Natürlich hatte sich Praxmarer dazu mit keinem Wort geäußert, doch für ihn war in dem Moment klar gewesen, daß Al Khafadschy als Urheber des Attentats ausschied. Der war zwar nicht eben ein Chaot im landläufigen Sinn, und die Qualifizierung als Terrorist hätte er gewiß als Beleidigung aufgefaßt. Doch Profi-Arbeit bei der Installierung und Zündung einer Autobombe? Nein, die traute Praxmarer diesem kleinen, eher rundlichen Mann mit dem wehmütigen Blick gewiß nicht zu. Al Khafadschy hatte etwas von der bodenständigen Art des ländlichen Menschen an sich. Nicht eben ein Bauer, das konnte man nicht behaupten, was wiederum nicht nur an den tadellosen Anzügen lag, die dieser Mann seiner beruflichen Stellung entsprechend stets trug. Seine ländliche Herkunft blieb trotzdem unverkennbar. Vermutlich war sein Vater ein Dorfschulze oder dergleichen in einem der weltabgewandten Nester zwischen Euphrat und Tigris gewesen, dem es selbst unter den erschwerenden Bedingungen von ziemlich radikal wechselnden Herrschaftsverhältnissen stets gelungen war, der jeweils neuen Staatsmacht derart loyal zu dienen, daß sein Sohn die Gelegenheit erhielt, eine höhere Schule zu besuchen, und anschließend sogar zum Studium ins Ausland geschickt worden war.

Er habe in der DDR Demographie studiert, hatte ihm Dr. Abdolhassan Al Khafadschy bereits bei einem ihrer allerersten Gespräche erzählt und in seiner eigentümlichen Sprechweise, in der er die kehlige Deklination der Araber mit dem einzigartigen Tonfall der Sachsen verband, hinzugefügt: »Das ist die Wissenschaft von der Beschreibung sozialer und ökonomischer Erscheinungen in einer Bevölkerung – die Bevölkerungswissenschaft also in gewisser Weise.«

Praxmarer hatte spontan gefunden, dieser Studienort und Studiengang paßten hundertprozentig zu diesem behäbigen, ein wenig umständlichen, jedenfalls durch und durch bieder wirkenden Mann, der ihm in der Position eines Diplomaten reichlich deplaziert erschien. Doch vielleicht lag gerade darin der prägende Lebenswiderspruch von Al Khafadschy: Im Zwang zur Deplaziertheit, der ihn stets in Funktionen und an Orten auftreten ließ, die für ihn absolut unpassend waren. Genau an einem solchen Ort hatte ja ihre Bekanntschaft begonnen.

Das lag nun alles schon ein wenig zurück, für Praxmarer blieb es indes umständehalber unvergeßlich. Er erinnerte sich an jedes Detail seiner Erlebnisse jenes Tages, an dem er in Grubiceks Etablissement geraten war – an das kaltherzig abgewickelte Einstellungsgespräch, auf das hin ihn sein neuer Chef in eine Kammer geführt hatte, die noch kleiner und verrotteter war als das Büro des Direktors. Auf dem einzigen Stuhl, der sich in diesem Raum befand, saß vor einem nahezu blinden Schminkspiegel eine Asiatin – Thailänderin vermutlich, dachte Praxmarer.

Grubicek deutete auf ihn: »Das vielleicht dein neuer Partner. Du jetzt mit ihm probieren, ob kann!«

Die Dunkelhäutige musterte Praxmarer ungeniert.

»Sehr erfreut«, murmelte er, streckte ihr zögerlich die Hand entgegen und entschied, daß seiner neuen Kollegin gegenüber wie am Theater üblich das Kollegen-Du angebracht sei. Nun glaubte er, auf ihren Zügen ein höfliches Lächeln zu erkennen. Dazu verbeugte sie sich leicht.

»Sie miassen keine Angst ned haben«, hörte er während dessen Grubicek polternd vortragen, »weil der Asiate is nämlich an sich ein eher reinlicher Mensch, und wos des Mensch do angeht, kümmer i mi höchstpersönlich drum, daß' sauber bleibt. Alsdann, des da is Ihna Kostüm. Ziagn's Ihna des an, und kommen's nachern auf die Bühne – oba dalli, dalli!« beschied ihn der

Direktor und überreichte Praxmarer dabei ein Mini-Textil – eine Kombination von Lendenschurz und Hodenschutz, seitlich mit jeweils zwei Bändern versehen, die offenbar an den Hüften zu verknoten waren.

Nachdem er sich dieses Kostüm angezogen hatte, musterte der Mime im Spiegel das Profil seines Körpers – gut, da war etwas Bauchansatz, doch das würde er vermittels raffinierter Atemtechnik kaschieren können. Mehr Sorgen bereitete Praxmarer das Zentrum seiner Männlichkeit. Das Gewölbe, das sich unter dem Mini-Textil abzeichnete, war selbst von einem wohlgesonnenen Betrachter im besten Fall kümmerlich zu nennen.

»Im ungünstigsten Moment, naturgemäß«, murmelte der Schauspieler und war sich dabei des Umstandes bewußt, daß er aus dem Werk eines zeitgenössischen Klassikers zitierte, dessen Dramen indes bislang in dieser Stadt bedauerlicherweise stets ohne die Mitwirkung von Victor Hugo Praxmarer aufgeführt worden waren. Doch das war im Augenblick nicht sein dringendstes Problem. Ein hektischer Versuch, seine Männlichkeit eigenhändig in eine präsentable Form zu bringen, zeitigte nur geringfügige, vor allem aber keineswegs anhaltende Wirkung. Im Gegenteil, das Ding schien sich immer weiter in seinen ansonsten auf seine Lendengewaltigkeit so stolzen Besitzer zurückzuziehen.

Nun, dann werde er sich eben auf die Kunstfertigkeit seiner Partnerin verlassen müssen, dachte Praxmarer pragmatisch und begab sich zur Bühne, die mehr ein größeres, mit bunten Glühbirnen eingefaßtes Nudelbrett war. Die Asiatin erwartete ihn dort bereits. Sie trug ein nietenbesetztes Lederkostüm.

Grubicek war ebenfalls schon da und machte sich an einem Tonbandgerät zu schaffen. »Alsdann, kenna' ma endlich anfangen?« empfing er seinen neuen Hauptdarsteller. »Ich tu Ihnen jetzt den Ablauf erklären: Sobald was die Musik einsetzt, treten Sie von da hinten auf – rhythmische Bewegungen, wenn ich bitten derf! Sie werden ja hoffentlich wissen, wos es so an ausdrucksstarkem Vorspielzeug gibt, ned wahr. Dazu tun Sie die Kleine aus ihrer Wäsche schälen – ned zu schnell und ned zu langsam, ham's des begriffen, ja? Beim ersten Bläsereinsatz geht's nachern los – da schaun's her, mia fangen mit dera Stellung do an.«

Der Direktor hielt ihm ein aufgeschlagenes Buch unter die Nase. *Exotische Liebesspiele* hatte Praxmarer zuvor auf dem Umschlag lesen können. Das Foto, das er nun betrachtete, nötigte ihm Respekt vor den auf ihn zukommenden Aufgaben ab.

Grubicek blätterte bereits weiter: »Mia setzen nochan fort mit sechs, gengan über auf neun, elf, zwölf, vierzehn und fünfazwanzig und setzen als Finale zwaradreißig und fünfavierzig drauf.« Der Direktor blätterte die mit der jeweils genannten Nummer versehenen Fotos auf, die eine Asiatin und einen blondgelockten Mann beim Vollzug akrobatisch anspruchsvoller Geschlechtsverkehre zeigten.

Praxmarer dämmerte, daß er sich da womöglich etwas zu unbedacht auf eine Sache mit ungewissem Ausgang einzulassen im Begriffe war. Eigentlich, fand er, sollte er sich die ganze Angelegenheit noch einmal in Ruhe überlegen. »Und das soll ich mir jetzt alles auf der Stelle merken?« warf er ein. »Da brauche ich doch etwas Zeit zum Rollenstudium, damit ich dann gelernt auf die Probe kommen kann.«

»Geh, Pepperl, plausch ned«, schmetterte Grubicek diesen Aussteigeversuch souverän ab. »Sie miassen Ihnen des nur ungefähr einprägen. In da Bühnenrealität is vieles Stegreifspiel – es kommt auf die gefühlvolle Improvisation an, wia ma so sogt. Und die Kleine da kennt des Programm aus dem Effeff. Sie wird Ihnen scho immer in die richtige Position rücken.«

Mit diesen Worten nahm der Direktor neben dem Tonbandgerät Platz und klatschte auffordernd in die Hände: »Los, fangan mia an!« Er drückte auf die Start-Taste, und aus den Lautsprechern erklangen die ersten Takte von Maurice Ravels *Bolero*.

Einige Wochen später, als die machtvolle Detonation die Barnabittengasse in Wien VI. erschütterte und selbst in der im fünften Stockwerk – »Sechster Hieb, fünfter Stock«, hatte Praxmarer bis dahin meist launisch den Ort seiner Bleibe beschrieben – gelegenen Kleinwohnung eines zu dem Zeitpunkt arbeitslosen Schauspielers wie ein Erdbeben zu spüren war, dünkte diesem, wann er sich aus diesem Abenteuer hätte zurückziehen sollen. An jenem Nachmittag nämlich, als Grubicek die Probenarbeiten gnadenlos vorangetrieben hatte. Doch Praxmarer war ganz einfach zu sehr vom bühnenkünstlerischen Berufsethos gepackt gewesen, um da noch einen unspektakulären Abgang zu schaffen. So war er in die Falle gegangen, die zum Abschluß dieses ereignisreichen Tages in Gestalt von Al Khafadschy in sein Leben getreten war.

Gewiß, Praxmarer traute dem Mann die unmittelbare Urheberschaft des Attentates nicht zu. Doch am Anfang der sich dramatisch zuspitzenden Ereignisse stand dieser biedere Araber, der sich als zweiter Sekretär der irakischen Botschaft in Wien vorgestellt hatte. Daran führte kein Weg vorbei. Und ebenso stand außer Frage, daß dieser Anschlag Victor Hugo Praxmarer gegolten hatte. Schließlich war sein alter Kleinwagen in die Luft geflogen, als die Zündung angelassen wurde. Sicher, genaugenommen war das zu diesem Zeitpunkt nicht mehr Praxmarers Wagen gewesen. Doch wer hatte das in dem Moment wissen können? Al Khafadschy jedenfalls nicht, das schien festzustehen. Trotzdem richtete sich Praxmarers erster Verdacht nicht gegen diesen, sondern einen anderen Araber.

So oder so, Praxmarer bereute zutiefst, daß er damals geblieben war, als die Klänge von Ravels *Bolero* jäh die Aura eines künstlerischen Schaffensprozesses in das schmierige Ambiente des Nachtclubs *Ding Dong* gezaubert hatten, dem sich der nur selten mit Entfaltungsmöglichkeiten gesegnete Bühnenkünstler nicht entziehen konnte. Die Ouvertüre glaubte Praxmarer recht eindrucksvoll hingekriegt zu haben. Jedenfalls hörte er Grubicek im Hintergrund zufrieden schnaufen, und die kleine Asiatin schmiegte sich an ihren Partner, als habe unbezähmbare Geilheit von ihr Besitz ergriffen.

Nun war der erste Bläsereinsatz zu hören. Mit affenartiger Behendigkeit kletterte sie an dem breitbeinig die Balance zu halten trachtenden Praxmarer hoch und kam schließlich mit ihren gespreizten Schenkeln auf seinen Schultern zu liegen.

»Halt's am Oasch fest!« rief Grubicek.

Praxmarer befolgte die Anweisung, und seine Partnerin beugte ihren Oberkörper kopfüber nach unten, bis ihr Gesicht auf seinem Lendenschurz ruhte, während seine Nase buchstäblich in ihrem Arsch steckte. Er roch eine herbe Mischung von Gleitcreme und Intimspray der Duftnote Maiglöckchen.

»Leck sie!« kam das nächste Kommando des Direktors. Praxmarer war inzwischen klar, daß dieser Kerl eine Zierde für jeden Kasernenhof abgegeben hätte. Obwohl die Asiatin klein und gertenschlank war, drohte der Hauptdarsteller unter ihrer Last ins Wanken zu geraten. Kurzatmig keuchte er in das akkurat gerodete Dickicht ihrer Schamhaare, und dabei dämmerte ihm, daß die Kleine soeben die Haltebänder seines Lendenschurzes löste. Das winzige Textil glitt zu Boden.

Bei Praxmarer herrschte noch immer allertiefste Ruhe im Glied, was aber, überlegte er dankbar, selbst im Ernstfall außer seiner Partnerin niemand würde wahrnehmen können, denn was nicht ihr Gesicht verdeckte, verhüllte der nahezu bis zum Boden reichende Vorhang ihres üppigen schwarzen Kopfhaares. Mit einer Hand klammerte sie sich an seiner Hüfte fest, mit der anderen massierte sie seine Hoden und schloß sich dazu der Tätigkeit der vom Tonband zu hörenden Holzbläser an. Gleich der Musik schwoll endlich Praxmarers bestes Stück etwas an. Unter den gegebenen kunstfeindlichen Umständen hielt er das für eine gar nicht hoch genug zu bewertende Leistung.

»Stellungswechsel!« kommandierte der Direktor. Mit einem geschmeidigen Überschlag turnte die Asiatin von den Schultern ihres Partners herab und lehnte im nächsten Moment im Kopfstand ihre Waden gegen seine Brust, so daß Praxmarer ihren Hintern aus einer hervorragend blickgünstigen Perspektive zu sehen bekam. Derlei interessierte ihn jederzeit und unter jeglichen Umständen. Möglicherweise hatte er gedankenverloren etwas zu lang das exakt in seiner Schritthöhe plazierte Geschlecht der weiblichen Hauptdarstellerin betrachtet. Das wurde in dieser Inszenierung offenkundig als dramaturgische Fehlleistung gewertet.

»No, worauf wart'st denn, Hawara? Wos man'st, wofür sie dir die Büchsen hinhalt!« pöbelte Grubicek aus dem Zuschauerraum.

Praxmarer ergriff die Fesseln seiner kopfüber vor ihm stehenden Partnerin und schaffte es mit akkuratem Hüftschwung, sein Gerät an den verlangten Ort zu bugsieren.

»Mehr Ausdruck!« hörte er den Chef des Etablissements rufen. Hier sei wohl forciertes Chargieren gefragt, dachte der Mime und zauberte Ekstase in seine Züge.

»Ned blödsinnig G'sichter schneiden – natürlich schwanzmäßig mehr Ausdruck!« rief Grubicek dazwischen.

In diesem Moment hatte Praxmarer seinen ersten Hänger. Wutentbrannt wandte er sich von seiner Partnerin ab und dem Direktor zu: »Hören Sie, wenn Sie alles so viel besser können, dann machen Sie es mir doch vor! Ich kann mich jedenfalls nicht konzentrieren, wenn Sie ständig dazwischenschreien!«

Der Auftritt war von nahezu Kortnerscher Größe. Mit einem Wort: genial. Auch die Reaktion des Direktors ließ daran keinen Zweifel. Er hob die Hände flehentlich gen Himmel und klagte dazu in weinerlichem Tonfall: »Mein Gott, was hab i falsch g'macht? Da wollt ich einen Schauspieler engagieren, und jetzt komm ich drauf, des is ja ein Künstler!«

Grubicek lenkte indes sofort ein: »Is ja gut, is ja gut. Für den Anfang wor des eh scho recht ordentlich. Aber wir wollen doch alle allerhöchstes Niveau erreichen. Des san mir als Künstler dem Publikum schuldig. Alsdann, tun Sie Ihnen nicht angegriffen fühlen, wenn i Verbesserungsvorschläge hob. Es geht jo nur um des Werk als solches, ned wohr. Und jetzt moch ma, bitt' g'horsamst, mit neun weiter.«

Grubicek spulte das Tonband ein Stück zurück. Dabei warf er einen Seitenblick auf seinen Hauptdarsteller und gewahrte dessen noch immer anhaltende Schaffenskrise. »No, was is – du ihm aufhelfen!« herrschte der Direktor die Asiatin an. Sie schaffte es mit wenigen geschickten Handgriffen, ihren Partner in einen zumindest probentauglichen Zustand zu versetzen. Draufhin kehrte sie in ihre Kopfstandstellung zurück.

Sobald erneut Ravels *Bolero* erklang, rollte sie sich graziös ein, wirbelte in einer Pirouette herum und hatte mit einem Mal ihre Beine um Praxmarers Hüften geschlungen, während sie sich mit den Händen am Boden abstützte. Das war – wenngleich unvergleichbar kunstvoller, als er das je zuvor erlebt hatte – die Praxmarer wohlvertraute Schubkarrenstellung. Allein die Freude des Wiedererkennens machte ihm gleich vieles viel leichter.

»Pack sie bei die Tutteln«, kam Grubiceks betont gedämpft vorgetragene Regieanweisung.

Praxmarer mußte sich eingestehen, daß ihm schon seinerzeit an der Schauspielschule häufig vorgeworfen worden war, er neige dazu, seine Hände zu vergessen. »Und jetzt schau, daß'd eahm ihr von hinten einiwürgst«, flüsterte der Direktor erregt.

Na, von wo sonst, dachte Praxmerer. Er hatte endlich die auf seiner häufig gerühmten vitalen Bühnenpräsenz basierende Selbstsicherheit wiedergefunden. Mit nur wenig Gestochere – ohne hilfreich führende Hand – erreichte er das vorgegebene Etappenziel und krönte dieses Gelingen mit einigen pathetisch aus der Tiefe des Raumes hergeholten Stößen.

»Perfekt«, flüsterte Grubicek, »und jetzt auf elf.«

3.

Auch nach nun bald zwanzigjähriger Bühnentätigkeit war Praxmarer noch immer vor jeder Premiere nervös. So war es auch dieses Mal. Und wie stets vor einem Premierenabend suchte er das *Café Museum* auf, um sich dort einerseits zu sammeln und andererseits die – überwiegend natürlich höchst verlogenen – guten Wünsche jenes Teiles seiner Kollegenschaft in Empfang zu nehmen, der gleichfalls hier verkehrte.

An diesem Tag bekam er allerdings kein *Toi-Toi-Toi* zu hören, was ihn anfangs ein wenig irritierte. Doch die Ursache dafür lag nicht in Neid und Bösartigkeit, was sich Praxmarer erst vor Augen führen mußte, sondern war schlicht darin begründet, daß niemand in der Wiener Theaterwelt etwas von seinem neuen Engagement wußte. Dabei sollte es wohl besser bleiben, beschloß er, obwohl es ihm schwerfiel, nicht mit der Neuigkeit herauszuplatzen, als der unsägliche Bleimüller auftrat, lauthals von den Probenarbeiten in Gratzers Schauspielhaus und insbesondere seiner wieder einmal verblüffenden Rolleninterpretation berichtete, sowie als Krönung seiner dämlichen Dreistigkeit und charakteristischen Instinktlosigkeit den Kollegen Praxmarer scheinheilig fragte, ob er ihn als Zweitbesetzung für den Fall vorschlagen könne, daß er demnächst einen lukrativen Dreh beim Fernsehen habe, also seine Theaterverpflichtungen nicht erfüllen könne: »Um ganz ehrlich zu sein, die Rolle, die mir der Gratzerhans übertragen hat, ist zwar sehr interessant, doch irgendwie füllt sie mich nicht ganz aus. Jedenfalls nicht in dieser Inszenierung, die mir ein wenig zu sehr auf Spektakel hinausläuft, während ich bekanntlich von der Schule Brechts herkomme und gerne mehr den lehrspielhaften Aspekt betone.«

Lächerlich, dachte Praxmarer genervt – da hat dieser Nichtskönner wahrscheinlich ohnehin nur zwei Sätze zu sagen, aber schwadroniert darüber, wie er die anlegt, und will mich auch noch als Ersatzmann haben. Eigentlich sei dies eine Frechheit, dachte Praxmarer, die er dem unsäglichen Bleimüller nicht durchgehen lassen dürfe. Im Gegensatz zu dieser Lemure war er nun ja Hauptdarsteller – aber eben leider in einer Inszenierung und auf einer Bühne, mit der man im Kreise dieser dünkelhaften Arschlöcher nicht renommieren konnte. Die sabberten zwar ständig etwas von fortschrittlicher Kulturarbeit daher, doch im Grunde waren sie allesamt verklemmte Spießer, die sich im elfenbeinernen Turm des Subventionstheaters einschlossen und dabei glaubten, der Menschheit einen unschätzbaren Dienst zu erweisen.

»Wenn du meinst, dann kannst du mich natürlich gerne für diese Rolle ins Gespräch bringen«, antwortete Praxmarer gleichwohl in verbindlichem Tonfall. »Ich bin ja seit jeher davon überzeugt, daß es keine schlechten Rollen gibt, sondern nur schlechte Interpreten. Daher könnte es für mich durchaus reizvoll sein, einmal zu sehen, was aus dem Part herauszuholen ist, der dir nicht liegt. Aber das hängt natürlich auch davon ab, ob ich Zeit habe. Ich bin da nämlich gerade in ein ganz unkonventionelles Projekt involviert, über das ich dir leider nichts erzählen kann, denn das ist alles noch streng geheim.«

»Erzähl!«, forderte ihn Bleimüller auf. »An welchem Theater?«

»Nein, nein, das ist wirklich geheim«, wehrte Praxmarer ab und trug dabei eine Verschwörermiene zur Schau. »Ich kann dir nur soviel sagen: Wir machen eine Art von Theater, wie es das ansonsten faktisch gar nicht mehr gibt. Du verstehst: Theater in seiner ursprünglichsten Form – lebensprall und ungekünstelt dramatisch! Aber mehr kann ich dir jetzt dazu beim bestem Willen nicht sagen.«

Der unsägliche Bleimüller schien beleidigt zu sein, weil er nicht mehr erfuhr. Jedenfalls wendete er sich abrupt ab und ging davon.

Das ist auch besser so, dachte Praxmarer. Beinahe hätte er ihm zuviel erzählt. Vor allem aber: Dieser halbseidene Schmierenkomödiant konnte sich die Anforderungen vermutlich nicht einmal vorstellen, die bei einem solchen Engagement gestellt werden. Nicht auszudenken, welches Fiasko es gegeben hätte, wenn der Unsägliche an seiner Stelle gewesen wäre – eben vorhin auf der Probe im *Ding Dong*. Praxmarer war jedenfalls tief beeindruckt, wie er da die Elfer-Einstellung hingekriegt hatte: Schon im ersten Durchlauf war ihm sofort klar gewesen, daß diese eine der Schubkarren-Stellung verwandte, doch bei weitem anspruchsvollere Position war. Die Asiatin hatte sich nun nicht mehr mit den Händen am Boden abgestützt, sondern nach rückwärts gelangt und sich knapp oberhalb seiner Ellenbogen eingehakt. Ihr ganzes Körpergewicht hing nun wieder an ihrem Partner, der Mühe gehabt hatte, dabei nicht ins Schwanken zu geraten. Darstellungskunst ist nicht zuletzt eine Frage von Willensstärke, hatte Praxmarer sich verzweifelt klargemacht, und das hatte geholfen. Sogar in dieser kraftraubenden Position waren ihm einige eindrucksvolle Stöße gelungen.

Grubicek, der Chef des Etablissements, war zwar gewiß ein schmieriger Kerl – aber letztendlich eben doch ein alter Theaterhase, der exzellente Leistungen zu erkennen vermochte. »Sauber, Oida!« hatte er spontan ausgerufen. »Wenn du so weitermachst, kriagst no die Kainz-Medaille und den Ifland-Ring in an Aufwaschen. Und i leg dann als Sonderpreis den Goldenen Präser drauf!«

Diese Aussicht empfand Praxmarer ziemlich unter

seinem Niveau liegend. »Ach, hören Sie auf«, wehrte er ab. »Mit Ehrungen und Auszeichnungen verhält es sich wie mit Hämorrhoiden – früher oder später kriegt sie jedes Arschloch.«

»Die Erkenntnis stammt übrigens vom großen Billy Wilder«, fügte Praxmarer einlenkend hinzu, denn Grubiceks Ankündigung war sicherlich in allerbester Absicht erfolgt und auch das vertrauliche Du, zu dem der Direktor bei der Gelegenheit gegriffen hatte, war gewiß nicht Zeichen der Mißachtung des Hauptdarstellers, sondern Ausdruck ehrlicher Ergriffenheit gewesen.

Während er nun im *Café Museum* saß und die Stunde der Premiere erwartete, blätterte der Mime in den Abendausgaben der Tageszeitungen. Der Aufmacher des *Kurier* handelte von einem Sprengstoffanschlag mit einer Autobombe, dem an diesem Morgen ein noch nicht identifizierter Mann im Dritten Bezirk zum Opfer gefallen war. *Wahrscheinlich handelt es sich um einen neuerlichen Höhepunkt des schmutzigen Krieges, den verschiedene nahöstliche Geheimdienste seit einiger Zeit in Wien austragen,* las Praxmarer unkonzentriert. Eigentlich interessierte ihn das alles überhaupt nicht. Er legte das Blatt zur Seite und griff zur *Kronenzeitung*. Deren Schlagzeile weckte seine Aufmerksamkeit sofort: *Wieder Skandal am Burgtheater!*

Der folgende kurze Text war reichlich konfus, doch er mündete immerhin in dem Hinweis, das nämliche Thema würde ausführlich auf Seite sechs vom Kolumnisten Staberl behandelt. Dort erfuhr Praxmarer, der Burgtheaterdirektor Claus Peymann plane, *Romeo und Julia* auf den Spielplan zu setzen sowie mit dieser Inszenierung einen für seine Shakespeare-Verhunzungen bereits weithin bekannten Regisseur zu betrauen, einen gewissen Zadek, der seinerseits zu erkennen gegeben habe, er beabsichtige, in dieser Aufführung alles, was Romeo und Julia ansonsten allenfalls in der zügellosen Phantasie einschlägig psychopathischer Zuschauer vollführten, ganz und gar realistisch auf der Bühne ausführen zu lassen. Dagegen plane indes nicht nur die Ensemblevertretung, geharnischt zu protestieren. Auch alle wirklich namhaften Ensemblemitglieder hätten in vertraulichen Gesprächen mit einem Gewährsmann des Artikelverfassers durchblicken lassen, daß sie sich unter diesen Umständen entschieden weigern würden, eine der Titelrollen zu übernehmen, was freilich wiederum nur zu jener maßlosen Steuergeldverschwendung beitragen werde, für die dieser Burgtheaterdirektor, der bekanntlich das Wort *Chance* nicht korrekt auszusprechen in der Lage sei und beharrlich *Schangse* sage, was am Burgtheater bis dahin überhaupt noch nie dagewesen, aber inzwischen ja schon sprichwörtlich bekannt sei, da man in diesem Fall erneut Hausfremde für die Titelrollen engagieren werde müssen …

Mehr brauchte Praxmarer nicht zu lesen – es war ihm auf der Stelle klar, welchen Glücksgriff er getan hatte, als er sein gegenwärtiges Engagement annahm. Welcher Schauspieler weit und breit würde von sich behaupten können, er sei auch nur halbwegs so gut für die Darstellung des Romeo in dieser neuen Burg-Inszenierung präpariert wie er, Victor Hugo Praxmarer?

Eben, diesen Bühnenkünstler gab es ganz einfach nicht! Triumphierend blickte Praxmarer in die Runde und musterte abschätzig jeden einzelnen seiner Kollegen, den er an einem der Nachbartische erblicken konnte. Diese Leute ahnten naturgemäß nichts davon, was sich da anbahnte. Nur mühsam konnte er homerisches Gelächter unterdrücken.

Schließlich begann Praxmarer im stillen, sich Strategien zu überlegen, wie er auf möglichst diskrete und doch wirkungsvolle Weise den Burgtheaterdirektor davon in Kenntnis setzen könnte, wo und wann dieser seinen idealen Romeo auf der Bühne besichtigen könne. In dem Punkt dürfe er jedenfalls nichts dem Zufall überlassen, beschloß der künftige Shakespeare-Interpret. Dies allein schon aus dem Grund, weil ihn Peymann vermutlich nicht erkennen würde, falls der Burg-Herr tatsächlich zufällig ins *Ding Dong* käme. Dort trat Praxmarer ja mit einer Perücke verkleidet auf, um nicht von den falschen zufälligen Besuchern erkannt zu werden. Die Frage, ob Peymann überhaupt schon jemals von dem Schauspieler Victor Hugo Praxmarer gehört hatte und diesen – egal ob verkleidet oder nicht – erkennen würde, verdrängte der Romeo-Kandidat souverän. Er wollte die ohnedies komplizierte Angelegenheit nicht noch unnötig komplizierter machen, und abgesehen davon war es für ihn nun langsam an der Zeit, zur Stätte seines gegenwärtigen künstlerischen Wirkens aufzubrechen.

Geschäftlich gesehen war dies ein eher flauer Abend und Grubicek, der Chef des Etablissements, dementsprechend schlecht gelaunt.

»No, daß Sie a endlich do san«, raunzte er Praxmarer an, als dieser am Direktionsbüro vorbei zur Garderobe eilte, »i hob scho glaubt, i muaß Ihna von der Polizei suchen lassen. Damit des klar is: Ich erwarte meine Mitarbeiter zwei Stunden vor Vorstellungsbeginn im Hause, jo!«

»Ist ja ohnedies noch kein Mensch im Zuschauerraum«, entgegnete der Hauptdarsteller und provozierte damit erst recht einen Zornausbruch des Chefs: »Des geht Ihna überhaupt nix an. Sie werden von mir zohlt, und wenn i des verlang, müssens vorm Türsteher und der Häuselfrau auftreten! Bei mir herrscht nämlich Disziplin und eine klare Führungsstruktur – is des klar, jo!«

Praxmarer hatte derlei despotische Auftritte schon von allen möglichen Theaterdirektoren erlebt. Da ging wohl die Nervosität mit ihnen durch. Er wußte daher, daß es angebracht war, sich in einer solchen Situation auf keine Debatten einzulassen. In der Garderobe zog er sein winziges Kostüm an und darüber einen Bademantel, den er aus seiner Wohnung mitgebracht hatte. Als nächstes fischte er aus seiner Sporttasche die Perücke, die er sich eilig in Haspels Ensembletheater besorgt hatte. Dort war es stets am einfachsten, an derlei Dinge heranzukommen, da sie in diesem Haus von einer meist betrunkenen Kostümbildnerin verwahrt und ausgegeben wurden, die längst jeden Versuch aufgegeben hatte, sich zu merken, wer gerade für welche Rolle an diesem Theater engagiert war. Darauf spekulierend, war Praxmarer unauffällig in den Arbeitsraum dieser Frau gehuscht und hatte bloß gesagt: »Schätzchen, meine Perücke fehlt noch.«

»Jo, de g'schissane Perücken«, hatte sie mit gewohnheitsmäßigem Klageton geantwortet und dann schwankend im Chaos der von ihr verwalteten Kostüme und Requisiten zu suchen begonnen. »Ah, do is eh – so ein Zufall!« hatte sie schließlich nach einiger Zeit mit triumphierendem Unterton ausgerufen und war unversehens wieder aus dem Fundus aufgetaucht.

Praxmarer hatte die ihm gereichte Perücke so eilig in seiner Tasche verschwinden lassen, daß er erst nun Gelegenheit fand, das Beutestück zu begutachten. Er erkannte es sofort wieder: Das war der knallrote Kunsthaarskalp, den der unsägliche Bleimüller als Titus Feuerfuchs in Haspels gewohnt verheerender »Talisman«-Inszenierung getragen hatte.

Das war leider kein gutes Omen. Wie die meisten Schauspieler war Praxmarer einigermaßen abergläubisch, doch nun gab es für ihn keinen Ausweg mehr. Da mußte er ganz einfach durch. Er stülpte sich die Perücke über den Kopf und stellte fest, daß sie ihm zu allem Überfluß viel zu groß war. Natürlich, dachte er – die war ja auch für Bleimüller gedacht, der gebürtiger Oberösterreicher war und einen dementsprechenden Mostschädel besaß.

Nun, auch mit derlei Problemen werde er zurechtzukommen wissen, versuchte er sich zu beruhigen. Wer wie Praxmarer eine beinahe zwanzigjährige Kellertheaterlaufbahn hinter sich hatte, dem war diesbezüglich nichts mehr fremd.

Inzwischen war Mitternacht vorbei, und die Vorstellung hatte begonnen. Als erstes traten in Zwanzig-Minuten-Abständen die drei Solistinnen auf, die zu Grubiceks Ensemble gehörten. Praxmarer schlich in die Kulisse und blickte durch ein Guckloch auf die Bühne und in den Zuschauerraum, der sehr schütter besetzt war. Kaum mehr als ein Dutzend Leute hockte da, soweit Praxmarer das erkennen konnte – fast durchwegs Männer. Er sah nur ein einziges Paar. An einem Tisch ganz vorne an der Bühne erblickte er einen dunkelhaarigen, ein wenig fülligen, vor allem aber sehr bieder wirkenden Mann. Praxmarer wurde auf ihn aufmerksam, weil er sich demonstrativ abwandte, als die inzwischen nur noch mit Stöckelschuhen bekleidete Kollegin, die gerade ihre Solo-Nummer abzog, mit einer Sektflasche in der Hand von der Bühne in den Zuschauerraum schritt und dort nach einem Kandidaten Ausschau hielt, der ihr bei der folgenden Einlage assistieren sollte.

Die anderen Zuschauer waren bei weitem weniger verschreckt als der dunkelhaarige Füllige. Gleich mehrere erboten sich lauthals, hilfreich in Aktion zu treten. Die Tänzerin erwählte jedoch das einzige anwesende Paar, setzte sich auf den Schoß des Herrn, spreizte die Beine und reichte der Dame die Sektflasche. Die Zuschauerin begriff sofort, was sie mit diesem Requisit tun sollte.

Von seinem Standort aus konnte Praxmarer die Vorgänge indes leider nicht so genau beobachten, wie er dies in dem Moment gerne getan hätte. Immerhin, er stellte fest, wie hilfreich das Zuschauen beim Vorprogramm im Hinblick auf die Vorbereitung für seinen eigenen Auftritt war.

Auch Praxmarers asiatische Partnerin legte vor dem Höhepunkt des Programms einen Solo-Auftritt hin, der darin mündete, daß sie einem Zuschauer – natürlich wählte sie dafür den ganz vorne sitzenden fülligen Dunkelhaarigen aus, dem dies äußerst unbehaglich zu sein schien – ein Bierglas auf den Kopf stellte, auf das Tischchen dieses Gastes kletterte, einen Tischtennisball in ihrem Allerheiligsten verschwinden ließ, breitbeinig dastehend zielte und zuletzt ohne jeglichen Fehlversuch den Ping-Pong-Ball aus sich heraus geradewegs in das Glas abfeuerte. Tosender Applaus belohnte diese Leistung.

Es waren zwar nur wenige Zuschauer da, doch die Stimmung schien gut zu sein. Das beruhigte Praxmarer und half ihm, sein Lampenfieber zu zügeln. Als sein Auftritt endlich bevorstand, fühlte er sich in einer rundum eigentlich recht guten Verfassung. Er war frohen Mutes, die Vorstellung ohne Hänger hinzukriegen. Als er mit anschaulich kreisendem Becken langsam an die Rampe trat, war aus dem Zuschauerraum vereinzelt Gelächter zu hören. Der Hauptdarsteller bezog dieses auf seine knallrote Perücke.

Wahrscheinlich wußten diese auch einige der Zuschauer zuzuordnen und lachten nun aus Vorfreude auf die von ihnen erwartete Nestroy-Parodie.

Gleichwohl beschloß Praxmarer, sich für die nächste Vorstellung eine andere Perücke zu besorgen. Diese da rutschte ihm beständig ein wenig auf dem Kopf herum, was ihn irritierte. Doch er war eben ein routinierter Bühnenprofi, der sich davon nicht aus dem Konzept bringen ließ. Im Großen und Ganzen lief die Aufführung recht gut an. Als zum ersten Mal eindeutig zu sehen war, daß der Hauptdarsteller nicht markierte, sondern sich leibhaftig in seine Partnerin versenkte, gab es sogar spontanen Szenenapplaus. Den wiederum empfand der ansonsten allen Beifallskundgebungen dankbar zugetane Praxmarer ein wenig störend. Das Publikum schien eben doch nicht übertrieben sachkundig zu sein – die da waren eher so wie jene Leute, die bei einem Konzert in den Satz hinein applaudierten: Also ehrlich begeistert, doch nicht bedenkend, wie sehr dies die Konzentration von Dirigent und Orchester stört. Von den Solisten erst gar nicht zu reden. In diesem Fall kam die Musik zwar vom Band, doch den beiden Solisten nötigte die Darbietung außerordentliche Konzentration ab.

Dazu konstatierte Praxmarer an sich gewisse Konditionsmängel, die weniger sein herausragendes Hauptdarstellungsglied betrafen als seine nachgeordneten Extremitäten, die den an sie gestellten kräftezehrenden Anforderungen nach diesem aufreibenden Probentag bei der Premiere kaum noch gewachsen waren. Das kündigte sich besonders dramatisch nach dem Übergang von Position elf auf zwölf an. Praxmarer wußte wohl, daß er seine Partnerin nun ordentlich festhalten mußte, deren Körper durchgebogen wie eine Stahlfeder an ihm hing.

Ganz langsam und ohne ihn aus sich herausrutschen zu lassen, streckte sie ihre Beine zu einem akrobatischen Spagat. Daraufhin drehte sie sich um ihre Körperachse, bis sie ihrem Partner das Gesicht zukehrte, während er sie an den Hüften festhielt. Da seine Knie etwas eingeknickt waren, ruhten ihre Arschbacken nun auf seinen Oberschenkeln, in denen Praxmarer das Brennen eines sich ankündigenden Muskelkrampfes spürte. Er wollte schon »Aus!« rufen, biß aber die Zähne zusammen und hielt noch etwas durch.

Der Partnerin waren seine Probleme wohl nicht entgangen. Im letzten Moment, bevor Praxmarers Beine den Dienst versagten, legte sie einen atemberaubenden Abgang hin, wirbelte erneut in Pirouetten herum, bewahrte ihren Partner mit einem beiläufig eingeflochtenen, gefühlvoll vorgetragenen Bläsereinsatz vor einem schon unvermeidlich scheinenden Hänger und ließ sich letztendlich knapp vor ihm auf ihrem Nacken nieder. Seinerzeit im Turnunterricht hatte man eine solche Übung eine *Kerze* genannt – in diesem Fall wurde sie indes mit gegrätschten Beinen ausgeführt, zwischen welche Praxmarer geistesgegenwärtig trat. Allerdings waren seine Oberschenkel durch den beinahe eingetretenen Muskelkrampf gehandikapt, und das war wohl die Ursache dafür, daß er sich beim Versuch, sein Gerät an das so publikumsfreundlich präsentierte Ziel zu bringen, ein wenig zu weit nach vorne beugte.

Mit einem Mal bemerkte er, wie sich die Perücke selbständig machte, und da lag der knallrote Haarschopf auch schon vor ihm und seiner Partnerin auf dem Boden.

Darauf war Praxmarer nicht vorbereitet, und daher reagierte er auf den Zwischenfall panisch wie ein Laiendarsteller, der seinen Text verloren hat. Über seine Partnerin hinweg ließ er sich nach vorne fallen, um den Skalp zu arretieren. Als er sich wieder hochrappelte, war jegliche Darstellungskraft aus ihm gewichen, und um das zu kaschieren, hielt er die feuerrote Perücke vor sein ermattetes Geschlecht.

Erst nun schien das Publikum so recht zu registrieren, was geschehen war. Zuerst waren vereinzelte Lacher zu hören, die alsbald zu tosendem Gelächter anschwollen. Für Praxmarer war es unbegreiflich, wie so wenige Leute einen derartigen Lachlärmpegel erzielen konnten. Vor allem aber war ihm sofort klar, daß ihm nun selbst mit dem feinzieseliertesten Gebläse nicht mehr aufzuhelfen war, also ging er eilig ab. Genaugenommen war das mehr eine Flucht denn ein geordneter Abgang.

Wie benommen taumelte er durch den engen Flur zur Garderobe, wo Grubicek wie aus dem Boden gewachsen vor ihm stand. »Jo sog, ham's dir ins Hirn g'schissen, du verbrunzter Wixer!« stieß er zwischen den Zähnen hervor. Das Gesicht des Direktors war krebsrot angelaufen. Er schien einem Nervenzusammenbruch mit begleitendem Herzinfarkt nahe zu sein.

Der beklagenswerte Zustand seines Chefs brachte Praxmarer auf andere Gedanken. »Nicht aufregen, nur nicht aufregen«, sprach er beschwörend auf Grubicek ein. »Das war nur eine kleine Panne, doch seien Sie unbesorgt, ich putz das aus. Beim nächsten Auftritt improvisiere ich eine Zugabe, daß den Leuten Hören und Sehen vergeht. Also nur nicht aufregen, es ist nichts passiert ...«

Der Direktor blickte seinen Hauptdarsteller einige Atemzüge lang ungläubig an. Dann war sein Brüllen bis in den Zuschauerraum zu hören: »Ja bist du denn ganz deppat, du Oaschloch, du hiniches! Glaubst du denn wirklich, daß du bei mir no amoi auf die Bühne derfst? Des konn do ned wohr sein! Richtet sich der Trottl wie ein Kasperl her, haut sich um die Erd wie eine Wildsau beim Oaschwischn und mant donn, i putz des scho aus – verschwind, du g'selchtes Hirnederl, bevor i dir ane einidruck! Putz di auf der Stell, bevor i dei Pimperl von der Häuselfrau in die Faschiermaschin stecken lass, du kastrierter Fetzenschädl!«

In dieser Tonart ging es weiter. Praxmarer versuchte, erst gar nicht mehr hinzuhören. Eilig raffte er seine Sachen zusammen, kleidete sich notdürftig an, drückte sich vorsichtig an dem noch immer in ungeminderter Lautstärke brüllenden Grubicek vorbei und stahl sich davon. In dieser Situation war es wohl nicht ratsam, die Gagenfrage anzuschneiden, beschloß er – wollte sich die Entscheidung darüber allerdings vorbehalten, ob dies ein Fall für die Rechtsexperten der Sektion Bühne in der Gewerkschaft Kunst, Medien, freie Berufe sei, der Praxmarer seit nun schon bald zwanzig Jahren angehörte.

Als er das unselige Etablissement durch den Notausgang verließ und auf den Gehsteig der Linken Wienzeile trat, stand plötzlich der kleine, füllige Dunkelhaarige vor ihm, der während der Vorstellung direkt an der Bühne gesessen war.

»Guten Abend«, sagte er unvermittelt und trat auf Praxmarer zu, »ich habe Sie sehr beeindruckend gefunden. Schade, daß Sie da wohl etwas Pech hatten. Doch seien Sie froh, ich glaube, das da ist nichts für Sie.«

Praxmarer starrte den Fremden ratlos an, der ausgezeichnet deutsch sprach, doch unüberhörbar Ausländer war. Was wollte der Mann von ihm? Womöglich ein Schwuler, der meinte, ihn abschleppen zu können.

»Sicher sind Sie überrascht, daß ich Sie anspreche. Aber das kann ich Ihnen alles erklären. Ich bin Doktor Al Khafadschy von der irakischen Botschaft. Wir haben vielleicht einen interessanten Job für Sie, darüber sollten wir uns unterhalten«, setzte der Fremde mit selbstsicherem Gestus hinzu. »Kommen Sie, dort vorne gibt es ein Café, das noch offen hat.«

Schwule auf Aufriß stellen sich gewöhnlich nicht als Diplomaten vor, schoß es Praxmarer durch den Kopf. Er wollte schon zustimmend nicken, da fiel ihm ein, daß er ja keinen Groschen Geld bei sich hatte. »Gerne«, stotterte er, »aber da ist ein Problem: ich habe meine Geldbörse in der Garderobe vergessen und will da jetzt nicht nochmals hinein …«

»Kein Problem«, unterbrach ihn Al Khafadschy, »Geld ist absolut kein Problem.« Dabei blickte er Praxmarer vielsagend an und setzte sich in Bewegung.

Das *Café Dobner* am Naschmarkt mit seinem bis zur späten Sperrstunde beständig lärmenden Publikum war genau der richtige Ort für ein Gespräch, wie es Praxmarer und Al Khafadschy in dieser Nacht führten: Hier war man vor ungebetenen Zuhörern sicher und wurde von niemandem beachtet. Zwar hatten sie keine Geheimnisse auszutauschen, doch Praxmarer hatte viel zu erzählen, wozu ihn Al Khafadschy geschickt – und ohne viel über sich selbst und seine Tätigkeit zu berichten – ermunterte. Psychisch einigermaßen angeschlagen, wie er das durch den beruflichen Tiefschlag war, den er zuvor hatte einstecken müssen, war der Mime noch mitteilsamer als gewöhnlich, und so wußte der Mann von der irakischen Botschaft schon bald sehr viel über seinen Gesprächspartner. Daß dieser eigentlich ein Schauspieler mit hochgesteckten Ambitionen sowie nur durch eine unglückliche Verknüpfung von Geldknappheit und Zufall auf diese Bums-Bühne geraten war, schien den Araber keineswegs zu überraschen. Auch

Praxmarers vielfältige politische Aktivitäten, die in den letzten zwanzig Jahren von der zuverlässigen Teilnahme an jeglicher antifaschistischen, antiimperialistischen, internationale Solidarität bekundenden oder sonstigen fortschrittlichen Zielen dienenden Demonstration bis hin zu Rezitationen sowie dem theatralischen Vortrag von Resolutionen und Proklamationen im Rahmen von Kundgebungen linksgerichteter, radikaldemokratischer oder anderer emanzipatorischer Bewegungen reichten, nahm der Diplomat auf eine Weise zur Kenntnis, die vermuten ließ, er habe diesbezüglich nur wenig Neues erfahren. Praxmarer gewann mit der Zeit den Eindruck, dieser Fremde, mit dem er beisammensaß, sei bestens über ihn und sein Vorleben im Bilde. Also fragte er ihn rundheraus, welchem Umstand er die eben begründete Bekanntschaft verdanke.

»Ach, darüber sollten Sie sich keine besonderen Gedanken machen«, antwortete Al Khafadschy ziemlich direkt, »wir sind immer an Leuten interessiert, die an einem Punkt angelangt sind, von dem aus es nur noch aufwärts gehen kann. Dieses Lokal, in dem Sie heute aufgetreten sind, ist ein guter Ort, um solche Menschen kennenzulernen.«

Über diese Auskunft werde er nachdenken müssen, dachte Praxmarer. Vorderhand standen aber dringlichere Fragen an. »Und, sagen Sie, was hat es mit dem Job auf sich, von dem Sie vorhin gesprochen haben?« lenkte er das Gespräch auf den ihm umständehalber wesentlichsten Punkt.

»Ja, ja, darüber sollten wir uns in aller Ruhe unterhalten«, antwortete Al Khafadschy mit bedächtigem Kopfnicken.

In gewisser Weise hatte dieser Araber etwas Phlegmatisches an sich, registrierte Praxmarer. »Wäre es Ihnen morgen am Abend recht?« hörte er sein Gegenüber sagen. »Ich lade Sie zum Essen ins Restaurant *Aladin* ein – Sie wissen, das ist da gleich beim Hohen Markt um die Ecke. Sagen wir um acht?«

»Sagen wir um acht«, bestätigte Praxmarer. Er war im Moment gar nicht in der Lage, eine Einladung zum Essen auszuschlagen.

Al Khafadschy wandte sich zum Gehen, drehte sich aber rasch noch einmal um: »Ach ja, Sie haben Ihre Geldbörse vergessen – hier, damit Sie ein Taxi nehmen können« – mit diesen Worten drückte er dem verdutzten Praxmarer einen Fünfhunderter in die Hand und war im nächsten Moment verschwunden.

Das war das Doppelte des Betrages, den Grubicek ihm schuldete, registrierte Praxmarer zufrieden. Der Abend hatte doch noch ein gutes Ende genommen – und vielleicht würde er eine lukrative Fortsetzung finden. Welchen Job ihm wohl ausgerechnet eine arabische Botschaft anbieten könne, überlegte er. Dazu fiel ihm nichts ein. Trotzdem, das stand für ihn nun fest, würde er zu dem Gespräch ins Restaurant *Aladin* kommen.

Irgendwie war ihm der Name dieses Ladens bekannt – natürlich, jetzt erinnerte er sich. Vor einiger Zeit war in den Zeitungen darüber berichtet worden, daß dieses Lokal im Gefolge eines Bombenanschlages ausgebrannt war. Von irgendwelchen Geheimdienstgeschichten war damals die Rede gewesen.

4.

Mit einem Fünfhunderter in der Tasche läßt sich noch einiges anfangen, hatte Praxmarer überlegt und war nach Al Khafadschys Abgang im *Café Dobner* sitzen geblieben. Es war ihm bislang noch gar nicht so recht bewußt geworden, wie häufig in Wien Bomben detonierten, hatte er eben gedacht, als ihm die am Tresen stehende blonde Frau auffiel. Augenscheinlich war sie allein unterwegs, und Frauen, die um diese Zeit allein unterwegs waren, befanden sich auf Aufriß, soviel stand für ihn aus Erfahrung fest.

Damit ihm niemand zuvorkommen konnte, hatte sich Praxmarer eilig an die Fremde herangepirscht und war rasch mit ihr ins Gespräch gekommen. Nachdem sie allerlei Belanglosigkeiten ausgetauscht hatten, war er von ihr mit der Frage nach seinen beruflichen Aktivitäten konfrontiert worden.

»Bühnenkünstler«, hatte Praxmarer geantwortet und, um der unvermeidlichen nächsten Frage zuvorzukommen, hinzugefügt: »Doch im Moment ohne festen Wirkungskreis.«

»Ach, sieh einer an, ein Herr mit Tagesfreizeit!« hatte sie ausgerufen. »Das ist aber interessant. Man hat ja gerne auch einmal am frühen Nachmittag Besuch, aber da sind fast alle in ihren Büros unabkömmlich. Ich bedaure das sehr. Für mich ist nämlich der frühe Nachmittag die beste Zeit des Tages.«

Dazu hatte sie Praxmarer ihre Visitenkarte zugesteckt und war bald darauf verschwunden.

Er gestand sich ein: Die Reaktion dieser Frau hatte ihn überrascht – daß er »ein Herr mit Tagesfreizeit« sei, war ihm noch nie bewußt geworden.

Nun saß er wie gewöhnlich zu einem späten Morgenkaffee im *Café Museum* und blätterte in den Tageszeitungen. Da war schon wieder irgendwo eine Autobombe explodiert. Oder war es noch immer die vom Vortag, über die nun vertiefend ein weiteres Mal referiert wurde? Es war wirklich schon schwer, den Überblick zu wahren, doch im Grunde interessierte ihn das alles nicht. Praxmarer legte die Zeitungen zur Seite und fischte die Visitenkarte aus der Jackentasche. Der Name, der darauf gedruckt war, sagte ihm nichts. Darunter las er: *SCHMUCK DESIGN*. Und eine Adresse in der Innenstadt. Nicht sehr weit vom *Café Museum*.

Er blickte auf die Uhr, es war zwei Uhr nachmittags.

Vermutlich war das für normal Berufstätige »früher Nachmittag«. Bis zu seinem abendlichen Termin mit diesem Araber war noch reichlich Zeit, und nach dem letzte Nacht erlittenen Fiasko drängte es Praxmarer nach einem Erfolgserlebnis, um die Scharte auszuwetzen. Also, was soll's, sagte er sich. Ihre Worte waren eindeutig als Einladung zu verstehen. Er stand auf und schlenderte nach hinten, wo sich zwischen Schachzimmer und Toiletten das Telefon befand.

Gleich darauf hörte er ihre Stimme – ein leicht hysterischer Unterton schien mitzuschwingen: »Ach ja, das finde ich aber großartig, daß Sie sich so rasch melden. Selbstverständlich erinnere ich mich an unser interessantes Gespräch letzte Nacht. Also, wenn Sie Lust haben, kommen Sie doch gleich auf einen Drink vorbei. Ich habe gerade ein wenig Siesta gehalten, und danach habe ich immer gerne kurz Besuch. Die Adresse wissen Sie ja – es ist ganz oben, im letzten Stock, überhaupt nicht zu verfehlen. Bis gleich dann!«

Natürlich wieder einmal kein Fahrstuhl, stellte Praxmarer fest. Dazu befand er sich in einem jener Jahrhundertwendehäuser, in denen vier keineswegs nur vier Stockwerke waren. Da gab es zuerst einmal ein *Hochparterre,* dann ein *Mezzanin* und dann noch einen *Halbstock* …

Er keuchte die Treppen hoch. Offenkundig waren in diesem Haus kaum Wohnungen, sondern hauptsächlich Büros untergebracht. Auf einem Türschild las er drei Namen und darunter: *ZIVILTECHNIKER.* Auf dem nächsten: *ANWALTSKANZLEI.* Und so fort. Der Aufstieg war mühsam, und er fragte sich, was alleinstehende jüngere Frauen wohl damit bezweckten, wenn sie sich in derart mühsam zu erklimmender Höhe ansiedelten. Sollte da etwa auf dem Weg nach oben eine natürliche Auslese unter den männlichen Besuchern vollzogen werden?

Als er um den letzten Treppenabsatz bog, sah er sie am Ende der Treppe gegen die Tür gelehnt am Boden sitzen. Sie trug ein luftiges weißes Baumwollkleid, das bis zu den Hüften hochgerafft war. Eine Hand hatte sie in ihren Mund gesteckt und schien an den Fingerkuppen zu kauen, die andere kreiste nervös zwischen ihren Beinen.

»Ah, da sind Sie ja endlich«, empfing sie ihn. »Das hat aber gedauert – ich habe einstweilen schon einmal alleine angefangen.« Dieser Erklärung folgte ein etwas schrilles Lachen.

Praxmarer blieb einen Moment lang stehen – einerseits, um zu Atem zu kommen, andererseits, um den Anblick, der sich ihm bot, ohne übertriebene Hektik zu genießen. Indem sich seine Augen an das Halbdunkel des Treppenhauses gewöhnten, sah er, daß sie unter dem Kleid nichts am Leib zu tragen schien. Und er sah das vertikale Lächeln, das ihn einlud, näherzutreten: Das feuchte Zartrosa einer klaffend geöffneten Vagina.

»Küß die Hand«, sagte Praxmarer artig – für jede weiterreichende Erklärung war er noch vom Aufstieg her zu sehr außer Atem -, kniete sich zwischen ihre Schenkel und begann mit seiner Zunge das ihm neue Terrain zu erkunden.

Gleich darauf vernahm er über sich einen wohligen Grunzlaut, und im nächsten Moment schien es ihm, als wäre in der Etage tiefer eine Tür leise geöffnet und nicht wieder geschlossen worden – ganz so, als sei da jemand vorsichtig auf Lausch- und Beobachtungsposten gegangen. Möglicherweise wurde den Nachbarn hier des öfteren erfreuliche Abwechslung geboten.

Er blickte auf und deutete wortlos mit dem Kopf nach unten. Sie sprang ruckartig hoch, zog ihn an der Hand zur Tür hinein und knallte diese demonstrativ zu. »Solche Arschlöcher, umschleichen einen rund um die Uhr!« rief sie. Jetzt war er wieder ganz deutlich zu hören, dieser hysterische Unterton, der Praxmarer inzwischen typisch für seine Gastgeberin zu sein schien.

Sie befanden sich nun wohl in ihrer Atelierwohnung, einem ausgebauten Dachboden, der offenbar zugleich ihr Arbeitsplatz war. Entlang der straßenseitigen Fensterfront stand ein langgezogener Zeichentisch. Auf der anderen Straßenseite erkannte er die wuchtige Fassade eines Bankgebäudes. Ein flüchtiger Blick durch den Raum ließ ihn etliche Jugendstil-Möbel erkennen, die echt zu sein schienen. Ob denn mit Schmuck-Design soviel Geld zu verdienen sei, fragte er sich. Ihre spitze Nase deutete auf höhere Tochter hin – vielleicht hatte sie geerbt. Oder aber, sie war eine gut abgefundene Scheidungswitwe. Oder gar beides. Doch er hatte nicht den beschwerlichen Aufstieg unternommen, um derlei herauszufinden.

Praxmarer fühlte sich nun wieder halbwegs bei Kräften und Atem. Er wollte den geglückten Beginn seines Besuches nicht vermasseln, also nicht unnötig Zeit vertrödeln, daher hob er seine Gastgeberin wortlos hoch und setzte sie auf ihren Zeichentisch an der Fensterfront. Er hatte richtig geschätzt: Wenn er nur ein wenig in die Knie ging, saß sie in der absolut richtigen Höhe vor ihm – in der »Freie-Bahn-dem-Tüchtigen-Höhe«, wie er das nannte. Mit einem Ruck streifte er ihr Kleid gerade soviel über die Schultern, um ihren Busen freizulegen, den er sorgfältig zu kneten begann.

Sie zerrte ungeduldig an seinem Gürtel, und nachdem es ihr endlich gelungen war, die Gürtelschnalle zu öffnen, zog sie den Reißverschluß seiner Hose nach unten und griff hinein ins volle Leben, das sich ihr freudig erregt entgegenstreckte.

Während sie sein bestes Stück in ihren Händen wog, als wolle sie es einer Qualitätsprüfung unterziehen, hörte er sie sagen: »Verstehen Sie etwas von Psychoanalyse? Wissen Sie, ich habe nämlich soeben eine zweijährige Analyse erfolgreich abgeschlossen. Absolut erfolgreich, was überaus selten ist. Doch bei mir war es ein großer Erfolg. Ich habe nun absolut keine falschen Hemmungen mehr. Daran habe ich nämlich seit meiner Pubertät gelitten, und das hat mir bisher das Beste verdorben. Sogar wenn ich während der Siesta masturbiert habe, habe ich Schuldgefühle gehabt. So etwas Verrücktes, finden Sie nicht auch? Wo es doch nichts Gesünderes gibt, als nach einem leichten Mittagessen ein wenig zu schlafen und dann zu vögeln, bevor man wieder an die Arbeit geht. Aber leider gibt es ja so wenige Herren mit Tagesfreizeit, daher muß ich es mir zumeist selbst machen. Ich bin ja direkt froh, daß ich Sie gefunden habe – jetzt, nachdem ich die Analyse erfolgreich beendet habe.«

Ja, ja, er sei gleichfalls sehr froh darüber, daß ihre Analyse einen so erfolgreichen Abschluß gefunden habe, murmelte Praxmarer, und er entdeckte sich dabei, daß er das relativ ernst meinte. Als er eben überlegte, ob er ihr das Kleid nach unten schieben oder aber nach oben über den Kopf ziehen sollte, sah er mit einem Blick über ihre Schulter, daß sich die Fensterplätze in der obersten Etage des Bankgebäudes mit Zusehern gefüllt hatten.

»Aha, wir haben wieder einmal Publikum«, sagte er.

»Wo?« rief sie mit hysterisch flatternder Stimme.

»Da drüben, auf der anderen Straßenseite.«

»Ach, diese Arschlöcher von der Bank! Starren mir den ganzen Tag ins Atelier! Eigentlich sollte man ihnen ja einmal einen Bilderbuchfick vorführen, damit sie wissen, was ihnen entgeht, während sie dort drüben an ihrer stumpfsinnigen Arbeit sitzen! Aber blöderweise habe ich mein Konto bei denen ...«

Mit resoluten Handgriffen ordnete sie ihr Kleid, schob ihn zur Seite, stand auf und zog sich in die entfernteste Ecke des Raumes zurück. Praxmarer schlenderte ebenfalls dorthin und setzte sich in ein Polstermöbel.

»Wollen Sie etwas trinken?«

»Wenn es keine Umstände bereitet – gern. Doch das kann auch nachher sein.«

Damit schien er wohl etwas Falsches gesagt zu haben. Sie sprang hoch und baute sich vor ihm auf: »Ach, so ist das! Sie stellen sich einen schnellen Prestige-Fick vor! Hätte ich es mir ja gleich denken können ...«

Ganz ruhig bleiben, schärfte sich Praxmarer ein. »Was das mit Prestige zu tun haben soll, müssen Sie mir erst noch erklären«, sagte er sehr freundlich, »und was den Fick angeht, so kenne ich nur zwei Arten: einen guten oder einen schlechten. Zu beidem gehören immer zwei, und wenn einer allzu launenhaft ist, klappt es nie.«

Dazu hob er möglichst unaufdringlich ihr Kleid hoch. Sie trug tatsächlich keine Unterwäsche. Aufmerksam betrachtete er ihre sonnengebräunten Schenkel und ihren braungebrannten Bauch. Sie sonnte sich wohl häufig nackt, schloß er daraus und musterte als nächstes die blondschimmernden Schamhaare, die an den Rändern makellos ausrasiert waren. Praxmarer mochte gepflegte Frauen.

»Und jetzt werden Sie mich wohl fragen, was das da ist«, hörte er sie sagen – der hysterische Unterton war dabei wieder stärker: »Meine Schamlippen verlaufen eben irgendwie S-förmig und treten stärker hervor. Ach, wie ich es hasse, das jedem Kerl aufs Neue erklären zu müssen!«

»Beruhigen Sie sich, mir brauchen Sie nichts zu erklären, ich finde mich schon zurecht«, sagte Praxmarer. Seine tirolische Herkunft kam ihm in solchen Situationen zustatten. Wenn um ihn herum Hysterie ausbrach, hatte das auf ihn eine zutiefst beruhigende Wirkung. Er zeichnete mit dem Daumen die Konturen ihrer Schamlippen nach: »Im übrigen ist, genau besehen, keine Fut wie die andere. Für Feinspitze macht das die Sache ja auch erst richtig interessant. Es wird dadurch halt nie langweilig.«

»Finden Sie? Na, wenigstens eine vernünftige Reaktion. Mir geht nämlich beim Ficken nichts über Vernunft. Das habe ich durch die Analyse erkannt. Aber eigentlich fühle ich mich jetzt nicht so recht – mein Rücken ist so verspannt. Das kommt davon, wenn man den ganzen Tag am Zeichentisch sitzt.«

Kein einfacher Fall, mußte Praxmarer einsehen – aber jetzt hatte er schon einmal den mühseligen Aufstieg unternommen. Obwohl von Geburt Tiroler, mußte er sich jedes Mal mächtig überwinden, wenn es bergauf ging.

»Ich werde Ihnen den Rücken massieren«, schlug er vor.

»Sie können das?« Sie blickte ihn freudig überrascht an.

»Ich kann das. Wo können Sie sich entspannt hinlegen?«

»Hier, hier, hier!« Sie lief voraus, zog sich dabei das Kleid über den Kopf und riß die Tür zu einem Nebenzimmer auf, in dem einzig ein großes, breites, mit gegerbten Fellen ausgelegtes Bett stand. Das Fenster war weit geöffnet, führte aber in einen engen Lichthof. Hier würden sie zumindest nicht durch Zuseher gestört werden.

»Legen Sie sich ganz entspannt auf den Bauch«, sagte Praxmarer und entledigte sich mit raschen Handgriffen seiner Kleider.

Er kniete sich über sie und begann, ihren Rücken kräftig zu kneten. Bald schon schmerzten ihm die Finger. Sie aber lag gelöst da und gab in unregelmäßigen Abständen wollüstige Stöhnlaute von sich, was ihn in Form hielt. Erstaunlich, wie sehr der Mensch doch in jeder Hinsicht ein akustisches Wesen ist, dachte Praxmarer. Er bugsierte mit einem beiläufigen Hüftschwung seinen Ständer in ihre Arschfalte und ließ ihn diese hinauf und hinab gleiten, während sich seine Hände auf ihrem Rücken von unten nach oben und wieder zurück arbeiteten.

Ein wenig Ermattung schadet nicht, überlegte Praxmarer, das läßt sich dann in Ausdauer umsetzen. Er war inzwischen dazu übergegangen, ihren prallen Arsch zu durchwalken, und ließ dabei seinen Penis an der Innenseite ihrer Schenkel auf und ab gleiten. Obwohl sie die Beine noch beinahe geschlossen hielt, war es nun wieder zu sehen, das vertikale Lächeln – jenes feuchte Zartrosa, in das er gleich einzutauchen gedachte.

Begleitet von einem lauten Aufstöhnen drehte sie sich mit einem Ruck von der Bauch- in die Rückenlage, worauf sie die Knie anzog und die Beine weit spreizte.

»Fick mich! Fick mich endlich!«, hörte er sie nahezu aggressiv zwischen den Zähnen hervorstoßen. Ihr Geschlecht zuckte und bebte nun leicht wie Lava auf einem Kratergrund kurz vor der Eruption. Er ließ seine Hoden über ihre Lippen baumeln, drückte die Unterseite seines Gliedes gegen ihre Klitoris und rieb es daran.

»Jajajajaja!« rief sie ganz laut, und ihr Mund nahm dabei eine Form an, als wollte sie gurgeln: »Verflucht, warum hast du nur einen Schwanz! Ich will noch einen zweiten! Ich will auch im Mund einen Schwanz haben! Kennst du niemanden, den du mitbringen könntest? Ich will endlich einmal zwei Schwänze haben! Warum klappt das bloß nie! Hörst du! Beim nächsten Mal bringst du noch einen mit, ja!«

»Wonn i dazua kimm«, murmelte Praxmarer flüchtig und verfiel dabei in seinen heimatlichen Dialekt, den er sich zu Beginn seiner Schauspielerkarriere nur unter großen Mühen hatte abzugewöhnen vermocht.

Unter der Lavaoberfläche zuckte und bebte und brodelte es jetzt noch viel stärker, und gleich darauf spürte er ihre erste Eruption, die sich mit einem mächtigen Furzgeräusch Bahn brach. Dazu stöhnte sie auf wie ein brünftiger Hirsch in einer Vollmondnacht.

»Weiter!« rief sie. »Nicht aufhören! Weiter! Noch einmal!«

Das hatte Praxmarer durchaus vorgehabt, doch nun hörte er nicht nur die Schreie seiner Gastgeberin. Von tief unten im Lichthof ließ sich eine schrille Frauenstimme vernehmen: »Ruhe! Machen's des Fenster zua! Hallo? Des Fenster zua! Ruhe, oder i ruaf die Polizei!«

Praxmarers Gastgeberin schien das indes nicht mitzubekommen, sie stöhnte und grunzte und schrie weiterhin lauthals, weshalb er sich bemühte, die eingetretene Dissonanz gleichfalls zu ignorieren, was freilich nicht einfach war, da sich zu den beiden leistungsstarken Frauenstimmen nun noch anfeuernde Zurufe aus Männerkehlen gesellten. Gewiß waren das die Ziviltechniker, nicht die Anwälte, schloß Praxmarer aus dem Inhalt ihrer Kundgebungen. Techniker pflegen sich meist leistungsorientiert und mit viel Liebe zum Detail zu äußern, wie das diese Rufer aus dem Lichthof taten:

»Schneller werden, schneller – nicht tachinieren!«

»Steck ihr den Finger in den Arsch, das mag sie besonders gern!«

»Für den Anfang nicht schlecht, aber der Herr letzte Woche scheint besser gewesen zu sein!«

»Paß auf, daß sie dir nicht in die Eier beißt – das tut sie nämlich gern!«

»Reiß ihr die Brust auf und spritz ihr ins Herz!«

Praxmarer hakte die Knie seiner Gastgeberin an seinen Schultern ein, um ganz tief in sie eindringen zu können, was er nun mit kräftigen, nicht zu hastigen Stößen tat und was sie erst recht ins Lärmen brachte und damit das dissonante Echo aus dem Lichthof weiter verstärkte.

Kurzum, es war alles nicht einfach und nötigte ihm ein hohes Maß an Konzentrationsfähigkeit ab. Doch diesbezüglich war er ja letzte Nacht durch ein fürs Leben härtendes Stahlbad gegangen, und so hielt er ungebrochen durch, bis sich ihre nächste Eruption ankündigte, mit der zusammen er ein Finale hinzulegen beschloß, wie er es gestern leider nicht erreicht hatte.

Nachdem laut wie bei einem Donnerschlag alle Luft aus ihr entwichen war und ihr gurgelndes Stöhnen und grunzendes Schreien verebbt waren, kehrte auch im Lichthof wieder Stille ein.

»Ah«, sagte sie, »das war ja für den Anfang gar nicht schlecht.« Dann fiel ihr Blick auf die Uhr neben dem

Bett: »Um Gottes willen, schon so spät! Sie müssen mich wirklich entschuldigen, aber ich muß heute unbedingt noch eine Arbeit fertigstellen.«

»Keine Ursache«, sagte Praxmarer, »ich muß ohnedies ins Kaffeehaus – es macht nämlich einen schlechten Eindruck, wenn man zu spät ins Café kommt.«

Wenig später lief er leichtfüßig die Treppe hinab. Eine erfolgreiche Premiere versetzte ihn jedes Mal in Hochstimmung.

Am Abend erwartete ihn Al Khafadschy bereits im Restaurant *Aladin*, das nach dem erst wenige Monate zurückliegenden Bombenanschlag wieder tadellos instandgesetzt war.

»Schaut alles sehr neu aus hier«, sagte Praxmarer, nachdem er seinen Blick durch den Raum hatte schweifen lassen.

»Ja, hier ist gerade renoviert worden«, antwortete sein Gastgeber einsilbig. Al Khafadschy war wohl nicht geneigt, auf die Bomben-Geschichte einzugehen.

Sie waren die einzigen Gäste im Lokal, also dauerte es nicht lange, bis eine opulente Mezze aufgetragen wurde. Praxmarer langte ordentlich zu, wie immer, wenn er eingeladen war. Der Mann von der irakischen Botschaft stocherte nicht sehr enthusiastisch im Essen herum – sein Magen bereite ihm Probleme, warf er erklärend ein. Der Arzt sage, dies sei eine Folge von Streß.

Sonderbar, dachte Praxmarer. Er hatte noch nie davon gehört, daß sich jemand im diplomatischen Dienst überarbeitete. Vermutlich hatte er es mit einem Hypochonder zu tun, überlegte er. Nun, das war jedenfalls nicht sein Problem. Häufigen Umgang gedachte er mit diesem Menschen ja nicht zu pflegen, der ihn bereits bei ihrem zweiten Zusammensein zu langweilen begann.

Nun erst fiel ihm auf, daß Al Khafadschy ziemlich langsam sprach, was offenbar wohl nichts damit zu tun hatte, daß er sich einer ihm fremden Sprache bediente.

Der Iraker war inzwischen dazu übergegangen, einen Monolog antiimperialistischen Inhalts zu halten, in dem er die Orientierungs- und Führerlosigkeit insbesondere der westlichen Linken beklagte sowie nicht zu erwähnen vergaß, wo der alle Probleme dieser Welt lösende Führer zu finden sei, der als einziger die Einheit der arabischen Nation herbeiführen könne, welche wiederum die Voraussetzung zur konsequenten Beseitigung jeglicher kolonialistischer, imperialistischer, zionistischer, faschistischer, rassistischer und sonstiger reaktionärer Regime überall auf der Welt sei. Kurzum, die vornehmste Aufgabe aller wahren Linken, wo immer sie lebten und tätig seien, bestünde in der rückhaltlosen Unterstützung des Kampfes jenes Mannes, der der Leitstern der arabischen Massen und überhaupt aller Deklassierten dieser Erde sei – seines verehrten und geliebten Präsidenten Saddam Hussein, schloß Al Khafadschy feierlich und nahm dabei im Sitzen eine stramme Haltung an. Praxmarer schien es sogar, sein Gegenüber habe unter dem Tisch die Hacken zusammengeknallt.

Der Bühnenkünstler ohne festen Wirkungskreis nickte wort- und verständnislos. Es mochte sich ihm nicht erschließen, was das alles mit ihm und dem ihm in Aussicht gestellten Job zu tun hatte. Dazu kam, daß ihm Al Khafadschys Vortrag trotz allen agitatorischen Inhalts mechanisch heruntergeleiert erschienen war – abgesehen höchstens vom Schlußakkord, seinen allerhöchsten Chef betreffend. Doch vielleicht fürchtete sich der Mann bloß vor dem langen Arm seines Präsidenten und strengte sich daher besonders an, keine Zweifel an seiner Loyalität aufkommen zu lassen, überlegte Praxmarer. Was man so hörte, war man in diesen Weltgegenden ja nicht zimperlich in der Wahl der Mittel beim Umgang mit in Verschiß geratenen Untertanen.

Zum Glück, dachte Praxmarer, ginge ihn das ja alles nichts an. Obwohl er sich als einen politisch überaus engagierten Menschen betrachtete, wußte er ziemlich wenig über die arabische Welt. Er hätte jedenfalls nicht zu sagen vermocht, worin sich der Staatschef des Irak von jenem Syriens, Libyens oder beispielsweise Ägyptens unterschied. Somit war er ein wenig verblüfft über Al Khafadschys Überzeugung, das Heil der Welt werde von diesem Herrn Saddam Hussein kommen, von dem Praxmarer zwar schon gehört hatte. Doch kaum Gutes.

Zum Glück beharrte Al Khafadschy nicht darauf, dieses Thema zu vertiefen, und schien nun bemüht zu sein, eine menschliche Note in ihre Unterhaltung zu bringen. Jedenfalls erzählte er unaufgefordert von seinem persönlichen Zugang zur deutschsprachigen Welt und insbesondere zur Linken derselben, den er dank seines Studiums in der DDR gefunden habe ...

Aha, daher weht der Wind – ja, ja, so sind sie, die Ostgoten, dachte Praxmarer. Und dann impfen sie zu allem Überfluß ihr Talent für langweiligen Sermon auch noch unverbildeten jungen Leuten aus der Dritten Welt ein. Irgendwie war ihm Al Khafadschys Ausdrucksweise ja gleich bekannt vorgekommen. Nun, derlei Leute machten es einem wirklich nicht leicht, sich einzureihen in die Avantgarde des fortschrittlich gesinnten Teiles der Menschheit.

Praxmarer, der ein ebenso ordentlicher wie gründlicher Esser war, hatte es endlich geschafft, die aufgetragene Mezze beinahe im Alleingang abzuräumen – ein Vorgang, den Al Khafadschy allem Anschein nach mit zunehmender Ungeduld verfolgt hatte. Praxmarer hatte sein Besteck noch nicht zur Seite gelegt, als sein Gastgeber aufsprang und vorschlug, man solle sich nun in die im Keller gelegene Bar verfügen, wo eine vorzügliche Bauchtänzerin auftrete.

Auch in dieser Bar waren sie die einzigen Gäste. Al Khafadschy schien sehr erleichtert zu sein, weil sie auf diese Weise einen Tisch direkt an der Tanzfläche besetzen konnten. Erkennbar unkonzentriert begann er Praxmarer erneut darzulegen, wie bedeutsam und notwendig es für jeden wahrhaft dem Fortschritt der Menschheit verpflichteten Mann sei, die Sache der einzigen tatsächlich revolutionären Kraft des arabischen Volkes zu unterstützen. Während dessen blickte Al Khafadschy immer wieder auf seine Armbanduhr und konnte Anzeichen von Ungeduld nicht verbergen. Endlich winkte er einen der beiden gelangweilt hinter dem Tresen lümmelnden Kellner herbei und richtete einen kehlig vorgetragenen Wortschwall an ihn. Der Kellner zuckte die Achseln, antwortete kurz etwas auf Arabisch und trottete zurück zu seinem Platz.

Die eben empfangene Information schien Al Khafadschy ebenso zu enttäuschen wie aus dem Konzept zu bringen. Mit einem Ausdruck von Niedergeschlagenheit im Gesicht weihte er Praxmarer ein: »Die Bauchtänzerin hat Mumps – es gibt heute keine Vorstellung.«

Na, dann eben ein anderes Mal, wollte Praxmarer, der sich vom Bauchtanz ohnedies nicht viel versprochen hatte, aufmunternd einwerfen. Er kam aber nicht dazu. Sein Gastgeber war jetzt offenkundig dazu entschlossen, im Eilverfahren etwas durchzuziehen, das er wohl in einem dramaturgisch ausgefeilterem Bogen hatte reifen lassen wollen, aber daran durch die unvorhersehbaren Umstände gehindert worden war.

»Sie sind ein Schauspieler ohne Arbeit«, begann er unvermittelt und etwas konfus, »also brauchen Sie Geld. Sie kennen in dieser Stadt viele Leute, kommen herum, und Sie haben vor allem gelernt, viele Rollen zu spielen. Das können wir brauchen, und wir werden Sie dafür regelmäßig bezahlen.«

Dazu zog Al Khafadschy einen Briefumschlag aus der Innentasche seiner Jacke und schob ihn über den Tisch. »Da sind fünftausend drinnen«, erklärte er mit gesenkter Stimme und ließ dem Kuvert ein Blatt Papier folgen. »Bestätigen Sie mir, daß Sie das Geld von der irakischen Botschaft für Informationen erhalten haben.«

Praxmarer war sprachlos. Da gab ihm jemand Geld – noch dazu eine Summe, wie er sie bei manchem Engagement nicht einmal für einen ganzen Monat erhalten hatte – für eine Leistung, die er gar nicht erbracht hatte.

Doch dann begriff er, worum es ging – war Al Khafadschys plumpe Methode etwa auch aus einem DDR-Lehrbuch?

Praxmarer war hin und her gerissen. Soviel Geld konnte er in seiner gegenwärtigen Lage ganz einfach nicht zurückweisen. Doch was würde sein, wenn seine Empfangsbestätigung in falsche Hände geriete?

Dann traf er eine spontane Entscheidung. In möglichst unleserlicher Handschrift kritzelte er auf das Papier: ... *von der irakischen Botschaft in Wien für Sprechunterricht erhalten* ... Darunter setzte er seine Unterschrift – und zwar in einer Form, wie er noch nie etwas unterzeichnet hatte. Und künftig nie etwas unterzeichnen würde. Abgesehen vielleicht von solchen Empfangsbestätigungen.

Al Khafadschy warf nur einen flüchtigen Blick auf das Papier, achtete dabei vor allem auf den exakten Sitz von Unterschrift und Datumszeile, faltete es dann sorgfältig zusammen und steckte es ein. Er wirkte jetzt erleichtert.

5.

Als Praxmarer am nächsten Mittag zu seinem späten Morgenkaffee ins *Café Museum* kam, lief er dem unsäglichen Bleimüller geradewegs in die Arme. Der saß da in Gesellschaft zweier Kellertheaterelevinnen und belehrte diese lauthals über die Geheimnisse seiner Rolleninterpretationen. Die beiden Mädchen lauschten andächtig. Einfach widerlich, dachte Praxmarer und versuchte den Eindruck zu erwecken, als habe er den schmierigen Kollegen gar nicht gesehen. In dem Moment aber nahm ihn Bleimüller wahr.

Er sprang auf und rief mit dröhnender Stimme: »Ach, Praxmarer, gut dich zu sehen – hast du schon über die Sache mit dem Auto nachgedacht? Sicher wirst du ja dringend Geld brauchen, und ich habe gerade etwas übrig. Aber lasse es mich bald wissen, ob du mir deine Karre verkaufst, denn ansonsten nehme ich ein anderes Angebot an.«

Ja, ja, er werde darüber nachdenken, murmelte Praxmarer zerstreut, doch jetzt müsse er erst einmal etwas Koffein zu sich nehmen, und überhaupt sei der Kollege Bleimüller ja gerade in pädagogischer Mission tätig, da wolle er nicht stören. Mit diesen Worten trottete er in die entfernteste Ecke des Lokals und verschanzte sich hinter einer Zeitung. Wie dieses Arschloch wohl reagieren würde, wenn er die Offerte tatsächlich aufgriffe, überlegte Praxmarer schließlich. Und warum ritt Bleimüller ständig auf diesem Thema herum? Es gab doch allerorten genug Gebrauchtwagen zu kaufen. Tat er dies bloß, um den arbeitslosen Kollegen zu demütigen? Oder glaubte er, Praxmarer sei derart bankrott, daß er seinen Skoda für praktisch jeden Preis abstoßen müsse?

Naturgemäß konnte der unsägliche Bleimüller nicht wissen, daß Praxmarer letzte Nacht, ohne dafür einen Finger gerührt zu haben, eine Summe Geld erhalten hatte, für die man an einem der kleinen Theater wenigstens einen Monat lang die Launen der dort herrschenden Westentaschenprinzipale erdulden mußte. Und da kam Praxmarer die Idee, sein Auto tatsächlich an Bleimüller zu verkaufen – nämlich jetzt, da er Geld hatte und dazu gute Aussicht bestand, noch mehr davon zu erhalten. Lange würde seine alte Schrottgurke ohnedies nicht mehr durchhalten, und da wäre es doch ungleich besser, sie vorher abzustoßen, überlegte Praxmarer. Dazu böte ein solcher Verkauf eine plausible Erklärung dafür, warum er im Moment erkennbar Geld besaß. Und überhaupt: Der Dumme würde unter dem Strich der großsprecherische Bleimüller sein, und er, Praxmarer, könnte sich nun ja vielleicht einen anderen, besseren Wagen leisten.

Darüber sollte man nachdenken, dachte Praxmarer. Doch er wollte die Sache nicht übers Knie brechen. Absichtslos blickte er auf die Uhr und entsann sich dabei der Tatsache, daß er ein Mann mit Tagesfreizeit war. Ob man in den lichten Höhen des *SCHMUCK DESIGNS* wohl seiner harrte? Praxmarer war überzeugt, dort gestern eine achtbare Darbietung geliefert zu haben, und er meinte daher, es spräche nichts dagegen, bei besagter Dame anzurufen, um zu erkunden, ob ein nächster Besuch opportun sei. Er beschloß, dies unter dem Vorwand der Nachfrage zu tun, ob genauere Vorstellungen hinsichtlich des zweiten Mannes herrschten, den beim nächsten Mal mitzubringen, ihm gestern eindringlich aufgetragen worden war. Praxmarer wußte zwar absolut nicht, welchem der Arschlöcher aus seinem Bekannten- und Kollegenkreis er eine derart vorzügliche Gelegenheit verschaffen sollte. Doch, wie gesagt, seine Frage sollte ja auch nur ein Vorwand sein.

Dazu kam er indes erst gar nicht. Sobald er sich am Telefon hatte zu erkennen gegeben, nahm die ihm nun bereits vertraute Frauenstimme ein hysterisches Flattern an, das jenseits der ihm bis dahin bekannten Ausmaße lag: »Sie Scheißkerl, Sie müssen ja furchtbar getobt haben, als Sie das Treppenhaus hinunter sind!«

»Wer, wie, was – getobt?« Praxmarer war perplex.

»Jawohl: Getobt! Die Hausbesorgerin hat mir eine furchtbar peinliche Szene gemacht! Wenn es bei mir schon zugehen müsse wie in einem Bordell, dann sollte ich wenigstens darauf achten, daß die Lärmbelästigung der anderen Hausinsassen vermieden werde. Und das können nur Sie gewesen sein! Sie Scheißkerl!«

Die Sache mit dem Lärm hatte Praxmarer deutlich anders in Erinnerung, doch es wurde ihm keine Gelegenheit geboten, dies zu bekunden. Seine Gastgeberin vom Vortag verbreitete sich bereits über den nächsten Punkt ihrer Anklage: Kurz nach Praxmarers Abgang sei ein Araber auf der Bildfläche erschienen, habe sich dreist breitgemacht, in einem lausigen Englisch unverfroren wie ein Polizist die Wohnungseigentümerin über den eben dagewesenen Besucher auszufragen versucht

– »Dabei kenne ich Sie ja faktisch wirklich nicht!« warf sie an dieser Stelle des Telefonats begleitet von einem hysterischen Auflachen ein – und ihr zuletzt unzüchtige Angebote gemacht. »Einfach abscheulich, in welche Gesellschaft man durch Sie gerät!« rief sie empört.

Praxmarer war sprachlos. Der einzige Araber, den er kannte, war Al Khafadschy. Doch die geschilderte Szene mußte sich bereits zugetragen haben, bevor er den Iraker letzten Abend traf. Das ging alles nicht zusammen.

»Ich kann mir das absolut nicht erklären«, stotterte Praxmarer endlich. »Ich kann mir nicht vorstellen, wer das gewesen sein soll. Wie hat denn der Kerl ausgesehen?«

»So ein kleiner, spindeldürrer, öliger Typ. Er wußte genau, daß wir am Abend vorher im *Café Dobner* miteinander gesprochen haben. Und er wußte auch, daß Sie mit einem anderen Araber dorthin gekommen sind und mit dem lange palavert haben ...«

Demnach konnte der mysteriöse Besucher also wohl tatsächlich nicht Al Khafadschy gewesen sein, registrierte Praxmarer. Die Angelegenheit wurde für ihn immer undurchschaubarer. »Seien Sie unbesorgt, ich bringe das in Ordnung«, versicherte er eilig, um das unerquickliche Telefonat beenden zu können.

Als er wieder am Kaffeehaustisch saß, versuchte er seine Gedanken zu ordnen. Wer zum Teufel mochte dieser geheimnisvolle Araber sein? Und warum schnüffelte er hinter ihm, Praxmarer, her? Und wie lange schon?

Praxmarer überlegte, ob er Al Khafadschy dazu befragen sollte. Dazu würde er ja bald Gelegenheit haben, denn der Mann von der irakischen Botschaft wollte ihn schon am nächsten Tag erneut treffen. Er hatte Praxmarer zum Abschluß ihres Zusammenseins in der Bauchtanzbar ohne Bauchtänzerin zum Mittagessen für den übernächsten Tag eingeladen und Praxmarer aufgefordert, ein dafür geeignetes Lokal vorzuschlagen. Verwirrt, wie er war, hatte Praxmarer *Bei Sepp* genannt, ein tirolisches Restaurant in der Herrengasse, das er – so er sich das leisten konnte – mitunter aufsuchte, um sich an den dort gebotenen vorzüglichen Speckknödeln zu laben.

Nüchtern betrachtet, hatte Al Khafadschy weniger eine Einladung formuliert als eine Vorladung ausgesprochen – und seinen Gast aufgefordert, nicht mit leeren Händen zu erscheinen. Im Laufe des Abends hatte es sich nämlich noch ergeben, daß die Geldzuwendung an Praxmarer keineswegs als pures Geschenk aufzufassen war. Vielmehr hatte Al Khafadschy von einer »Anzahlung« gesprochen – was ja wohl nur bedeuten konnte, daß der ausbezahlten Summe noch mehr Geld folgen sollte -, doch dafür müsse Praxmarer tatsächlich Informationen liefern.

Der hatte den Araber daraufhin entgeistert angeblickt: »Welche Informationen soll ich Ihnen liefern, die für Sie interessant sein könnten? Ich bin doch nur ein Schauspieler und kenne fast nur Leute, die irgend etwas mit dem Theater zu tun haben. Ich glaube, da bin ich nicht der richtige Mann für Sie.«

Beinahe war er versucht gewesen, den Briefumschlag mit den fünf Tausendern zurückzugeben. Doch so weit hatte es Al Khafadschy erst gar nicht kommen lassen. »Sie werden sehen, das ist einfacher, als Sie denken«, hatte er Praxmarer erklärt und sodann seinen ersten Auftrag formuliert: »Informationen über zionistische Organisationen in Wien« sollte der beschaffen – schriftlich natürlich.

Praxmarer war gleich klar gewesen, daß der Iraker versuchte, ihn auf heikles Terrain zu locken. Trotz all der mannigfaltigen politischen Aktivitäten, die er neben seiner schauspielerischen Tätigkeit stets entfaltet hatte, war er immer bemüht gewesen, sich aus der komplizierten Palästina-Frage herauszuhalten. Gut, einerseits war es für ihn zwar ein glasklares Ergebnis jeglicher seriösen Analyse der internationalen Klassenkämpfe, daß Israel als Brückenkopf des Imperialismus im Nahen Osten betrachtet werden mußte, und mithin war der Zionismus logischerweise eine reaktionäre, gegen die Befreiungskämpfe der Völker der Dritten Welt gerichtete, tendenziell möglicherweise sogar rassistische Ideologie, die es folglich zu bekämpfen galt. Doch andererseits geriet man dabei womöglich in gefährliche Nähe alter Nazis oder sonstiger unverbesserlicher Antisemiten. Kurzum, die Sache war kompliziert, da mischte man sich besser nicht ein. Und nun sollte er einem Angehörigen einer arabischen Botschaft Informationen über zionistische Organisationen liefern. Praxmarer hatte gleich begriffen, daß derlei nicht nur politisch heikel, sondern vor allem der nicht abzusehenden Folgen wegen problematisch war. Was würden diese Leute denn mit den von ihm gelieferten Informationen anfangen? Und was würde sein, wenn ein solches Schriftstück in die falschen Hände geriet?

Obwohl er sich nie sonderlich für die arabischen Staaten interessiert hatte, war Praxmarer wohl nicht entgangen, wie rasch und gründlich die Machtverhältnisse dort mitunter wechselten. Dazu hielt er diese Leute gelinde für Chaoten. Das mochte zwar Ausdruck eines unbewußten rassistischen Reflexes sein, gestand er sich nebstbei ein. Trotzdem plagte ihn die Vorstellung, ein von ihm in Wien seinem irakischen Bekannten übergebenes Papier könne eher beim israelischen Geheimdienst landen als in Bagdad eintreffen. Diesbezüglich sagte man den Israelis ja geradezu Wunderdinge nach, was selbst dem absoluten Laien Praxmarer nicht entgangen war. Es schauderte ihn beim Gedanken, wegen einer harmlosen Nichtigkeit in den Geruch der Spionage oder gar der Beihilfe zum Terrorismus zu geraten.

Mit einem Wort, es sprach alles dagegen, sich auf diese Sache einzulassen. Oder besser: fast alles. Auf der anderen Seite stand ja auch noch das schwerwiegende Argument des dem chronisch unterkapitalisierten und gegenwärtig völlig abgebrannten Praxmarer wie vom

Himmel gesandten Geldes. Dem noch mehr Geld folgen sollte.

Als er nun im *Café Museum* saß – der Nachmittag war inzwischen einigermaßen fortgeschritten -, beschloß Praxmarer, es sei besser, vorderhand nichts zu beschließen, sondern sich ein wenig erfreuliche Abwechslung zu verschaffen. Seine Telefonrechnung hatte er an diesem Vormittag im letzten Moment bezahlt, bevor wieder einmal sein Telefon abgestellt wurde. Dafür war ein nicht unerheblicher Teil von Al Khafadschys Anzahlung draufgegangen, doch immerhin konnte Praxmarer nun seine Wohnung aufsuchen und nach Herzenslust telefonieren, um sich einen angenehmen Abend zu organisieren. Das kleine Telefonbuch, das er stets penibel auf dem jüngsten Stand der Zugänge an möglichen Gefährtinnen zu halten pflegte, lag aufgeschlagen vor ihm.

Praxmarer begann methodisch bei A zu blättern und fand dort tatsächlich die ersten beiden Namen vermerkt, die in ihm freudige Erinnerungen weckten. Doch beim einen Anschluß hob niemand ab, und beim anderen meldete sich eine Männerstimme, was Praxmarer dazu veranlaßte, wortlos aufzuhängen.

So ging es weiter – das schien sein Tag nicht zu sein: Entweder es meldete sich niemand oder eine dort nicht vorgesehene Männerstimme, oder die angerufene Dame war für diesen Abend schon verabredet oder sonst irgendwie indisponiert. Womöglich werde er sich wieder einmal ohne jegliche organisatorische Vorbereitung auf der freien Wildbahn an einem für Aufrißzwecke geeigneten Tresen bewähren müssen, fürchtete Praxmarer bereits. Er war in seinem Telefonbuch inzwischen beim Buchstaben R angelangt.

»Ja, hallooo«, hörte er plötzlich eine Frauenstimme sagen. Praxmarer hatte mechanisch eine Nummer gewählt, ohne sich bewußt zu sein, wen er eigentlich anrief. Doch dieses langgezogene »Hallooo« kam ihm deutlich bekannt vor.

»Ja, hallo, wo bin ich denn da?« stotterte er verwirrt in die Sprechmuschel.

Die angerufene Dame erkannte seine Stimme offenkundig sofort. »Hallooo, Victor Huuugo, bei mir bist du natürlich – das ist aber eine Überraschung, daß du dich wieder einmal meldest.«

Zweifellos hatte Praxmarer eine Frau aus seinem breitgestreuten Bekanntenkreis am Draht – doch welche bloß? In seiner Verwirrtheit hatte er noch dazu das Telefonbuch zugeklappt und konnte somit nicht nachsehen, bei welchem Buchstaben er gerade gehalten hatte, um den Fall solcherart zumindest ein wenig einzugrenzen.

»Ja, da staunst du«, sagte er – jetzt galt es, Zeit zu gewinnen, bis ihrerseits eine Bemerkung fiel, aus der er vielleicht würde erkennen können, mit wem er gerade sprach. »Aber es ist ja auch nicht einfach, dich zu erreichen. Ich habe es schon mehrere Male vergeblich versucht.«

»Neiiin, nicht möööglich«, sagte sie. »Wenn ich nicht in der Schule bin, bin ich doch fast immer zu Hause. Ich gehe in letzter Zeit sehr selten aus.«

Schule! Das war ein Hinweis. Da Praxmarer keinerlei Beziehungen zu Schülerinnen unterhielt, mußte es sich wohl um eine Lehrerin handeln. Lehrerin? Lehrerin? Lehrerin?

Verflucht, es gab so viele Lehrerinnen, und obwohl das nicht eben ein von ihm bevorzugter Berufsstand war, hatte er schon die eine oder andere näher kennengelernt.

»Doch, doch«, sagte er, »immer wieder habe ich versucht, dich zu erreichen.«

»Also Victor Huuugo, das kann ich nicht glauben!«

Lehrerin – dazu diese langgezogene Sprechweise? Jetzt glaubte er, sich zu erinnern. Er entsann sich, daß sie Martha hieß, nicht eben eine Schönheit, doch eine unkapriziöse Vöglerin und überhaupt für jede einschlägige Schweinerei zu haben. Eine Person jedenfalls, bei der man sich nicht lange mit Überzeugungsarbeit aufhalten mußte. Besser die sichere als eine reizvollere Kandidatin im Ungewissen, überlegte Praxmarer und beschloß, die Verhandlung auf den Punkt zu bringen: »Doch, doch, doch, immer wieder habe ich es versucht, aber jetzt muß ich gleich das Telefon räumen – bist du zu Hause, kann ich dich besuchen kommen?«

»Ja, ja, darüber müssen wir unbedingt sprechen, komm doch vorbei, wenn du Zeit hast.«

Praxmarer rieb sich zufrieden die Hände, die Abendration war gesichert – und vielleicht hatte sie ja auch einen Schnaps zu Hause. Oder wenigstens etwas Wein. Hatte er bei dieser Martha nicht mitunter sogar etwas zu essen bekommen – oder verwechselte er da jetzt etwas? Verflucht, wo wohnte die Tante eigentlich genau? Ungefähr glaubte er sich wohl zu erinnern, in welcher Gegend das war. Doch eben nur ungefähr. »Die Adresse!« rief er. »Wohnst du noch immer unter der gleichen Adresse?«

»Natürlich«, sagte sie, »sonst würde ja die Telefonnummer nicht mehr stimmen.« Diese Lehrerinnen mußten immer das letzte Wort haben. Aber sie dachte wenigstens mit und diktierte ihm die Adresse.

Jetzt erinnerte sich Praxmarer an die näheren Umstände: Tatsächlich war er schon des öfteren dort zu einem Hausbesuch aufgetaucht, wenn sich nichts anderes ergeben hatte. Es war zwar nie sonderlich erhebend gewesen, doch eine echte Enttäuschung hatte er nie erlebt. Dazu pflegte diese Martha früh schlafen zu gehen, also würde er anschließend noch Zeit für eine Wirtshausrunde haben.

Nachdem er mit seinem rostigen Skoda mehrmals den Häuserblock umrundet hatte, um einen Parkplatz zu finden, pochte er an die Lehrerinnenwohnungstür.

»Es ist offen!« hörte er sie von drinnen rufen und ortete, nachdem er eingetreten war, ihre Stimme im Badezimmer: »Ich sitze noch in der Badewanne.«

»Das ist praktisch«, antwortete er und hatte sich binnen Sekunden aller seiner Kleider entledigt. Mit sichtlicher Vorfreude trat er ins Badezimmer.

»Es ist nämlich noch eine Kollegin da, wir bereiten gemeinsam den Unterricht vor«, setzte die Lehrerin in dem Moment ihre Erklärung fort. Sie saß bis zum Hals in flockigem Schaum, und nun sah Praxmarer auch die bewußte Kollegin – ein eher streng wirkendes Wesen, das auf einem Schemel am Fußende der Badewanne saß und ein Lehrbuch auf den Knien balancierte.

Da war er womöglich etwas voreilig gewesen, schoß es Praxmarer durch den Kopf. Die zweite Lehrerin starrte wie gebannt auf seine herausragende Männlichkeit, und die Dame des Hauses rang nach Worten, um die eingetretene Situation zu meistern. »Darf ich vorstellen«, griff sie zu einer konventionellen Lösung. »Das ist Victor Huuugo Praxmaaarer – und das ist meine Kollegin Luiiise.«

»Sehr erfreut«, murmelte er und überlegte, was nun zu tun sei. Ein Handkuß wäre gewiß unangebracht. Praxmarer kletterte hurtig zur Gastgeberin in die Badewanne und verschwand gleichfalls bis zum Hals unter die schützende Decke des Schaumteppichs, der das Badewasser bedeckte.

Das eingetretene Schweigen war ihm peinlich, also wandte er sich an die unerwartete Zeugin seines Auftrittes: »Wollen Sie hereinkommen? Wo Platz für zwei ist, kann man auch drei unterbringen. Das habe ich so ähnlich bei Garcia Marquez gelesen. Noch dazu in einer Reportage, die er über Wien geschrieben hat. Wirklich ein sehr komischer Text.« Praxmarer war überzeugt, daß es gegenüber einer streng dreinblickenden Lehrerin nie falsch sein könne, Belesenheit zu demonstrieren.

»Oh, nein, nein«, erwiderte die Eingeladene, begleitet von fahrigen Handbewegungen, »ich habe eben vorhin schon bei mir zu Hause gebadet. Außerdem muß ich nun wohl gehen.«

»Das ist aber schade«, meinte Praxmarer.

»Ja, ja, nicht wahr, da kann man aber leider nichts machen«, stotterte sie, erhob sich, ließ dabei beinahe das Lehrbuch in die Badewanne fallen und trippelte eilig davon. »Also dann bis morgen in der Schule!« verabschiedete sie sich vom Flur aus von ihrer Kollegin.

»Das ist wirklich schade«, bekräftigte Praxmarer nochmals.

Nachdem die Wohnungstür ins Schloß gefallen war, fand die Gastgeberin die Sprache wieder: »Also sag einmal, Victor Huuugo, du stürmst da herein und machst gleich meiner Kollegin den Hof – ganz ungeniert!«

»Ich dachte, ihr seid Freundinnen«, entgegnete er mit der glaubhaftesten Unschuldsmiene, zu der er fähig war.

»Kolleginnen! Eher Kolleginnen.«

»Aha – nun, ich dachte bloß, es wäre unhöflich, wenn man sie nicht zumindest einlädt.«

»Ach, man soll Höflichkeit nicht übertreiben – sie lädt mich ja auch nie ein, wenn ihr Freund kommt.«

Gegen dieses logische Argument war nichts vorzubringen, also wandte sich Praxmarer dem eigentlichen Zweck seines Besuches zu, was alsbald zu stürmischem Seegang in der Badewanne führte und schließlich mit beständiger Regelmäßigkeit eine Welle nach der anderen über den Wannenrand schwappen ließ.

Als die Lehrerin dann vorschlug, die nächste Runde auf das Festland zu verlegen, sah sie, daß der Badezimmerboden gehörig unter Wasser stand. »Oh Gooott!« stöhnte sie. »Da ist ja die ganze Wohnung überschwemmt! Das muß ich sofort wegmachen, bevor das Wasser durch die Decke in die Wohnung unter mir sikkert.«

Damit war die Veranstaltung wohl gelaufen. »Dann will ich dich aber nicht aufhalten«, sagte Praxmarer, stieg aus der Wanne und trollte sich so rasch, wie er aufgetreten war. Als Praxmarer die Wohnungstür ins Schloß drückte, hörte er hinter sich einige lautstark vorgetragene Lehrerinnenflüche, die wohl ihm galten. Das legt sich, dachte er. Bis ich das nächste Mal anrufe, ist der Zorn sicher verraucht.

Beflügelt vom gelungenen Beginn des Abends strebte er seinem Wagen zu. Als er um die Ecke bog, hinter der sein Skoda geparkt war, sah Praxmarer einen Mann, der etwas gebeugt direkt neben dem Auto stand und angestrengt durch das Seitenfenster an der Lenkerseite zu blicken schien. Praxmarer blieb stehen. Nun richtete sich der Unbekannte auf – ein kleingewachsener, drahtig wirkender, dunkelhaariger Kerl mit etwas fremdartigen Gesichtszügen.

Praxmarer konnte sich nicht erinnern, diesen Menschen jemals zuvor gesehen zu haben. Wollte der Idiot etwa die durchgerostete Schrottgurke stehlen? Da erinnerte sich Praxmarer an die Schilderung der Schmuckdesigntante über den mysteriösen Besucher, der sich nach seinem Besuch bei ihr eingestellt hatte. Ihre Beschreibung paßte haargenau auf diesen Typ. Natürlich, das war ein Araber. Praxmarer war sich dessen jetzt ganz sicher.

»He, was machst denn du da!« hörte er in dem Moment eine Frauenstimme rufen.

Ein wenig erschreckt wandte sich Praxmarer um und sah eine ihm nur flüchtig bekannte Frau, die als eine Art Faktotum für diverse Kellertheater und Kleinbühnen arbeitete. Sie war gerade dabei, ein Haustor aufzuschließen. Er erinnerte sich sofort, wer sie war, da ihm schon mehrmals ihre Möbelpackerfigur aufgefallen war, die von ungewöhnlich voluminösen Titten gekrönt wurde.

Der Araber schien inzwischen auf ihn aufmerksam geworden zu sein. Praxmarer sah aus den Augenwinkeln, daß er davonschlenderte. Trotzdem traute Praxmarer dem Frieden nicht. Er beschloß, die Gunst des Zufalls zu nutzen und sich für einige Zeit an die Seite dieser sichtlich starken Frau zu flüchten. Im Grunde verstand er sich zwar als Ästhet, doch ebenso fühlte er sich von allerlei körperlichen Absonderheiten erotisch angezogen. Man sollte alles zumindest einmal probiert haben, davon war er überzeugt.

»Sieh an«, wandte sich Praxmarer an die Frau am Haustor, »das ist aber eine freudige Überraschung – wohnst du etwa hier? Ich hatte gerade in der Nachbarschaft einen Besuch abzustatten.«

»Das ist typisch«, antwortete sie, »mich besucht nie jemand.«

»Das kann sich schlagartig ändern.« Unaufgefordert trat Praxmarer in den Hausflur und folgte dem Möbelpackerkörper – er glaubte sich nun erinnern zu können, daß sie Ria hieß – drei Stockwerke hoch. Die vermeintliche Ria schloß eine Wohnungstür auf und hieß ihn mit einer stummen Kopfbewegung einzutreten.

Forschenden Blickes streifte er durch die kleine Wohnung und ließ sich dann in der guten Stube auf dem Sofa nieder: »Und womit pflegst du gegen alle Erwartung doch auftretende Besucher zu erfreuen?«

»Es sollte noch etwas Rotwein da sein«, erwiderte sie. »Oder willst du lieber einen Schnaps?«

»Das könnte einiges abkürzen«, sagte er.

Sie stellte eine Flasche Slibowitz und zwei Gläser auf den Tisch. Dann setzte sie sich ihm gegenüber auf einen Stuhl. Man wird sie irgendwie hierher zum Sofa locken müssen, damit die Veranstaltung nicht in stundenlange Quasselei ausartet, überlegte Praxmarer, den doch ein wenig der Gedanke beschäftigte, was dieser Araber nun wohl unten auf der Straße mit seinem Skoda treiben könnte. Er fixierte den mächtigen Oberkörper der Gastgeberin: »Bist du eigentlich Sportlerin?«

»So etwas Ähnliches«, sagte sie. »Ich mache Bodybuilding.«

»Nein? Das interessiert mich! Ich wollte immer schon einmal eine Frau mit ordentlichen Muskeln kennenlernen.«

»Das kannst du haben.« Sie streckte ihren angewinkelten Arm vor und präsentierte ihren Bizeps, der manchem Herren als Oberschenkel zur Ehre gereicht hätte.

»Prächtig!« schwärmte er. »Komm her, laß mich fühlen.«

Sie setzte sich neben ihn auf das Sofa, und er betastete mit glaubwürdig geheuchelter Ehrfurcht ihren Oberarm. »Und das geht so weiter?« fragte er. »Ich meine – der ganze Körper ist so prächtig in Schuß?«

»Ich trainiere dreimal die Woche, da bleibt man dann schon halbwegs in Form.«

»Phantastisch!« rief er aus. »Mich hat das immer interessiert, ob Frauen vom Bodybuilding auch so einen markant geformten Oberkörper bekommen wie männliche Bodybilder. Du mußt mir das unbedingt zeigen.«

Gleich einem Briefmarkensammler, der nur auf ein Stichwort wartet, um seine schöne Kollektion einem Gast präsentieren zu können, zog sie eilig ihren Pulli über den Kopf und hielt die Luft an, um ihre beeindruckende Brust von der besten Seite zu zeigen.

»Ah, phantastisch! Doch wenn du schon dabei bist, dann zeig mir den Rest auch gleich«, schlug Praxmarer vor.

Ohne zu zögern, schlüpfte sie aus ihren Jeans und stand nur noch mit einem Tanga am Leib vor ihm. Dazu vollführte sie Übungen, wie er derlei aus dem Fernsehen kannte, wenn sich Bodybuilder produzierten.

»Prächtig, einfach prächtig«, ließ er sich anerkennend vernehmen und kostete das ungewöhnliche Schauspiel begeistert aus.

Dann stand er auf und begann das lebende Körperkunstwerk von oben bis unten zu befühlen. Bei den ausladend gewölbten Arschbacken hielt er inne und massierte sie mit kräftiger Hand. Dieser Kasten von einer Frau schien kein Gramm Fett am Leibe zu haben. Überall ertasteten seine Finger harte Muskulatur.

»Und wie ist das«, fragte er, »bilden sich von diesem Training die Muskeln nur oberflächlich aus oder geht das tiefer?«

»Die Frage verstehe ich nicht?«

»Na, ganz einfach – ich will es mit einem Beispiel erklären: Da gibt es eine Thailänderin in so einem Nachtclub ...« – beinahe hätte er unbedacht zuviel verraten – »... also ich habe gehört, daß es die da geben soll. Jedenfalls hat die angeblich eine derart muskulöse Vagina, daß sie damit Tischtennisbälle quer durch den Raum schießen kann. So hat man mir das erzählt.«

»Du bist eine Drecksau!« kommentierte die Bodybuilderin und lachte dazu dröhnend. Dann fixierte sie Praxmarer mit einem abschätzenden Blick, und im nächsten Moment hatte sie ihn mit effizienten Handgriffen aus der Wäsche geschält.

Als sie endlich dazu kamen, den bereitgestellten Slibowitz zu kosten, stellte Praxmarer fest, daß seine Hand zitterte.

»Hast du dich auch nicht zu sehr angestrengt?« fragte die starke Frau fürsorglich. Seine Anzeichen von Erschöpfung waren ihr wohl nicht entgangen.

»Nein, nein«, versicherte er. »Im Grunde bin ich ja ein sehr sportlicher Mensch – nur ein wenig Trainingsrückstand habe ich vielleicht. Apropos, wie lautet deine Telefonnummer?«

Praxmarer notierte die ihm genannten Zahlen gewissenhaft. »Schade«, meinte er dann, »daß ich schon wieder weiter muß.«

»Nein – du willst schon gehen?«

»Ich will nicht, ich muß – da kann man leider nichts machen: Verpflichtungen, Verpflichtungen!«

Er werde sich aber garantiert wieder melden und dann den ganzen Abend zum Zwecke des gemeinsamen Trainings freihalten, versicherte Praxmarer. Zuletzt bat er die Gastgeberin, ihn zu seinem Auto zu begleiten, damit er ihre Gesellschaft wenigstens noch ein paar Augenblicke länger geniessen könne. Und vielleicht sei ja auch das Haustor abgesperrt.

»Genau«, sagte sie, »das hätte ich beinahe vergessen.«

Als sie auf die Straße traten, sah Praxmarer den kleinen, drahtigen Araber unweit des Skoda an einer Hauswand lehnen. Der Kerl versuchte nun erst gar nicht, sich zu verbergen, und grinste dreckig, als er das Paar herankommen sah. Praxmarer richtete es vorsorglich so ein, daß Ria – so hieß sie tatsächlich, hatte er inzwischen herausgefunden – nicht von seiner Seite wich, bis er in seinem Skoda saß und eilig davonfuhr. Er war froh, weitblickend genug gewesen zu sein, sich ihrer Begleitung zu versichern. Und dazu überzeugt, daß sie mit dem Männchen spielend fertig werden würde, falls der Fremde auf dumme Ideen käme. Praxmarer steuerte eines seiner Stammwirtshäuser an. Alles in allem war er der Meinung, sich auf ungewohntem Terrain achtbar gehalten zu haben. Beflügelt von dieser Einschätzung ertrug er sogar die leidige Parkplatzsuche mit Gleichmut. Nur dieser sonderbare Araber ging ihm nicht aus dem Kopf. Wer der Kerl wohl war, und was er von ihm wollte? Praxmarer neigte nun dazu, die Sache doch mit Al Khafadschy zu besprechen, wenn er ihn morgen zum Mittagessen traf.

Praxmarer tauchte mit dem leichten Schritt des Sportsmannes, der stolz auf eine eben erbrachte Leistung ist, in das Gedränge am Tresen ein. Nachdem es ihm gelungen war, in die erste Reihe vorzustoßen und einen Schnaps zu ordern – »Aber eine Erwachsenenportion!« fügte er wie stets hinzu -, sah er sich in seiner Umgebung um. Er fand sich neben einer Flugzeugkellnerin – so nannte er die Airhostessen – wieder, von der er wohl wußte, wer sie war, ohne die Frau bislang kennengelernt zu haben: Eine höhere Tochter aus der Provinz, die ein wenig durch die Nase sprach, jedenfalls sehr fein tat und ihre Trophäen gewöhnlich in den Kreisen von gerade als en vogue geltenden Künstlern zu sammeln pflegte.

Als en vogue konnte Praxmarer angesichts fehlender Engagements in seinem angestammten Beruf gegenwärtig wohl nicht gelten. Aber er stand an diesem Abend ja unter keinem Erfolgszwang – nicht mehr zumindest, nachdem er in den letzten Stunden gleich zwei gelungene Auftritte hingelegt hatte. Andererseits wurde sein Jagdtrieb indes gerade von solchen schwierigen Fällen entfacht, zu denen seine zufällige Tresennachbarin zweifelsfrei zu zählen war.

Doch da stand wohl nichts auf der Tagesordnung. Die höhere Flugzeugkellnerin war augenscheinlich nicht allein da, sondern mit dem Typen, der rechts neben ihr stand. Praxmarer hatte diesen Mann noch nie gesehen, daher war er einigermaßen überrascht, als der Fremde ihn ansprach: »Sie entschuldigen, daß ich mich mit Ihrer Begleiterin unterhalte.«

»Begleiterin – wer, wie, was?« Praxmarer war nun vollends verwirrt. Endlich ging ihm auf, daß der Mann, den er für den Begleiter der Frau neben sich gehalten hatte, ihn für deren Begleiter hielt. »Das ist ein Irrtum«, lachte er, »die Dame gehört leider nicht zu mir.«

Durch diesen Dialog aufmerksam geworden, musterte die Flugzeugkellnerin ihre beiden Nachbarn: »Was – Sie beide sind nicht zusammen hier?«

Jetzt lachten alle drei, und der Fremde sah sich aufgerufen, aus dem Anlaß dieses komischen dreifachen Mißverständnisses einen Schnaps auszugeben. Und dann noch einen und noch einen. Der Mann war fremd in der Stadt und suchte Anschluß.

Nach dem vierten Schnaps zeigte die Dame Anzeichen von Illuminiertheit und tat kund, sie müsse nun unbedingt aufbrechen. Als ihr beide Nachbarn versicherten, wie schade sie das fänden, schlug sie vor, man könne bei ihr zu Hause noch ein letztes Glas trinken. Das sei nicht weit von hier und zu Fuß zu machen. Wenigstens keine Parkplatzsuche, dachte Praxmarer.

Zu dritt erklommen sie das enge und steile Treppenhaus eines alten Innenstadtgebäudes, wo sich unter dem Dach die Atelierwohnung der höheren Tochter befand. Dort angekommen, begann der Fremde einen Monolog zu halten über das seltene Glück, das es bedeute, in einer fremden Stadt sofort Freunde zu finden. Die

Flugzeugkellnerin lachte dazu in der kichernden Art von Betrunkenen und betonte immer wieder, wie komisch das gewesen sei, daß sie geglaubt habe, während die beiden Männer geglaubt hätten …

Als sie sich erhob, um in die Küche zu gehen, streifte sie wie unbeabsichtigt mit ihren Titten Praxmarers Arm. Der hatte sich einmal von einer Frau versichern lassen, Frauen täten derlei nie unbeabsichtigt. Also gab er vor, die Toilette aufzusuchen, und folgte ihr in die Küche. Sie schien ihn erwartet zu haben, blickte Praxmarer anzüglich entgegen und hob kurz ihren Rock, unter dem erlesene Seidenunterwäsche blitzte. Dann schritt sie – wenngleich etwas unsicheren Schrittes jeder Zoll eine Dame – zurück ins Wohnzimmer.

Sieh an, sieh an, dachte Praxmarer, das war wirklich nicht zu erwarten gewesen. Allerdings wurde offenbar auf Diskretion großer Wert gelegt. Kurzum, er würde versuchen müssen, diesen Kerl geräuschlos und rasch abzuservieren.

Als er zu den anderen zurückkehrte, monologisierte der Fremde immer noch und die Gastgeberin konnte aller guten Erziehung zum Trotz ein Gähnen nicht unterdrücken.

»Ich glaube, wir sollten gehen«, schlug Praxmarer vor. »Unsere liebe Freundin wird morgen sicher zeitig aufstehen müssen.«

»Oh ja«, stöhnte sie, »dieser gräßlich frühe Damaskus-Flug.«

Widerstrebend und stetig bedauernd, daß die eben begonnene wunderbare Freundschaft von so kurzer Dauer sei, ließ sich der Fremde von Praxmarer abführen. Der achtete sorgfältig darauf, daß die Haustür nicht gänzlich ins Schloß fiel. Auf der Straße angekommen, fragte er seinen Begleiter, in welchem Hotel er wohne, und erklärte ihm, in welche Richtung er sich wenden müsse: »Ich muß leider in die andere Richtung – war wirklich nett, daß wir uns kennengelernt haben, und vielleicht laufen wir einander ja wieder einmal über den Weg.«

Erst nach mehreren Anläufen trollte sich der Fremde endlich, und Praxmarer schlenderte bis zur nächsten Straßenecke, um dort zu warten, bis der andere außer Sichtweite war. Dann kehrte er um und kämpfte sich nochmals die steile, enge Treppe hoch. Nachdem er an der Wohnungstür geläutet hatte, dauerte es einige Zeit, bis die Dame des Hauses öffnete. Sie stand im knappen Seidenslip vor ihm und sah müde drein: »Ach jetzt – inzwischen bin ich eingeschlafen. Ich glaube, jetzt habe ich keine Lust mehr.«

»Das kommt gleich wieder«, munterte Praxmarer sie auf. »Der Kerl war einfach nicht schneller loszukriegen.«

Scheinbar noch immer unschlüssig, ging sie voraus zu ihrem Schlafzimmer, streifte sich den Slip ab und legte sich aufs Bett. »Wenn du unbedingt meinst«, ließ sie sich begleitet von einem Gähnen vernehmen, »aber erwarte von mir keine Sondereinlagen mehr. Dafür bin ich schon zu müde.«

Praxmarer verkniff sich die Bemerkung, er sei in dieser Nacht auch nicht mehr ganz frisch, gleichwohl aber noch immer von ungebrochenem Pflichtbewußtsein erfüllt. Aufmerksam musterte er ihr sorgfältig ausrasiertes Schamhaardreieck. Derlei schätzte er an den höheren Töchtern: Sie achteten gewöhnlich auf sich – bis ins letzte Detail.

Als er einige Zeit später die Wohnungstür von außen schloß, notierte er den Namen, der auf dem Türschild stand. Die dazugehörige Nummer würde er sicher im Telefonbuch finden – und sei es, um sie aus statistischen Gründen festzuhalten. Anrufen würde er seine neue Bekannte vermutlich doch nie, das wäre wahrscheinlich nicht angebracht. Sie würde dieses Intermezzo gewiß schon am Morgen danach zu vergessen trachten, und somit war die Sache für ihn wohl eher unter den unerwarteten Prestigenummern abzubuchen, die man nicht entwerten sollte, indem man es in einem unpassenden Moment neuerlich versucht.

Beschwingt flanierte Praxmarer durch die nächtlichen Straßen zu seinem Wagen. Er ging gerne nachts nach einem gelungenen Auftritt in der nahezu menschenleeren Innenstadt spazieren. Und daß er diese Nummer als gelungen betrachten konnte, ergab sich für Praxmarer allein schon aus ihrem ungewöhnlichen Zustandekommen. Dazu war er überzeugt, trotz der nicht einfachen Rahmenbedingungen einen guten Eindruck hinterlassen zu haben. Darauf legte er stets großen Wert. Man sollte ihm keinerlei Nachlässigkeiten nachsagen können – nicht einmal zu so fortgeschrittener Stunde. Schließlich war ihm wohl bewußt, welche Bedeutung weibliche Mundpropaganda besaß. Und so diskret war keine von ihnen, um nicht früher oder später einer ihrer Freundinnen etwas zu erzählen. So sprach sich derlei herum und öffnete einem mitunter Türen, an denen man aus eigenem Antrieb nicht einmal anzuklopfen versucht hätte.

Praxmarer wurde von einer der wenigen zu der Zeit noch auf Position befindlichen Damen vom Straßenstrich aus seinen Gedanken gerissen, die ihm mit rauchiger Stimme ihre Offerte zuraunte. Er beschied sie freundlich, aber bestimmt, daß er erstens für den Moment ausgesorgt habe und zweitens grundsätzlich nie gegen Bezahlung vögle. Sie knurrte daraufhin »Oaschloch« hinter ihm her. Und als Draufgabe: »Nodicha Wixa!«

Als Praxmarer endlich bei seinem in einer engen Seitengasse geparkten Skoda angelangt war, zeichnete sich am Himmel ein erster dünner Streifen von Morgenrot ab. Und wen sah er gegenüber seines Wagens an der Hauswand lehnen? Den drahtigen kleinen Araber, der ihm in dieser Nacht schon einmal in einem ganz anderen Teil der Stadt begegnet war. Nun stand für Praxmarer endgültig fest: Das konnte kein Zufall sein. Die Geschichte wiederholt sich, dachte er und hörte in dem

Moment hinter sich eine Frauenstimme sagen: »He, du, magst mit uns kommen?«

Praxmarer drehte sich erschrocken um. Vor ihm standen zwei ein wenig füllige, nicht mehr ganz junge und schon gar nicht übertrieben hübsche Frauen, die zu allem Überfluß etwas derangiert aussahen. Beschwingt und mit leichtem Lallen erklärte nun die zweite der Frauen: »Mia kommen nämlich von ana Betriebsfeier und hätten gern no a bissl G'spaß.«

Praxmarer war perplex. Beinahe hätte er unter Hinweis auf das rege Nachtleben, das schon hinter ihm lag, abgewunken. Doch da erinnerte er sich an den mysteriösen Araber, der ihm offenkundig auflauerte. Begleitung – welche auch immer – könne ihn jetzt nur schützen, überlegte Praxmarer. Dazu kam der gewiß nicht zu leugnende Reiz, auf die ungewöhnliche Initiative der beiden Frauen einzugehen.

»Einfach so Spaß?« frage er.

»No, du waaßt scho – und ned, daß'd glaubst, mia gengang auf'n Strich. Aber wo sollt ma jetzt gach no an Mann herkriagen.«

Das klang einleuchtend. »Dann steigt doch ein«, forderte Praxmarer die beiden kurzentschlossen auf.

In seinem üblichen Wirkungskreis hätte er sich mit diesen Begleiterinnen unter keinen Umständen sehen lassen, doch es stand nicht zu befürchten, daß ihm zu dieser Stunde noch unliebsame Zeugen begegneten. Abgesehen von dem geheimnisvollen Araber. Doch auf den beschloß Praxmarer keine Rücksicht zu nehmen. Vor allem aber fand er – Schönheit hin, Schönheit her –, solcher Mut, wie ihn die zwei unbekannten Damen zeigten, müsse ganz einfach belohnt werden. Schon wegen der Beispielswirkung.

Eine der Frauen nannte ihm eine Adresse in einer nicht sonderlich angesehenen Wohngegend jenseits der Donau, und die andere eröffnete ihm, die beiden seien Krankenschwestern, weshalb er von ihnen nichts zu befürchten habe – ihnen sei nichts Menschliches fremd.

Selbst in der tristen Vorstadtstraße, die ihm als Ziel genannt worden war, mußte Praxmarer einige Zeit lang um die Häuserblöcke kurven, bis er endlich einen Parkplatz fand. Er wurde in eine typische Kleine-Leute-Wohnung geführt, die billig und geschmacklos eingerichtet, doch erkennbar sauber war. Praxmarer fand, er solle nun das Kommando übernehmen. Mit den Worten »Kinder, geht's euch baden« schickte er seine Gastgeberinnen unter die Dusche.

Als er ihnen kurz darauf ins Badezimmer folgte, seiften sie einander unter fröhlichem Gekreische ein. Er sah ihnen ein wenig zu, zog sich dann aus und stellte sich gleichfalls in die Duschkabine, in der es nun reichlich eng wurde. Das ausgebildete Pflegepersonal nahm sich seiner auf der Stelle sachkundig und mit viel Liebe fürs Detail an, was ihn trotz der Anzeichen von Ermattung, die er in allen Gliedern spürte, augenblicks wieder in Form brachte.

»Und jetzt hau ma sich ins Bett!« schlug eine der Frauen vor.

»Ach was, Bett«, hielt er entgegen. »Habt ihr einen ordentlich stabilen Tisch?«

Als Antwort kreischten beide erneut auf vor Lachen und führten ihn in die Wohnküche, wo ein großer, massiv wirkender Holztisch stand.

»Nicht drängen«, beruhigte er die Gefährtinnen, »es kommen alle dran.« Ganz im Stile eines Regisseurs, der zugleich die Hauptrolle spielt, gab er seine Inszenierungsanweisungen. Praxmarer war in solchen Dingen sehr penibel. Er achtete streng darauf, niemanden zu bevorzugen und niemanden zu benachteiligen, den experimentellen Charakter der Aufführung nicht zu kurz kommen und das Geschehen unter dem Aspekt »sehen und gesehen werden« ablaufen zu lassen.

Sie bildeten ein auf Anhieb erstaunlich gut harmonierendes Ensemble, in dem die Schwächen des einen durch die Stärken des anderen ausgeglichen wurden – und umgekehrt. Den beiden Krankenschwestern, zeigte sich bald, war in der Tat nichts Menschliches fremd, und so mußte Praxmarer ihre Phantasie nur ein wenig lenken, um sie zu unkonventionellen eigenen Beiträgen zu inspirieren. Dazu hatten sie beide eine überaus glückliche Hand, wenn es galt, ihm über erschöpfungsbedingte Konditionseinbrüche hinwegzuhelfen.

Letztendlich einigten sich alle drei darauf, den Abend zu einem gelungenen Abschluß gebracht zu haben. Die Gastgeberinnen erboten sich, nun ein Frühstück zu bereiten. Praxmarer lehnte dankend ab. Inzwischen würden wohl die ersten Kaffeehäuser geöffnet haben. Frühstücken war für ihn eine überaus intime Handlung, die er nicht gerne an einem Tisch zusammen mit fremden Leuten verrichtete.

Für unvorhersehbare Notfälle und auch, um keine Lücken in seinem Datenmaterial entstehen zu lassen, notierte er rasch die Telefonnummer der beiden Krankenschwestern und versprach zum Abschied, sich gelegentlich wieder einmal zu melden.

Obwohl Praxmarer in dieser Nacht nicht eine Sekunde geschlafen hatte, fühlte er sich hellwach, als er seinen Stammplatz im *Café Museum* einnahm. Zufrieden trank er den starken Kaffee, löffelte dazu zwei weichgekochte Eier und blätterte in der Morgenzeitung, die ihm der Ober unaufgefordert auf den Tisch gelegt hatte. Auf der Titelseite war neuerlich von einer Autobombe die Rede, die im Zuge einer blutigen Fehde, die gegenwärtig von nahöstlichen Geheimdiensten in Wien ausgetragen werde, mitten in der Stadt explodiert sei. Praxmarer wollte erst gar nicht genau wissen, ob es sich dabei schon wieder um eine neue Bombe handelte oder ob noch immer die von gestern zur Debatte stand – oder war das schon vorgestern gewesen?

Zum Glück gehe ihn das absolut nichts an, dachte er und blätterte weiter, mußte sich aber gleich darauf eingestehen, daß er dies möglicherweise nicht mehr so ohne weiteres von sich behaupten konnte. Genau besehen war er ja nun für einen solchen nahöstlichen Geheimdienst tätig. Doch was hieß da tätig? Welche Tätigkeit hatte er denn schon groß vollbracht? Und überhaupt, Al Khafadschy traute er bei bestem Willen keine Bombenlegerei zu. Doch was war mit dem drahtigen Kleinen, der offenbar hinter ihm her war? Der Kerl sah ganz so aus, als müsse man ihm alles zutrauen. Und hatte der Typ nicht so sonderbar in seinen Skoda geblickt, als er ihn zum ersten Mal gesehen hatte? Praxmarer begann zu fürchten, daß er dieser Sache vielleicht doch eine gewisse Bedeutung beizumessen habe. Womöglich wäre das kein schlechter Grund, um die wiederholt ausgesprochene Kaufofferte Bleimüllers aufzugreifen und den Skoda kurzerhand abzustoßen, überlegte Praxmarer. Ohne Auto könnte es keine Autobombe geben. Dieser Schluß beruhigte ihn zumindest so weit, daß er sich wieder der Zeitungslektüre zuwenden konnte.

Intimer Rekord las er über einem Einspalter in der Rubrik *Vermischtes*. Da wurde von einem zu Lebzeiten als überaus penibel geltenden Bankier berichtet, der – wie sich erst nach seinem Ableben herausstellte – ein sogenanntes »intimes Tagebuch« nach allen klassischen Regeln der Kunst der Doppelten Buchhaltung geführt hatte. Man sei bei der Aufarbeitung des Nachlasses völlig unerwartet auf dieses Dokument gestoßen und habe den sorgfältigen Aufzeichnungen entnehmen können, daß der in Finanzkreisen allseits geschätzte Mann einmal binnen eines Tages fünf verschiedene Damen zu deren vollständiger Zufriedenheit beglückt habe. Dies könne gewiß als Rekord gelten, schloß der Artikel.

Praxmarer zählte nach – exakt fünf! Ohne sich dessen bewußt gewesen zu sein, hatte er in den letzten Stunden diesen Rekord wiederholt! Auf diese Entdeckung hin hätte er sich eigentlich trotz der frühen Morgenstunde einen Schnaps genehmigen können. Doch da fiel ihm sein Mittagstermin mit Al Khafadschy ein. Praxmarer kannte sich in dem Punkt recht gut, und er wußte: würde er jetzt erst einmal einen Schnaps trinken, so folgten diesem garantiert weitere – und dann käme er womöglich betrunken zu dem Gespräch, das er besser mit klarem Kopf führen sollte. Die Sache war ja ohnehin schon kompliziert genug. Al Khafadschy würde sicherlich das von ihm verlangte Material über »zionistische Organisationen« sehen wollen – und zumindest kein weiteres Geld herausrücken, wenn Praxmarer mit leeren Händen käme. Der mußte sich indes eingestehen, daß er den ersten von diesem Iraker erhaltenen Betrag faktisch schon durchgebracht hatte und dringend auf eine weitere Zuwendung angewiesen war.

Doch, was sollte er liefern? Vor allem unter der Maßgabe, daß die Lieferung zwar bei weitherziger Auslegung des empfangenen Auftrages als Erfüllung desselben gelten konnte und doch absolut harmlos war. Dies schien Praxmarer für den Fall unabdingbar, daß die Angelegenheit auffliegen sollte.

Da hatte er die rettende Idee. »Herr Ober!« rief er. »Bitte das Telefonbuch.«

»Welchen Buchstaben brauchen's denn?« fragte der.

»Wieso wollen Sie das wissen?« fragte Praxmarer zurück. Er schlug dabei unbeabsichtigt einen mißtrauischen Tonfall an.

»No, damit ich weiß, welchen der drei Bände ich Ihnen bringen soll«, antwortete der Ober kopfschüttelnd.

Praxmarer überlegte kurz. »Ich hab mich noch nicht entschieden, also alle drei«, beendete er die Verhandlung und setzte eine entschlossene Miene auf.

»Tsss«, ließ sich der Ober vernehmen und schüttelte abermals den Kopf, als er die drei dickleibigen Bände auf den Tisch dieses Stammgastes legte: »Wenn's die ausg'lesen haben, kann i Ihnen auch no des Branchenverzeichnis bringen. Aber mir scheint, des liest im Moment grad wer anderer.«

Praxmarer schlug den ersten Band auf und wurde schon beim zweiten Buchstaben erstmals fündig. Unter B fand er die israelische Botschaft. Die konnte zweifelsfrei als »zionistische Organisation« gelten. Zum Mißbehagen des ihn dabei beobachtenden Oberkellners strich er die entsprechende Stelle mit einem Kugelschreiber an und blätterte weiter. Unter F waren die Fluglinien aufgeführt – darunter die *El Al*. Die gehört dazu, dachte Praxmarer, strich auch diese Zeile an und blätterte zum Buchstaben G, wo er unter *Gesellschaften* die österreichisch-israelische Gesellschaft entdeckte. Das war für ihn ebenfalls ein klarer Fall, der Kugelschreiber trat abermals in Aktion. Bei H war unter *Hotels* ein solches mit dem Namen »Stadt Jerusalem« verzeichnet. Das wohl eher doch nicht, entschied Praxmarer und ging weiter zu I – *Israelitische Kultusgemeinde* las er da. Das war sicherlich ein Grenzfall. Doch da fiel Praxmarer ein: Die domizilierte ganz nahe eines Wirtshauses, das er des öfteren aufsuchte. Wenn irgendwelche Idioten womöglich auf der Grundlage der von ihm gelieferten Informationen einen Anschlag verübten, könnte das auch für die Gäste dieses Wirtshauses böse Folgen haben – nicht auszudenken! Praxmarer beschloß, die Israelitische Kultusgemeinde nicht als zionistische Organisation zu betrachten.

Solcherart unterzog er jeden einzelnen der ihm noch unterkommenden Fälle einer individuellen Überprüfung und brachte zuletzt mehr als ein halbes Dutzend Firmen und Institutionen zusammen, die er Al Khafadschy nennen könne. Jede von ihnen war jedermann bekannt. Es würde also niemand behaupten können, er habe dem Iraker Geheimnisse anvertraut. Praxmarer begann, die entsprechenden Namen und Adressen zu notieren, verwarf diese Methode dann aber als möglicherweise kompromittierend. Niemand sollte aus dem von ihm übergebenen Material einen Hinweis auf den Lieferanten entnehmen können.

Genau, nun wußte er, wie er das zu bewerkstelligen hatte: Indem er einfach Fotokopien der betreffenden Telefonbuchseiten anfertigte und diese Kopien in einem verschlossenen, neutralen Briefumschlag übergab. Wenn er es geschickt anlegte, würden darauf nicht einmal verwertbare Fingerabdrücke zu finden sein. Praxmarer stellte mit Befriedigung fest, wie professionell er seine neue Rolle als Geheimagent bereits handhabte.

Also Fotokopien – er blickte auf die Uhr und sah, daß er nun nicht mehr trödeln durfte, wenn er rechtzeitig zu seiner Verabredung mit Al Khafadschy kommen wollte. Es fiel ihm eine Kopieranstalt ein, in der zu jeder Zeit ein solches Chaos herrschte, daß ihn dort sicher niemand bei der Verrichtung seiner geheimdienstlichen Tätigkeit beobachten würde. Praxmarer legte einen Geldschein auf den Tisch, klemmte sich die drei Bände des Telefonbuches unter den Arm und brach auf.

»He, des geht ned, Sie können do ned die Telefonbücher davonzahn!« rief ihm der Oberkellner nach, was Praxmarer ignorierte.

Zum Glück fand er direkt vor der Kopieranstalt einen Parkplatz. Als er eben dabei war, die Kopien mit Hilfe seines Taschentuches zu falten und in einen aus einem Papierkorb gefischten Briefumschlag zu stecken, fiel sein Blick durch das Fenster auf das gegenüberliegende Gebäude. Mit einem Mal war er von der Idee besessen, den Rekord, von dem er vorhin in der Zeitung gelesen hatte, zu überbieten. Dort drüben wohnte doch im Hinterhaus diese etwas überdrehte Scheidungswitwe, von der er vor einiger Zeit zu fortgeschrittener Stunde aus einem Wirtshaus abgeschleppt worden war. Praxmarer blickte auf die Uhr. Es blieb nur noch wenig Zeit bis zu seinem Termin. Und die Frau dort drüben würde jetzt womöglich noch schlafen. Doch darauf konnte in dieser historischen Situation keine Rücksicht genommen werden.

Praxmarer fand die fragliche Wohnungstür sofort wieder. Nachdem er dreimal geläutet hatte, wurde ihm endlich geöffnet.

Die Scheidungswitwe stand verschlafenen Blickes in ein Handtuch gehüllt vor ihm. Sie starrte ihn überrascht an. Praxmarer trat wortlos ein, für Erklärungen war jetzt keine Zeit. Im nächsten Moment war das Handtuch beseitigt, und das Paar wälzte sich auf dem Boden des engen Wohnungsflurs. Als Sportsmann achtete Praxmarer darauf, nicht den kleinsten Anschein von Nötigung aufkommen zu lassen, sondern lediglich den Überraschungseffekt auszunützen. Zwar mußte er sich eingestehen, daß das, was er da lieferte, reichlich glanzlos war. Doch jetzt ging es nicht um Haltungsnoten oder technische Raffinesse, sondern lediglich um einen als zählbaren Erfolg zu verbuchenden korrekten Vollzug.

Als der binnen weniger Minuten geschafft war, hätte er beinahe ausgerufen: »Das ist neuer Rekord!«

Doch sie kam ihm zuvor: »Idiot«, zischte sie, »ich habe Besuch!«

Damit hatte er nicht gerechnet. »Wo?«

»Liegt noch im Bett«, flüsterte sie. »Mein neuer Freund – der erschießt uns beide, wenn er uns hier so findet.«

Praxmarer war bemüht, Haltung zu wahren. »Kein Problem«, flüsterte er, »ich muß ohnedies gleich weiter.« Er rappelte sich hoch, brachte seine Hose in Ordnung und machte sich auf Zehenspitzen davon. Von der Tür aus versuchte er noch rasch einen Blick in das Schlafzimmer zu werfen. Er glaubte seinen Augen nicht trauen zu können.

Der Kerl, der da im Bett lag, war allem Anschein nach der kleine Araber, der ihm letzte Nacht zweimal begegnet war.

6.

Doktor Abdolhassan Al Khafadschy war offenkundig kein Speckknödeltyp. Ebenso widerspruchslos, wie er Praxmarers Vorschlag akzeptiert hatte, das gemeinsame Arbeitsessen *Bei Sepp* in der Herrengasse einzunehmen, war er zwar auch dessen Empfehlung gefolgt, die Spezialität dieses Restaurants zu probieren – Original Tiroler Speckknödel also. Doch als das Essen aufgetragen wurde, verzog sich das Gesicht des Irakers zu einer schmerzlichen Grimasse. »Um Gottes willen, das ist viel zu fett für mich«, klagte er dazu. »Mein Magen macht mir so schon genug Probleme – und nun auch noch das!«

Der Mann hatte offenkundig berufliche Probleme, die ihm auf den Magen schlugen. Praxmarer hatte dies aus Al Khafadschys weiteren Bemerkungen zweifelsfrei heraushören können. Und beinahe schien ihm, als sollte er für zumindest einen Teil dieser Probleme verantwortlich gemacht werden. Hatte etwa einer von Al Khafadschys Vorgesetzten die von Praxmarer unterzeichnete Empfangsbestätigung etwas genauer gelesen und dabei festgestellt, daß sie nicht ganz den Wünschen der zahlenden Seite entsprach?

Nein, das schien wohl doch nicht der Fall zu sein. Jedenfalls hatte Al Khafadschy den ihm nun von Praxmarer unauffällig zugesteckten Briefumschlag mit den verlangten Informationen über zionistische Organisationen ungeöffnet und achtlos eingesteckt sowie im Gegenzug ein weiteres Geldkuvert ausgehändigt – verbunden mit dem Verlangen, neuerlich den Erhalt von 5.000 Schilling von der irakischen Botschaft »für Informationen« zu quittieren. Wie schon beim ersten Mal schrieb Praxmarer hingegen *für die Erteilung von Sprechunterricht* auf das formlose Blatt Papier, und wiederum schien Al Khafadschy nur den exakten Sitz von Datumszeile und Unterschrift zu überprüfen, jedoch den tatsächlich formulierten Text nicht einmal zu überfliegen.

Praxmarer war überrascht, wie gut seine simple Methode funktionierte. Langsam ahnte er, daß es seinem Geldgeber zumindest vorderhand gar nicht wirklich um den Erhalt von Informationen ging, sondern nur darum, ihn in seine Netze einzubinden. Wofür und warum auch immer. Das ganze Spiel schien mehr Selbstzweck zu sein. Das erinnerte ihn an einen Ausspruch, den er von einem älteren Kollegen einmal gehört hatte: Schauspieler sei kein Beruf für einen erwachsenen Menschen. Ob das etwa für Geheimagenten ebenso galt?

Doch da war noch die Sache mit den Autobomben, fiel Praxmarer ein. Vielleicht waren die zwar ebenfalls nur Ausdruck von Kindereien – aber offenkundig sehr gefährlichen. Das erinnerte ihn an den anderen Araber, der neuerdings ständig hinter ihm herlief. Praxmarer schnitt dieses Thema entschlossen an.

Al Khafadschy, der inzwischen mit angewidertem Gesichtsausdruck an seinem Speckknödel herumzustochern begonnen hatte und diesen auf der Suche nach fettfreien Stellen sezierte, blickte nicht einmal von seinem Teller auf. »Ach, der unfähige Bishari«, kommentierte er Praxmarers Darlegungen. »Ein Hurenbock und Alkoholiker – aber das sind sie ja alle, diese Leute vom libyschen Volksbüro. Der Kerl läuft schon seit einiger Zeit hinter allen Leuten her, die mit uns in Kontakt sind. Ignorieren Sie ihn einfach.«

Nachdem er sich hatte erklären lassen, daß die Regierung Libyens im Ausland keine Botschaften mehr unterhalte, sondern sogenannte Volksbüros und der nämliche Angehörige desselben in Wien Ibrahim Bishari heiße, vor wenigen Monaten von einem Außenposten in Beirut nach Wien versetzt worden war, obwohl er kein Wort Deutsch und nur sehr schlecht Englisch spreche, sowie ein völliger Dilettant, als solcher indes typisch für die Vertreter dieser Volksbüros sei, lenkte Praxmarer das Gespräch auf die seit einiger Zeit allerorten in Wien detonierenden Autobomben.

Al Khafadschy blickte scheinbar geistesabwesend von seinem Teller auf – ganz so, als überlege er sich die Antwort sehr genau. »Mich stört etwas anderes«, wandte er sich dann an Praxmarer. »Offenbar wissen die Libyer, woran wir arbeiten. Und das können sie nur von jemandem erfahren haben, der unsere Planungen kennt. Aber seien Sie unbesorgt: Wir finden sehr rasch heraus, wer das ist, und stellen das ab.«

»Wieso soll ich besorgt sein, mich geht das ja nichts an«, entfuhr es Praxmarer spontan, womit er sich einen nachsichtigen Blick seines Gegenübers einhandelte.

»Ich denke, das geht Sie doch etwas an«, belehrte ihn Al Khafadschy in einem ruhigen, doch sehr bestimmten Tonfall. »Wir haben da nämlich einen kleinen Auftrag für Sie. Eine Sache, die Ihnen auf den Leib geschneidert ist. Sie sollen eine Frau kennenlernen.«

»Wozu ich? Ich kenne genug Frauen!«

»Eben, ich sage ja, die Sache ist Ihnen auf den Leib geschneidert. Kennen Sie auch Rosa Radullnig? Wenn nicht, dann sollten Sie das rasch nachholen.« Al Khafadschy zog ein Papier aus seiner Jackentasche und überreichte es Praxmarer.

Es war die Fotokopie eines Zeitschriftenartikels mit dem Titel *Wenn das Allah wüßte* ... Der Zeile darüber entnahm Praxmarer, daß die genannte Rosa Radullnig die Verfasserin dieses Artikel war. Gleich zwei Fotos waren zu sehen, die sie zusammen mit dem libyschen Staatschef Muammar el Gaddafi zeigten. Praxmarer betrachtete das Bild einige Zeit, dann erinnerte er sich, wo ihm diese Rosa Radullnig bereits einmal untergekommen war: In der Sonntagsbeilage einer Tageszeitung. Da war sie als Gründerin eines Vereins für Leute porträtiert worden, die sich jeglichem Geschlechtsverkehr zu entsagen beschlossen hatten. Praxmarer hatte den Artikel des ihn interessierenden Themas wegen aufmerksam gelesen und ihn des absurden Inhalts wegen nicht vergessen: Warum, so hatte er sich spontan gefragt, muß man einen Verein für etwas gründen, das man nicht macht? Ja, im umgekehrten Fall, da hätte er sich womöglich für eine Mitgliedschaft interessiert. Doch über diesen Vereinszweck konnte er nur lachen, und er war zum Schluß gekommen, diese Tante wolle sich wahrscheinlich nur wichtig machen.

Ausgerechnet diese Rosa Radullnig sollte er kennenlernen. Warum war Al Khafadschy da gerade auf ihn verfallen? Praxmarer überflog den Artikel. »Der libysche Präsident küßte mich und atmete dabei recht heftig«, stand da schon am Beginn des zweiten Absatzes. Nach und nach wurde Praxmarer klar, was in diesem reichlich konfusen und schwülstigem Text mitgeteilt wurde: Die Artikelverfasserin habe Gaddafi interviewen wollen, sei deshalb nach Libyen gereist und dort mit sanfter Gewalt festgehalten, sowie dazu gedrängt worden, zum Islam überzutreten – weil nämlich dem frommen Moslem Gaddafi lediglich das Vögeln von Moslimen gestattet sei und er unbedingt mit ihr, Rosa Radullnig, habe vögeln wollen. Doch das sei ihr erst bewußt geworden, nachdem sie tatsächlich zum Islam übergetreten sei – und dann habe sie sich nur durch die Einnahme einer Überdosis Abführtabletten der Notzüchtigung von allerhöchster Seite entziehen können.

»Tssss ...« Praxmarer schüttelte den Kopf. »Ein solcher Schwachsinn. Da waren bei dem Blatt vermutlich wieder einmal alle betrunken, als sie diesen Artikel gedruckt haben.«

»Das kann uns egal sein«, wandte Al Khafadschy trocken ein, »wir müssen herausfinden, was da tatsächlich passiert ist. Nach den Fotos zu schließen, war sie ja wirklich bei ihm. Und so einfach, wie sie das darstellt, kann sie da nicht wieder herausgekommen sein, wenn er ein richtiger Mann ist. Doch genau darum geht es ja: Ist er ein richtiger Mann?«

»Sie meinen, der Kerl ist womöglich impotent?«

Al Khafadschy nickte bedeutungsschwanger. Er hatte seinen kaum angeknabberten Speckknödel inzwischen zur Seite geschoben.

»*Das* kann uns doch egal sein«, wunderte sich Praxmarer.

»Eben nicht, eben nicht! Hier geht es um bedeutende politische Vorgänge. Wie Sie wissen, ist unser Präsident Saddam Hussein der einzige Staatsmann, der die arabische Nation endlich einen und die arabischen Völker zusammenführen kann. Das ist völlig klar, und die wahrhaft revolutionären Kräfte haben das längst erkannt. Doch es gibt einige Ehrgeizlinge, die wollen sich selbst gerne an die Spitze der gesamten arabischen Nation stellen. Gaddafi ist unter ihnen einer der ehrgeizigsten. Und nun bedenken Sie, wie die arabischen Völker reagieren werden, wenn sich herausstellt, daß dieser Gaddafi womöglich gar kein richtiger Mann ist. Verstehen Sie nun, warum wir das herausfinden müssen?«

Praxmarer verstand – und er schöpfte spontan den Verdacht, auch Politiker sei womöglich kein Beruf für einen erwachsenen Menschen. Da war er jedenfalls in ein absolut absurdes Ding hineingeraten.

»Wenn Sie den Fall zu unserer Zufriedenheit lösen, kann ich Ihnen das Zehnfache des Betrages übergeben, den Sie bisher erhalten haben«, ließ sich Al Khafadschy vernehmen.

Praxmarer kam die Sache nun gleich viel weniger absurd vor. Er ließ sich Al Khafadschys direkte Telefonnummer geben und versprach, sich gleich zu melden, sobald er in dem Fall ein wenig vorangekommen sei.

Als er zum ersten Mal anrief, wurde ihm von einem Mann in kehligem Englisch mitgeteilt, Doktor Al Khafadschy sei gegenwärtig nicht erreichbar, doch man werde ihm mitteilen, daß Mister Faun angerufen habe – das war der Deckname, den ihm Al Khafadschy bei ihrem Arbeitsessen für künftige telefonische Kontakte genannt hatte. Praxmarer hätte ohnedies noch keine Erfolge zu melden gehabt. Es war ihm mehr darum gegangen zu sondieren, ob er einen kleinen Vorschuß auf die in Aussicht gestellten hundert Tausender erhalten könne. Alles bisher von seinem neuen Arbeitgeber empfangene Geld war ihm auf rätselhafte Weise binnen kurzer Zeit durch die Finger geronnen, also sah er sich dazu gezwungen, der Geldfrage wieder erhöhte Aufmerksamkeit zu schenken. Von Rosa Radullnig hatte er freilich bislang noch nicht einmal die Nasenspitze gesehen. Sie verkehrte offenbar nicht in den von Praxmarer bevorzugten Wirtshäusern und war auch keinem seiner sonstigen Bekanntenkreise zuzurechnen. Aus dem Telefonbuch hatte er zwar entnommen, wo sie wohnte, die genannte Adresse aufgesucht und eine eher schäbige Mietskaserne am Gaudensdorfer Gürtel vorgefunden – doch die Mieterin war nicht zu sehen, obwohl Praxmarer längere Zeit vor dem nämlichen Gebäude ausharrte. Zuletzt hatte er das Haus sogar betreten, die fragliche Wohnungstür gefunden – und davor einen mit Postwurfsendungen vollgestopften Briefkasten. Allem Anschein nach war die Tante verreist. Aus der Lage ihrer Behausung schloß Praxmarer messerscharf, daß diese Reporterin wohl nicht das große Geld verdiente. Verglichen mit dieser Adresse wohnte er selbst in der Barnabittengasse in geradezu gutbürgerlicher Umgebung.

Kurzum, er kam in diesem Fall ganz einfach nicht weiter, obwohl er ihn vor allem des dringend benötigten Geldes wegen, doch auch wegen der Aussicht, die Sammlung seiner Frauenbekanntschaften um ein markantes Exemplar zu erweitern, durchaus interessierte.

Endlich meldete sich Al Khafadschy telefonisch bei ihm – und er bestellte ihn in ein nobles Privatsanatorium nach Döbling. Praxmarer machte sich umgehend auf den Weg und fand den Iraker mit senffarbenem Gesicht im Krankenbett vor. Er müsse seine Magengeschwüre auskurieren, klagte Al Khafadschy – und überhaupt sei alles furchtbar, wozu auch Praxmarer seinen Beitrag geleistet habe: »Wahrscheinlich sind Sie auch nur so ein typischer Vertreter der westeuropäischen Linken, die einen ständig ihrer Solidarität versichern, doch tatenlos davonschleichen, wenn wirklich eine revolutionäre Situation eintritt.«

»Ich weiß wirklich nicht, wie Sie zu dieser Einschätzung gelangen?« In Praxmarer Entgegnung schwang ein leichter Unterton von Empörung mit, obwohl er durchaus ahnte, worauf die Kritik von Al Khafadschy abzielte.

»Wenn Sie es genau wissen wollen: Bei der Zusammenstellung der Informationen über zionistische Organisationen haben Sie sich jedenfalls nicht sehr angestrengt«, trug Al Khafadschy mehr klagend als anklagend vor. »Meine Vorgesetzten haben schon vermutet, Sie seien ein zionistischer Provokateur, auf den ich hereingefallen sei. Das war jedenfalls nicht sehr hilfreich für mich!«

»Ach, diese Sache«, versuchte Praxmarer den Iraker zu beruhigen, »Sie müssen verstehen, da war ich noch völlig neu in diesem Metier. Dazu kommt, daß mir dieser Auftrag eigentlich nicht sehr zugesagt hat. Das war mehr etwas für einen stalinistischen Bürokraten. Ich hingegen habe immer mehr der Vierten Internationale zugeneigt: Sie verstehen – permanente Revolution! Daher behagt mir ja auch der neue Auftrag gleich viel besser. In dem Fall fühle ich mich absolut sattelfest. Sie werden sehen, die Erfolge werden nicht ausbleiben.«

»Das ist auch dringend nötig«, insistierte Al Khafadschy, »unter meinen Vorgesetzten gibt es nämlich sehr, sehr ungeduldige Leute. Meinen Vorgänger hier in Wien haben sie von einem Tag auf den nächsten nach Bagdad zurückberufen und ihn dann bei nächster Gelegenheit an die Kriegsfront abkommandiert. Soviel man hört, ist der Mann schon beim ersten Einsatz den Heldentod gestorben. Das ist zwar sehr ehrenvoll, doch ich glaube, meinem Land und den arabischen Völkern besser dienen zu können, wenn ich zuerst hier meine Mission erfolgreich zu Ende führe.«

Das sah Praxmarer ein, und in ihm regte sich Mitleid mit diesem von Krankheit und Furcht gepeinigten Menschen. Um ihn ein wenig aufzumuntern, schilderte er Al Khafadschy eindrucksvoll seine Exkursion zur Radullnigschen Heimstatt, die zwar vorderhand noch nichts eingebracht hatte. »Doch irgendwann muß die Frau ja wieder nach Hause kommen«, schloß er beschwingt, »dann läute ich einfach an und werde sie eindringlich befragen.«

»Ganz falsch«, wehrte Al Khafadschy ab und zog dabei ein Gesicht, als sei ihm eben ein ganzer Topf voll Speckknödel serviert worden. »Nicht Sie müssen auf sie zukommen – sie muß auf Sie zukommen!«

»Ja, von mir aus«, stammelte Praxmarer verwirrt, »doch wird sie das auch tun?«

»Dafür muß eben gesorgt werden, daß sie das tut.« Al Khafadschy wirkte jetzt sehr überlegen. Vielleicht hatte er in der DDR ja doch etwas für seinen Beruf gelernt, überlegte Praxmarer und sah, wie der Iraker ein Papier aus der Lade seines Nachttisches zog.

»Ich habe mir von einem erstklassigen Fachmann eine Studie anfertigen lassen«, kommentierte Al Khafadschy dabei, setzte sich im Bett auf und begann vorzutragen: »Gehen wir methodisch vor: Die Frau soll auf Sie zukommen, die Frau ist Reporterin – also müssen Sie das Interesse der Reporterin wecken. Sie muß eine Reportage über Sie schreiben wollen, daher mit Ihnen Kontakt aufnehmen und versuchen, Ihr Vertrauen zu gewinnen. Damit sie das gewinnt, muß sie etwas über sich preisgeben. Und das ist der Punkt, an dem Sie einhaken können!«

»Logisch«, sinnierte Praxamarer, »doch warum sollte sie ausgerechnet über mich eine Reportage schreiben wollen? Ich meine, natürlich könnte ich ihr sehr viel über Schauspielerei und Rolleninterpretation erklären – sehr viele interessante Sachen, die sicherlich einen hervorragenden Artikel abgeben würden. Doch im Moment bin ich leider nicht sehr gut im Geschäft, und so oberflächlich, wie diese Reporter alle sind, laufen sie ja immer nur hinter irgendwelchen Schmieranten her, die sich gerade irgendwo eine große Rolle erschlichen haben, obwohl sie künstlerisch absolut nichtige Kreaturen sind.«

»Das ist ein Problem«, bestätigte Al Khafadschy. »Ich hatte ja auch ursprünglich gedacht, Radullnig würde sich für Sie interessieren, weil Sie in dem Nachtclub eine nicht alltägliche Rolle spielen. Das wäre sicher ein

Thema gewesen, das sie interessiert hätte. Doch leider waren Sie dort ja nicht sehr lange engagiert. Vielleicht gibt es ja noch andere derartige Etablissements, in denen Sie auftreten könnten ...«

»Nein, nein, nein, kommt nicht in Frage!« wehrte Praxmarer entschieden ab. »In diesen Läden verkehrt lauter Gesindel, darauf lasse ich mich nicht noch einmal ein.« Zugleich dämmerte ihm, daß Al Khafadschy ihn offenbar schon länger im Auge hatte, als ihre Bekanntschaft währte. Womöglich war sein Auftritt im *Ding Dong* sogar auf raffinierte Weise von diesem Araber eingefädelt worden? Praxmarer konnte sich zwar nicht vorstellen, wie das möglich gewesen sein sollte, doch er wollte inzwischen nichts mehr ausschließen.

»Ist ja gut«, beruhigte ihn Al Khafadschy, »das war ja nur so eine Idee. Von mir aus können Sie einen anderen Weg finden – doch finden Sie einen! Hier, vielleicht hilft Ihnen das weiter.« Er langte nochmals in die Nachttisch-Lade und zog ein Bündel Fotokopien heraus, das er Praxmarer überreichte: »Das sind die Artikel, die Rosa Radullnig in letzter Zeit geschrieben hat. Lesen Sie das Material aufmerksam durch, und analysieren Sie es daraufhin, welche Ansatzpunkte es für unsere Operation geben könnte.«

Als Praxmarer das Gespräch zuletzt auf die Vorschußfrage lenkte, winkte Al Khafadschy müde ab: »Unmöglich, das gäbe nur noch mehr Probleme. Zuerst müssen Erfolge her. Ich kann Ihnen höchstens dann etwas zahlen, wenn Sie mir glaubhaft darlegen können, daß Sie im Zuge dieser Operation erfolgversprechende Auslagen tätigen müssen.«

Praxmarer versprach, darüber nachzudenken, und verabschiedete sich. Zu Hause machte er sich eilig an die Analyse der Radullnig-Artikel – ganz so, als habe er das Wesen einer Figur zu ergründen, die er darstellen sollte. Tatsächlich glaubte er dabei einiges herauszufinden: Die Frau war augenscheinlich eine ehrgeizige Wichtigmacherin, für die alle ihre Reportagen nicht zuletzt ein Vorwand waren, um sich selbst in den Vordergrund zu drängen. Da war kaum ein Artikel ohne Foto, das die Reporterin mit dem vorgeblichen Protagonisten ihrer jeweiligen Reportage zeigte. Sie suchte gewöhnlich nach möglichst ausgefallenen Themen, um dann ihre eigenen Erlebnisse bei der Erforschung derselben ausbreiten zu können. Und irgendwie hatten viele dieser Themen direkt oder indirekt etwas mit Sexualität zu tun. Dieser Komplex schien die Frau ganz besonders zu interessieren, was Praxmarer nur natürlich erschien. Gleichwohl entging ihm jedoch nicht der eigenartig verklemmte Tonfall, den sie zuverlässig immer dann anschlug, wenn von Sexualität die Rede war. Vielleicht handelte es sich dabei um einen Ausdruck von unausgelebtem Masochismus, mutmaßte Praxmarer, der ansonsten nicht sonderlich zu spontanen Ferndiagnosen neigte. Von der Sado-Maso-Szene hatte er sich stets ferngehalten.

Nicht einfach, dachte Praxmarer, nachdem er seine Beobachtungen zu Gedanken geordnet hatte, die ihn sehr beeindruckten. Im strategischen Bereich war er offenkundig ein Paradefall von einem Naturtalent für das Geheimdienstwesen. Bei aller hohen Meinung, die er immer schon von sich gehabt hatte: Das hätte er bis dahin nicht für möglich gehalten. Doch der geniale strategische Ansatz half ihm jetzt nicht weiter. Es fehlte ihm die zwingende Idee für die taktische Umsetzung seiner Einsichten. Und er mußte einräumen: Al Khafadschy hatte recht – als Berufsvögler in einem Nachtclub wäre er ein geradezu klassisches Radullnig-Thema gewesen. Doch, wie gesagt, der Schock, den er als Folge seines Gastspiels in dieser Branche erlitten hatte, saß ihm noch in den Gliedern. Darauf wollte er sich auf keinen Fall mehr einlassen.

Es dauerte einige Tage, bis ihn der Zufall auf die richtige Idee brachte. Genauer gesagt war es die Schwanthaler, eine Kollegin, die er bereits von der Schauspielschule her kannte. Sie war keineswegs eine Schönheit, und mitunter wurde in Theaterkreisen sogar behauptet, ihr Gesicht sei derart häßlich, daß es schon wieder etwas Besonderes an sich habe. Doch an den Wiener Kleinbühnen hielt man sich offenkundig an den von Schnitzler dem Leutnant im *Reigen* zugewiesenen Satz: »Ah wos, G'sicht …«

Jedenfalls wurde die Schwanthaler an diesen Theatern ziemlich regelmäßig mit Rollen betraut, und einiges verdiente sie beständig kursierenden Gerüchten zufolge auch beim Film, obwohl nie ein Film, in dem sie mitwirkte, in die herkömmlichen Kinos gekommen war, was zu zusätzlichem Geraune Anlaß gab.

Das alles war indes kein Grund dafür, daß Praxmarer die Schwanthaler nicht in der langen Liste seiner Erfolge führte – es hatte sich ganz einfach nur nie ergeben. Vielleicht auch deshalb, weil sie einander bereits viel zu lange und zu gut kannten. Soweit dies unter am selben Ort tätigen Bühnenkünstlern überhaupt möglich war, verband die beiden eine Art oberflächliche Freundschaft, die Praxmarer auch aus dem Grund pflegte, weil die Schwanthaler nebstbei als energischer Coach der aus dem fortschrittlich gesinnten Teil der Wiener Theaterschaffenden rekrutierten Fußballmannschaft wirkte, in die regelmäßig nominiert zu werden für ihn keineswegs nur aus sportlichen Gründen bedeutsam war. Blieb er auf diese Weise doch selbst in Zeiten langanhaltender Engagementlosigkeit mit der Welt des Theaters in Verbindung und konnte so hoffen, bei den für Besetzungsfragen zuständigen Leuten nicht gänzlich in Vergessenheit zu geraten.

Im Gegenzug bediente sich die Schwanthaler immer wieder der Hilfe Praxmarers, wenn es um die Lösung alltäglicher Probleme ging. Um seinen Lebensunterhalt bestreiten zu können, hatte er nämlich des öfteren zwischen seinen seltenen Bühnenengagements in diversen kunstfernen Berufen dilettiert. Dabei war Praxmarer jedes Mal wohl darauf bedacht gewesen, dies nicht publik werden zu lassen, um nicht den Anschein zu erwecken, er habe sich als Künstler selbst schon abgeschrieben. Gleichwohl hatte er auf diese Weise manche praktische Fähigkeiten erworben, die unter Schauspielern normalerweise höchst selten zu finden waren.

Als ihn die Schwanthaler nun wieder einmal anrief und bat, er möge doch rasch bei ihr vorbeikommen, um ihr bei einer Sache zu helfen, die sie allein nicht in den Griff bekomme, dachte er eher an einen verstopften Klosettabfluß oder einen in den Aufzugschacht gefallenen Schlüsselbund.

Tatsächlich erwartete sie ihn im Bademantel und hatte allerlei Toilettenartikel bereitgestellt, die er auf den ersten Blick nicht so recht ihr zuzuordnen wußte. Dazu sah sie einigermaßen derangiert aus, was – wie sie ihm umgehend erklärte – eine Nebenerscheinung ihres akuten Problems war: »Hörst, ich glaub, ich hab gestern zuviel gesoffen. Jedenfalls hab ich total zitterige Hände, daher mußt' mir helfen. Ich hab nämlich morgen in München einen Dreh, und da muß ich ordentlich ausschauen. Heute bin ich aber überhaupt nicht in der Lage, mich selbst zu rasieren. Könntest du das bitte machen?«

»Wer, wie, was – rasieren?« Praxmarer war verwirrt.

»No, den Buschen natürlich«, fügte sie mit erkennbarer Ungeduld hinzu, legte den Bademantel ab und sich auf ein mit Handtüchtern ausgelegtes Sofa. Nun begriff Praxmarer, warum Pinsel, Rasierschaum und Rasiermesser bereitlagen. Er war angenehm überrascht. Endlich wurde er zu einem Hilfsdienst herangezogen, den er freudigen Herzens ausführte. Und da Praxmarer stets großen Wert darauf legte, zu den Männern gezählt zu werden, denen jegliche Halbheiten zuwider sind, entledigte er sich der ungewohnten Aufgabe mit Bravour und künstlerischem Einfühlungsvermögen. Er stutzte das wild wuchernde Gekräusel seiner Kollegin nicht nur auf ein Maß zurecht, daß selbst aus dem kleinsten Tanga kein Härchen mehr hervorlugen würde.

Den Rest an Haarwuchs, den er ihr stehenließ, beschloß Praxmarer zur überraschendsten Abendfrisur zu gestalten, die ihn bei seinen zahlreichen Exkursionen je untergekommen war.

Die Schwanthaler räkelte sich währenddessen wohlig auf dem Sofa und erklärte: »Der H. C. hat wirklich recht – es gibt kein besseres Mittel gegen Kater als einen Schweinsbraten und eine scharfe Rasur.«

Eher ausweichend und um sich die vielleicht als plump empfundene Frage zu verkneifen, ob seine Hilfe auch beim Schweinsbraten gefordert sei, bemerkte Praxmarer: »Ah, den alten Faun kennst du also auch.«

»Natürlich«, antwortete die Schwanthaler, »wir stammen ja beide aus St. Achatz am Walde. Und der H. C. schreibt manchmal den inneren Monolog für die Filme, bei denen ich mitspiel. Er will natürlich nicht, daß das bekannt wird, weil er fürchtet, daß man ihn sonst als Poeten nicht mehr genug ernst nimmt.«

»Tssss ...« bemerkte Praxmarer. Er konnte sich jetzt nicht von ihren Erzählungen ablenken lassen und mußte sich voll auf seine Tätigkeit konzentrieren. Den bauchseitigen Ansatz der Schwanthalerschen Schamhaare rasierte er mit akkurater Linienführung zu zwei gleichförmigen Bögen aus – etwa in der Art, wie auf ländlichen Votivbildern das blutende Herz Jesu dargestellt wird. Die Herzspitze wiederum mündete – gleichfalls mit penibler Exaktheit ausgeführt – eine Fingerbreite südlich der Klitoris.

Alles, was darunter lag, rasierte er restlos glatt. Zuletzt bediente er sich einer stumpfen Schere, um den noch im behaarten Bereich liegenden obersten Abschnitt der äußeren Schamlippen in Millimeterbreite vom Haarbesatz freizuschneiden. Somit wölbte sich von der Herzspitze aufwärts noch ein schlanker, die Krönung des Gesamtwerkes bildender Bogen.

Kurzum, das Werk konnte als rundum geglückt gelten, und das fand auch die Schwanthaler, nachdem sie es im Spiegel ausführlich betrachtet hatte. »Hörst', das ist fesch«, lobte sie Praxmarer. »Ich werd dem Regisseur vorschlagen, den Film, den wir jetzt drehen, *Die rasierte Frau* zu nennen.«

Nun erst begriff Praxmarer, daß sein Werk wohl einer breiten Öffentlichkeit von Video-Freunden zugänglich gemacht werden würde, und er bedauerte, keine Signatur angebracht oder eine sonstige im Sinne des Urheberrechtes unzweifelhafte Festschreibung seiner Autorenschaft getroffen zu haben.

Doch der zählbare Erfolg blieb auch so nicht aus. Schon kurze Zeit später meldete sich bei ihm eine junge Frau, die sich als Kollegin der Schwanthaler vorstellte und Praxmarer um die Arrangierung einer ebenso aufsehenerregenden Intimfrisur bat, wie sie diese bei ihrer Kollegin gesehen habe.

Praxmarer ließ sich naturgemäß nicht lange bitten, und das Ergebnis konnte als nahezu noch gelungener bezeichnet werden als sein erstes Werkstück, was seinen Ehrgeiz und seine Schaffensfreude endgültig weckte. Zugleich wurde ihm bewußt: Genau das war der Köder, auf den diese Reporterin anbeißen würde – was er da tat, war ein geradezu exzeptionelles Radullnig-Thema.

Der noch immer im Klinikbett darniederliegende Al Khafadschy sah das nicht gleich ein. Es schien ihm überaus peinlich zu sein, sich Praxmarers Idee bloß anhören zu müssen. Mit angewidertem Gesichtsausdruck und kopfschüttelnd antwortete der Iraker: »Unmöglich! Eine solche Sauerei kann ich meinen Vorgesetzten nicht vorschlagen. Die würden womöglich glauben, ich sei ein hochgradiger Sexualneurotiker, und lassen mich in eine psychiatrische Anstalt einweisen. Oder sie schikken mich gleich an die Front, damit ich auf andere Gedanken komme. Nein, nein, ganz unmöglich! Dazu kommt: Ich habe noch nie davon gehört, daß eine Operation auf eine solche Weise abgewickelt wird. Dafür gibt es nicht einen Präzedenzfall in der wissenschaftlichen Literatur. Das wäre absolutes Neuland, und darauf läßt man sich bei uns bestimmt nicht ein.«

Praxmarer konnte sich diese Reaktion wohl erklären. Angesichts der bekannten Mangelwirtschaft, die in der das geheimdienstliche Denken des Irakers prägenden DDR geherrscht hatte, war eine Schamhaar-Pflege- und Verschönerungsanstalt als operatives Tarnunternehmen des Ministeriums für Staatssicherheit in den einschlägigen Lehrbüchern sicherlich nicht vorgesehen gewesen. Also konnte sich Al Khafadschy derlei nicht vorstellen.

So einfach ließ sich Praxmarer aber nicht von seinem Vorhaben abbringen. »Ich glaube, Sie gehen zu sehr emotionell an diesen Komplex heran – also gänzlich unwissenschaftlich«, entgegnete er. »Sie sagen doch selbst immer, wir arbeiten im Interesse des fortschrittlichen Teiles der Menschheit. Und als Mann des Fortschritts muß man allem Neuen stets aufgeschlossen gegenüberstehen.«

Praxmarer war selbst davon überrascht, mit welch messerscharfer Logik er inzwischen zu argumentieren gelernt hatte, und auf diese Weise brachte er Al Khafadschy immerhin dazu, den Plan zumindest ernsthaft zu prüfen. Dabei dürfte dann wohl von irakischer Seite im Zuge eines Amtshilfeabkommens eine Expertise eines befreundeten und im besten Sinne professionellen, somit auch vor Experimenten nicht zurückschreckenden Dienstes erbeten worden sein, die rundweg positiv ausfiel. Jedenfalls bat – er bat dieses Mal ausdrücklich und verlangte nicht, wie sonst – Al Khafadschy den freudig überraschten Praxmarer schon wenige Tage später zu sich und stattete ihn mit nicht unbeträchtlichen Geldmitteln zum Aufbau des vorgeschlagenen Unternehmens als Aktionsbasis für die Operation Radullnig aus. »Sie müssen dieses Gewerbe so intensiv wie möglich ausüben, damit niemand auf den Verdacht kommt, hier handle es sich nur um eine Scheinfirma«, belehrte ihn der Iraker. »Sobald ich wieder genesen bin, werde ich in dieser Firma wahrscheinlich selbst ein wenig mitarbeiten. Es könnte ja sein, daß eine Situation entsteht, in der es günstig ist, wenn ich unauffällig anwesend sein kann. Man weiß nie, wofür es gut ist, wenn man sich rechtzeitig auf jeden denkbaren Einsatz vorbereitet.«

Dies werde wohl nicht nötig sein, wehrte Praxmarer ab und versprach zum Abschied, er werde zuverlässig dafür sorgen, daß Rosa Radullnig von der ungewöhnlichen Unternehmung erfahre und den Plan fasse, darüber einen Selbsterfahrungsbericht zu schreiben.

Praxmarer machte sich mit einer ihn selbst überraschenden Zielstrebigkeit daran, das Vorhaben in die Tat umzusetzen. Die Schwanthaler, die sich nun regelmäßig von ihm rasieren ließ und volles Verständnis dafür zeigte, daß er mangels Engagements am Theater sein zufällig entdecktes Talent für die Schamhaarbehandlung zu einer zwischenzeitlichen Einkommensquelle zu machen gedachte, wies ihn auf die gerade leerstehende Garçonnière einer ihrer Freundinnen hin und vermittelte die kostengünstige Anmietung der Immobilie als Betriebsstätte. Des weiteren erwarb Praxmarer professionelles Rasierzeug, betrieb eingehende Studien hinsichtlich der unterschiedlichsten in seinem neuen Arbeitsbereich anzutreffenden Formen und Proportionen – erst bei dieser Gelegenheit wurde ihm bewußt, daß faktisch nicht eine Vulva der anderen aufs Haar gleicht, sondern jede einzelne wie ein Gesicht über einen eigenen Ausdruck verfügt – und fertigte ein breites Sortiment von Ideenskizzen an.

Dieser Aufwand war keineswegs übertrieben, denn schon sehr bald wuchs der Kreis der Damen, die von Praxmarer rasiert, onduliert und frisiert werden wollten. Zu den Kolleginnen (Abteilung Film) der Schwanthaler gesellten sich andere Kolleginnen dieser Kolleginnen und so fort. Doch die Kundschaft blieb auch nicht nur auf Vertreterinnen dieser Berufssparte beschränkt. Die Sache zog jedenfalls immer weitere Kreise, und da eine ordentliche Rasur samt Nebenbehandlung recht zeitaufwendig war – Praxmarer entdeckte den in ihm schlummernden soliden Handwerker, der Pfusch zutiefst verabscheute -, hatten die Damen durchwegs Verständnis dafür, daß derlei nicht umsonst getan werden konnte. Praxmarer orientierte sich bei der Festsetzung seines Honorarkatalogs an den Preisen, die von mittelständischen Kopfhaarkünstlern verlangt wurden, und er griff damit sicherlich nicht zu hoch.

Mit seiner Fingerfertigkeit und Routine wuchs auch sein künstlerischer Gestaltungswille. Vom weiblichen Schamhaarbereich sprach er bald nur noch wie ein begnadeter Bildhauer von Blöcken erlesenstem Carrara-Marmor. Dazu galt es ihm als oberstes Prinzip, der Natur niemals Gewalt anzutun, sondern vielmehr nach einer Form der Gestaltung zu suchen, welche die vorgefundenen Verhältnisse harmonisch berücksichtigte.

Bei Damen mit tiefem, doch seitlich ausuferndem Haaransatz bevorzugte er gewöhnlich kreisförmige Lösungen. Bei solchen mit schmaler, doch hoch auf den Bauch hinaufreichender Behaarung nahm er die Vertikalachse als Dreh- und Angelpunkt. Einem herben Typ mit dichtem Kraushaar rasierte er in strenger Linienführung ein auf der Spitze stehendes, schmales, hohes Dreieck. Als ihm kurz darauf ein ähnlicher Typ unterkam, er sich aber nicht wiederholen wollte – bei Praxmarer konnte jedes einzelne Werk fraglos als Original gelten -, ließ er bei dieser Frau lediglich einen schmalen, rechteckigen Mittelstreifen stehen.

Die Herzform, von der er bei seinem ersten Versuch aus purer Intuition ausgegangen war, entwickelte er bei einer seiner Klientinnen zu einem Doppeldreieck weiter, das präzise einen Millimeter oberhalb des Schamlippenwinkels zusammenlief. Bei einer ihn sehr eigenwillig dünkenden Kundin zog er in der Höhe der Klitoris eine waagrechte Linie, unterhalb derer er den ungewöhnlich breiten und flachen Vaginalbereich glattrasierte. Von der von ihm gezogenen Grundlinie aufwärts indes ließ Praxmarer die Behaarung in zwei gleichförmigen, nach innen geschwungenen Bögen zum höchstmöglichen Punkt auf der Bauchdecke zusammenlaufen. Bei wiederum einer anderen Dame setzte er auf ein auf der Spitze stehendes schmales Dreieck einen rechteckigen Balken von größtmöglicher Breite.

Naturgemäß lugten derlei kühne Konstruktionen da oder dort aus Bikinihöschen und erst recht aus Tangas hervor, womit der ursprüngliche Sinn des Schamhaarrasierens ad absurdum geführt wurde. Doch Praxmarer hatte sich vom Bereich banaler Dienstleistung längst in die Sphären eigenwilliger künstlerischer Gestaltung erhoben, und er konnte somit nicht mehr in jedem Fall auf praktische Überlegungen Rücksicht nehmen.

Trotzdem kam es zu keinerlei Reklamationen. Im Gegenteil. Wenn er seiner jeweiligen Kundin unter der Dusche die abgeschnittenen Härchen fortgespült, mit dem Föhn die behaart gebliebenen Teile getrocknet und das Ganze zuletzt mit einem feinen Kamm ausfrisiert hatte, stießen die Damen in nahezu jedem Fall bei der Betrachtung ihrer neuen Intimfrisur vor dem Spiegel spitze Schreie des Entzückens aus. Nicht selten wurde der Künstler in einem solchen Moment spontan aufgefordert, sein Werk auf der Stelle zu signieren. In solchen Fällen ließ sich Praxmarer nicht lange bitten, wenngleich er niemals von sich aus darauf drängte, denn er wollte Arbeit und Vergnügen nicht unzulässig vermengt wissen. Auch mit dieser neuerdings in ihm gereiften Form von Berufsethos überraschte er niemanden mehr als sich selbst.

Aufgrund mehrfach vorgetragenen besonderen Wunsches weitete er seine Servicepalette auf Haarefärben aus, wobei er gleichfalls eine üppig wuchernde Kreativität entfaltete. Mitunter verpaßte er den beiden Bereichen links und rechts der Scheide unterschiedliche Farben, in manche Frisuren färbte er ein Seriösität signalisierendes graues oder aber ein Enthemmtheit ausdrückendes knallbuntes Strähnchen ein, und einer

Klientin tauchte er den penibel hochgeföhnten Irokesenhaarschnitt in schreiendes Henna.

Über mangelnden Geschäftsgang konnte er nicht klagen. Neben dem Kreis der ihm durch Mundpropaganda zugewachsenen Kundschaft weitete er seine Klientel aus, indem er im Kleinanzeigenteil von Szene-Blättern seine Dienste anbot. Freilich schien es ihm geraten, das auf leicht verklausulierte Weise zu tun, was mitunter zu Mißverständnissen führte. Nachdem er beispielsweise in die Rubrik *Vermischtes* den Text hatte einrücken lassen: *Warum überlassen Sie nur Ihr Haupthaar einem Fachmann? Auch Ihre beste Freundin hat sich Pflege und Verschönerung durch kundige Hände verdient!* erschien bei ihm eine ältere Dame in Begleitung ihrer Hündin – einem pudelartigen Vieh, dessen Gesichtszüge verblüffend denen seiner Herrin ähnelten – mit dem Ansinnen, Praxmarer möge das Tier scheren.

Ansonsten lief alles prächtig, und als Praxmarer sich dazu entschloß, als Reaktion auf das allgemeine Ansteigen der Lebenshaltungskosten seine Preise merkbar anzuheben, verbesserte er als seriöser Geschäftsmann auch den gebotenen Service. Nun stellte er nicht nur für jede Kundin ein Damengedeck bereit – eine Piccoloflasche Sekt samt Orangensaft -, was nebstbei zu einer dem Arbeitsklima förderlichen Enthemmung bei den Verhalteneren unter seinen Besucherinnen beitrug. Desweiteren schaffte er eine Sofortbildkamera an, um gegebenenfalls bei Erstkundinnen eine Aufnahme vom Arbeitsfeld anzufertigen, auf der er dann die von ihm vorgeschlagene Linienführung skizzierte.

Da Praxmarer als umgänglicher Zeitgenosse gelten konnte, gelang es ihm meist, eine zwanglose Atmosphäre herzustellen, sobald er eine Kundin auf sein mit Frotteetüchern ausgelegtes Arbeitssofa bat und die Beleuchtung regulierte – ordentliche Ausleuchtung, das hatte er rasch erkannt, war eine Grundvoraussetzung für präzise Arbeit. Im Regelfall gelang es ihm sogar, sehr rasch die anfänglich meist zu konstatierende Skepsis von

Herren zu zerstreuen, die es für angebracht erachtet hatten, ihre Gattin oder Freundin zum Intimbarbier zu begleiten. Nur wenn sich ein solcher Begleiter mit unqualifizierten Einwänden oder Verbesserungsvorschlägen in seine Arbeit einzumengen trachtete, wies ihn Praxmarer betont ruhig, aber bestimmt auf seine anerkannte Fachmannschaft hin, was meist genügte, um den Störer zum Schweigen zu bringen. Zumeist stand in einem solchen Fall auch die begleitete Dame nicht an, entschieden für den Schamhaarkünstler Partei zu ergreifen.

Bei aller Künstlerschaft war Praxmarer der diskrete und umsichtige Dienstleistungsbetrieb in Person. Für jede Kundin lag ein frischer Frotteebademantel bereit, doch da die warme Jahreszeit bereits begonnen hatte, verzichteten die meisten Klientinnen darauf, diesen anzulegen, um seiner begnadeten Hände Arbeit ohne Sichtbeeinträchtigung folgen zu können. Demonstrativ holte Praxmarer vor jeder Rasur einen noch unbenützten Rasierpinsel aus der Zellophanverpackung, und während er sein Rasiermesser schärfte, äußerte er zumeist die beruhigende Versicherung, daß ihm noch nie auch nur der kleinste Ausrutscher unterlaufen sei.

Tatsächlich unterließ er es in keinem Fall, bei der Rasur der delikatesten Abschnitte einen Finger zwischen äußere und innere Schamlippe zu legen, um solcherart jeglicher Verletzungsgefahr vorzubeugen. In dieser Phase der Rasur kam es mitunter vor, daß er spürte, wie es unter seinem Sicherheitsfinger zu pochen und eine heiße Feuchte zu pulsieren begann.

Doch, wie gesagt, Praxmarer wollte auf diese Weise keineswegs eine Aufforderung zum abschließenden Signieren provozieren. Es ging ihm einzig um die körperliche Unversehrtheit der Damen.

Eigentlich verlief sein neues Arbeitsleben rundum harmonisch, und der einzige Eklat, zu dem es je kam, hatte eher politische Ursachen gehabt. Eine blondmähnige Herrenmensch-Erscheinung, die auf eines seiner

Inserate hin erschienen war, hatte eingangs leutselig darauf verzichtet, ein Sofortbild ihrer unrasierten Haarpracht anfertigen und sich die Vorstellungen des Stylisten skizzieren zu lassen. »Machen Sie doch einfach etwas, das zu meinem Typ paßt«, hatte ihre Anweisung gelautet.

Während Praxmarer noch etwas unschlüssig mit der Umfeldrodung auf den Innenseiten ihrer Schenkel beschäftigt war, hatte diese Kundin einige achtlos hingesagte rassistische, fremdenfeindliche und antisemitische Bemerkungen fallen lassen, woraufhin er sich spontan dazu entschloß, ihr die komplette Vagina kahlzuscheren und lediglich oberhalb des Schamlippenwinkels ein haariges Hakenkreuz auf die Bauchdecke zu zaubern.

Als die Frau letztendlich das Werk im Spiegel sah, begann sie Praxmarer wüst zu beschimpfen, wobei sie sich eines Vokabulars bediente, das bemerkenswert zu der von ihr bis dahin gewählten Ausdrucksweise kontrastierte: »Ja hat Ihnen wer ins Hirn g'schissen, Sie Futkletzler, Sie schweißhändiger! Der derf do ned wahr sein! Rasiert mir der Hämorrhoidenpompfunebrer des Abzeichen von so an deppaten Fußballverein oder was des sein soll auf die Büchsen! Ja was glaubst denn du Todel, in welchen Kreisen ich verkehr? Des san feine Herren, die mi für a überwutzelte Badhur' halten, wenn's mich mit so aner Proletenfrisur sehen! Ned an Groschen zahl i für den Pfusch, des is dir hoffentlich eh klar, du Trottel! Eigentlich müßt ja jetzt i a Schmerzensgeld und a Verstümmelungsentschädigung verlangen, du Hirnederl, du gichtiges.«

Daraufhin sah er sich dazu gezwungen, ihre feinseidenen Dessous zu beschlagnahmen und erst wieder herauszurücken, nachdem sie ihm – noch immer fluchend – das festgesetzte Honorar ausgehändigt hatte.

Doch dieser Zwischenfall blieb eine absolute Ausnahme. Praxmarer wurde von seinem florierenden Unternehmen derart in Anspruch genommen, daß er beinahe den eigentlichen Gründungszweck desselben aus den Augen verloren hatte: Die Operation Radullnig. In dem Punkt war er bislang noch nicht einen Schritt weitergekommen. Diese Reporterin war offenkundig doch nicht so hellhörig für das aktuelle Zeitgeschehen, wie Praxmarer das von ihr erwartet hatte. Entgegen vielen anderen Frauen der Stadt hatte sie vermutlich noch nichts von der von ihm ins Leben gerufenen bahnbrechenden Einrichtung gehört, oder aber sie war nicht vif genug, um sofort das lohnende Thema zu erkennen, das sich ihr anbot.

Praxmarer wäre darüber gar nicht sonderlich traurig gewesen. Wenngleich er nun so viel arbeiten mußte, wie er das nie zuvor in seinem Leben getan hatte, plagten ihn erstmals, soweit er zurückdenken konnte, keine akuten finanziellen Probleme. Zwar gelang es ihm naturgemäß nicht, Ersparnisse anzulegen, doch er mußte nun nicht mehr in seinen Stammwirtshäusern anschreiben lassen und gewann dadurch bei deren Chefs eine nie zuvor genossene Bonität, was für ihn gleichbedeutend mit einem Sparguthaben für allfällige schlechtere Zeiten war.

Die Aussicht, durch die Operation Radullnig mit einem Schlag hundert Tausender zu verdienen – für Praxmarer eine unvorstellbare Summe Geldes –, beschäftigte ihn allerdings weiterhin. So richtig bei der Stange gehalten wurde er durch die in immer kürzeren Abständen erfolgenden Anrufe von Al Khafadschy, der von seinem Magenleiden noch immer nicht genesen war und sich insgesamt in einem sehr schlechten Zustand zu befinden schien. Das eine Mal flehte er Praxmarer geradezu unterwürfig an: »Mein Schicksal liegt in Ihrer Hand. Sie machen sich wahrscheinlich keine Vorstellungen, wozu manche Leute fähig sind! Hören Sie, wir brauchen dringend eindrucksvolle Erfolge! Lassen Sie sich das von einem Freund gesagt sein, der in Gefahr ist! Helfen Sie mir!«

Das nächste Mal versuchte er es wiederum auftrumpfend und mit Drohungen: »Wenn nicht bald etwas passiert, kann ich für Ihre Zukunft nicht mehr garantieren. Sie wissen ja, wie viele Unfälle heutzutage passieren. Nicht zu reden von Dingen, die ansonsten unversehens geschehen. Aber wir wollen vorderhand noch nicht einmal an das Schlimmste denken. Es können auch viele unangenehme kleine Pannen eintreten. Stellten Sie sich vor, da kämen etwa die harmlosen kleinen Papierchen, auf denen Sie den Erhalt von namhaften Summen für Informationen an die irakische Botschaft bestätigt haben, in falsche Hände. Harmlose Papierchen, wie ich schon sagte – doch böse Menschen verdrehen ja manchmal jedes Wort, und schon stehen Sie da wie ein Spion! Vielleicht wird man Sie deshalb nicht gleich einsperren, doch mit Ihrer Schauspielerkarriere wäre es dann wohl vorbei. Sie wissen ja, wie das in dieser Stadt ist: Wer will schon jemanden engagieren, auf dem ein Verdacht lastet! Nein, ich glaube, das wäre nicht sehr erfreulich für Sie.«

Beinahe hätte sich Praxmarer an dieser Stelle des Telefonats dazu hinreißen lassen, Al Khafadschy höhnisch aufzufordern, er solle doch einmal den Text dieser Empfangsbestätigungen aufmerksam lesen. Das unterließ er aber dann doch und beschloß, nicht mutwillig eine Auseinandersetzung zu provozieren, deren Ausgang unbestimmt war. Vielmehr versprach er, sich verstärkt um die Operation Radullnig zu kümmern, und tat das dann auch. Da der Berg scheinbar noch nichts vom Propheten gehört hatte, würde man ihn eben eindringlich informieren müssen, überlegte Praxmarer und fertigte in kleiner Auflage ein Flugblatt an, dessen Text für die *EINMALIGE WELTSENSATION* des *ERSTEN, ERLESENSTEN UND ERFOLGREICHSTEN* Intimfrisureninstituts von Wien warb.

Damit eilte er zum Gaudensdorfer Gürtel und versenkte die Werbebotschaft in dem nun geleerten Briefkasten an Radullnigs Wohnungstür. Um keinen Verdacht zu erwecken, hinterließ er seine Losung auch in allen anderen Briefkästen dieses Hauses und der Nebengebäude.

Er hatte richtig kalkuliert. Schon zwei Tage später erschien unangemeldet Rosa Radullnig in seinem Intimhaarstudio.

7.

Praxmarer erkannte sie sofort. Rosa Radullnig sah tatsächlich aus wie auf den Fotos, die er von ihr gesehen hatte: Langes, schwarzes Haar, blasser Teint, ein eher volles, undramatisches Gesicht. Trotzdem unterschied sie sich auf den ersten Blick von dem Bild, das er sich von ihr gemacht hatte – das einer energisch und selbstbewußt auftretenden Person. Die junge Frau, die eher zögerlich die Garçonnière betrat, ließ augenscheinlich die Schultern nach vorne hängen. Ihr Gang war eine eigentümliche Mischung aus Schlurfen und Trampeln. Und als sie »Grüß Gott« sagte, tat sie das mit leiser, unsicherer Stimme.

Praxmarer versuchte, sich nichts anmerken zu lassen und sie wie jede andere Kundin zu behandeln. »Sind Sie angemeldet?« fragte er so uninteressiert wie möglich und wandte ihr dabei halb den Rücken zu.

»Nein«, hörte er sie hinter sich piepsen, »ich habe mir gedacht …«

Praxmarer wandte sich jäh um und sah, daß sie sich unaufgefordert auf den Stuhl gleich neben der Eingangstür gesetzt hatte – die Beine nebeneinander gestellt, die Knie fest aneinandergepreßt. Rosa Radullnig trug ein ihre untere Körperhälfte züchtig verhüllendes Kleid mit einem in krassem Gegensatz dazu stehenden offenherzigen Ausschnitt, in dem der Ansatz zweier bummeliger Brüste zu sehen war, über die sich auffallend weiße Haut spannte. Vermutlich stammte diese Kreation aus einer längst vergangenen Modeepoche.

Praxmarer war in diesen Dingen zwar absolut nicht auf dem Laufenden, doch in diesem Fall fiel das sogar ihm auf.

»Normalerweise muß man sich bei mir anmelden«, erklärte er mit fester Stimme, »doch Sie haben Glück, eben vorhin hat mir eine Klientin kurzfristig absagen müssen. Ich könnte Sie also in dieser Lücke unterbringen. Sie sind zum ersten Mal hier?«

Radullnig nickte wortlos und erweckte dabei den Eindruck eines Wesens, das an Beschützerinstinkte appelliert. Aber vielleicht tut sie ja nur so, überlegte Praxmarer und nahm sich vor, auf der Hut zu sein.

»Hier, das sind meine Honorarsätze«, überreichte er ihr den nach Art einer Speisenkarte in eine Ledermappe gebundenen Katalog seiner Dienstleistungen samt Preisangaben.

Sie studierte das Papier aufmerksam, während er in die Kochnische eilte, um das obligate Damengedeck aus dem Kühlschrank zu holen.

Den Orangensaft stürzte sie eilig in sich hinein, traf dann aber keine Anstalten, die kleine Sektflasche zu öffnen.

»Soll ich Ihnen behilflich sein?« fragte Praxmarer und griff nach dem Piccolo.

Rosa Radullnig hob abwehrend die Hände: »Ich trinke keinen Alkohol.«

»Zigarette gefällig?« Praxmarer steckte sich eine an und hielt ihr danach die Packung hin.

»Ich rauche nicht«, lautete die kaum hörbar gehauchte Antwort.

»Vermutlich sind Sie dann auch Vegetarierin?«

»Ich bin Moslime.«

»Ach, wirklich?« Praxmarer bemühte sich, überrascht zu wirken: »Das ist aber eher selten bei uns hier.«

Sie nickte stumm, und obwohl ihr Gesicht von einer dicken Schicht Schminke bedeckt war, zeichnete sich dabei eine zarte Röte auf ihren Wangen ab.

»Na ja, geht mich ja auch nichts an. Um ehrlich zu sein: Mir ist das absolut egal«, setzte Praxmarer mit überlegenem Gestus fort. »Kommen wir zur Sache: Was haben Sie sich vorgestellt?«

Sie zuckte die Schultern. »Normal«, erklärte sie dann mit beinahe tonloser Stimme.

»Was heißt normal? Waschen, rasieren, schneiden, ondulieren, färben? Welches Styling?«

Sie zuckte abermals die Schultern, nun wortlos.

Wenn es schon so kompliziert war, mit dieser Frau über ihren Frisurenwunsch zu sprechen – wie schwierig würde es dann erst sein, mit ihr ein ergiebiges Gespräch über das Thema zu führen, dessentwegen sie hierher gelockt worden war? Praxmarer erkannte, daß er die mit der Erfüllung seiner Aufgabe verbundenen Probleme wohl etwas unterschätzt hatte. Doch da mußte er jetzt durch, und er versuchte es auf möglichst geschäftsmäßige Art: »Ich mache Ihnen einen Vorschlag. Machen wir es so, wie bei den meisten Erstkundinnen. Sie zeigen mir zuerst einmal, wie Ihr natürlicher Haarwuchs aussieht, ich mache davon ein Polaroid und skizziere Ihnen dann drauf meinen Vorschlag, wie wir das alles neu gestalten. Einverstanden?«

Rosa Radullnig saß ihm mit vor Schreck offenstehendem Mund gegenüber. Es dauerte eine Weile, bis sie in der Lage war, stumm den Kopf zu schütteln.

»Ja, aber wie sollen wir dann vorankommen?« Praxmarer schlug nun einen entschiedenen Tonfall an: »Die Zeit vergeht, und wir kommen nicht weiter. Ist Ihnen klar, daß ich auch diesen Zeitaufwand in Rechnung stellen muß?«

»Ich bin von der Presse«, stotterte sie endlich.

»Ja und? Glauben Sie, da gibt es eine Freikarte? Wir sind hier doch nicht im Theater!«

»Ich bin ja eigentlich mehr zum Recherchieren hier. Für einen Artikel, den ich schreiben will. Weil das ist ja etwas Neues, so ein Haarstudio für unten.«

Das war die umfangreichste Äußerung, die Praxmarer bislang von ihr gehört hatte. Kurzum, es ging vorwärts. Wenngleich sehr langsam. Daher beschloß er, ein wenig auf das Tempo zu drücken: »Also, was wollen Sie nun – rasiert werden oder ein Interview?«

»Eigentlich beides. Es soll ja eine richtige Reportage werden, in der ich beschreibe, wie man so etwas erlebt.«

»Dann fangen wir an.« Praxmarer griff nach dem bereitliegenden Bademantel: »Hier, nehmen Sie den. Sie können sich im Badezimmer bereit machen – gleich da hinein.«

Radullnig stand wortlos auf und verschwand im Badezimmer. Es dauerte ungewöhnlich lange, bis sie wieder auftrat. Praxmarer sah sofort, daß sie unter dem Bademantel noch immer das schwarze Damenbrustgeschirr trug, das er vorhin aus dem Ausschnitt ihres Kleides hatte blitzen sehen. Doch das Kleid schien sie wenigstens abgelegt zu haben. »Hier, machen Sie es sich auf dem Sofa bequem.« Er war bemüht, einen absolut unaufgeregten, alltäglichen Ton anzuschlagen.

Rosa Radullnig saß kerzengerade auf dem Möbel wie eine Musterschülerin in der ersten Bank. Wohl aber hatte sie die Beine auf das Sofa bugsiert und drückte sie fest aneinander. Zugleich zupfte sie den Bademantel so zurecht, daß er ihre Knie bedeckte.

Praxmarer konnte einen Seufzer nicht unterdrücken. »Na, dann lassen's halt einmal schauen – Sie müssen sich vorstellen, das ist wie beim Arzt.« Mit diesen Worten versuchte er, den Bademantel im Bereich seines Arbeitsfeldes zu öffnen. Er kam aber noch nicht einmal dazu, sie behutsam zu berühren, da zuckte Radullnig bereits zusammen und preßte die Hände auf den Schoß.

»Na bitte, ich tu Ihnen ja nichts – aber Sie müssen sich jetzt endlich entscheiden, ob wir mit der Arbeit anfangen wollen oder nicht.« Praxmarer war einen Schritt zurückgetreten, während er das sagte.

»Ich bin nämlich noch Jungfrau«, ließ sich die Radullnig vernehmen. Das sollte wohl ein wenig schnippisch klingen, vermutete Praxmarer, doch es war womöglich die Wahrheit. Er wollte ihr versichern, daß die Rasur absolut nur äußerlich vorgenommen werde, kam aber nicht dazu. »Und Sie wollen mit mir schlafen«, setzte sie mit empörtem Unterton fort.

»Sie können beruhigt sein, wenn es dazu kommen sollte, werd ich Ihnen das rechtzeitig sagen ...« Weiter kam er nicht.

»Was?« fiel sie ihm ins Wort. »Das würden Sie offen zugeben? Ein arabischer Mann würde das nie zugeben!«

»Ah, Sie haben es mit den Arabern?« griff er das Stichwort auf, das ihn wieder ein wenig in die richtige Richtung weiterzubringen versprach.

»Ich war Khomeinis Mata Hari«, ließ sich die Radullnig auftrumpfend vernehmen.

»Der ja nicht gerade ein Araber war«, warf Praxmarer lakonisch ein. Wahrscheinlich lag es daran, daß seine akademische Laufbahn nur bis zu einer Handelsgehilfenlehrlingsposition in der Julius Meinl-Filiale von Rettenschöß geführt hatte, weswegen es ihn stets mit besonderer Befriedigung erfüllte, wenn er in Bildungsfragen punkten konnte. Gleichwohl verkniff er sich die Bemerkung, bislang noch nichts von der unbefleckten Tätigkeit der Mata Hari gehört zu haben.

»Na ja, nicht wie Sie meinen«, hörte er die Radullnig zögerlich vorbringen, »aber ich habe beruflich immer wieder mit Arabern zu tun und wäre dabei schon mehrmals fast vergewaltigt worden.«

»Nicht möglich!« Praxmarer begriff sofort: Das war der Punkt, an dem er einhaken mußte. Nebstbei ahnte er wohl, daß er sich dieser Frau gar nicht wenig genug würde nähern dürfen, um nicht fortan von ihr dem Kreis jener Männer zugerechnet zu werden, von denen sie sich beinahe genotzüchtigt fühlte. Unter normalen Umständen wäre ihm das absolut nicht recht gewesen, denn es war für ihn eine Frage des Selbstachtung, das ganz einfach nicht nötig zu haben. Doch in diesem Fall vertraute er darauf, jederman, dem sie derlei erzählte, würde wie er sofort erkennen, was es mit den einschlägigen Phantasien der Rosa Radullnig an sich hatte.

»Wahrscheinlich, wenn Sie nachts irgendwo in gefährlichen Gegenden allein unterwegs waren?« fragte er scheinheilig.

»Nein, nein«, widersprach sie heftig, »von Leuten, die ich interviewen wollte! Da waren ganz bedeutende Männer darunter!«

»Nicht möglich! Wer denn?«

»Na, von einem Fall kann ich ja erzählen, denn das habe ich ja auch schon geschrieben: von Gaddafi beispielsweise.«

»Was, ausgerechnet der? Dabei tut der Kerl immer so, als sei er ein ganz besonders gläubiger Moslem!«

»Ist er ja auch«, wandte die Radullnig umgehend ein. »Daher habe ich ja vorher zum Islam übertreten müssen.« Draufhin schilderte sie Praxmarer, was der bereits aus dem Zeitschriftenartikel wußte. Die Erzählung war nun noch konfuser als in diesem Text. Dafür aber detailreicher. Trotzdem klang da keine schlüssige Antwort auf die Frage an, die er in Al Khafadschys Auftrag klären sollte: Wie es denn nun tatsächlich um die Manneskraft dieses Staatschefs bestellt war. Doch Praxmarer fand, er sollte in diesem Punkt jetzt nicht allzusehr drängen und die Sache besser reifen lassen.

»Ja, wenn Sie solche Erlebnisse haben, kann ich wohl verstehen, daß Sie Ihre Jungfräulichkeit nicht mehr aufgeben wollen«, heuchelte er Einsicht.

»Nein, nein, so ist das nicht«, korrigierte sie ihn sofort und legte dabei ein Temperament an den Tag, das er dieser Person nicht zugetraut hätte. »Als nächstes schreibe ich nämlich ein Buch über die lesbische Liebe. Ich werde mich extra nach Lesbos zurückziehen, um das dort zu recherchieren.«

Praxmarer schien es schon aus Gründen der Tarnung angebracht, seine Rolle als Schamhaarbarbier nicht in

Vergessenheit geraten zu lassen, daher ging er sofort auf das von Radullnig geäußerte Vorhaben ein: »Ach, da schau her, das ist sicher eine interessante Sache. Vielleicht wäre es dann aber wirklich besser, wenn Sie eine ordentliche Frisur haben – unten. Die Damen von der Fraktion sind nämlich in dem Punkt sehr kapriziös, soviel man hört.«

»Ja, wahrscheinlich«, pflichtete sie mit tonloser Stimme bei.

»Also, dann wollen wir?«

Rosa Radullnig nickte wortlos und saß wie zur Salzsäule erstarrt da, während Praxmarer behutsam ihren Bademantel öffnete. Ihre Beine waren weiß, als hätte diese Frau noch nie im Leben einen Badeanzug getragen. Sie preßte die Oberschenkel krampfhaft aneinander. So bekam Praxmarer nur ein kleines Dreieck schwarzglänzenden Haares zu sehen.

»Vielleicht genügt es ja für meine Reportage, wenn Sie nur da oben ein wenig rasieren«, schlug die Radullnig in flehentlichem Ton vor. Es war ihr anzusehen, welchen Kampf sie gerade mit sich austrug.

Praxmarer entsann sich eines britischen Sprichwortes, das er einmal irgendwo aufgeschnappt hatte: Man schießt nicht auf eine Ambulanz. »Wissen Sie was«, schlug er vor, »ich glaube, heute reicht die Zeit nicht mehr. Sie kennen mich jetzt und wissen, wie es bei mir zugeht. Überlegen Sie in Ruhe, welche Frisur Sie genau haben wollen, und dann kommen Sie noch einmal vorbei. Ich berechne die heutige Sitzung nicht und mache Ihnen beim nächsten Mal einen reduzierten Pressetarif – Public Relations, sozusagen.«

Rosa Radullnig atmete erleichtert auf – nicht zuletzt seines die Finanzen betreffenden Vorschlages wegen, wie Praxmarer schien.

Bevor sie die Garçonnière verließ, versicherte Rosa Radullnig mehrmals, sie würde schon bald wiederkommen und sich dann telefonisch anmelden: »Ich muß mit Ihnen ja auch noch wegen meines Artikels reden!«

Praxmarer war in dem Moment überzeugt, daß sie das ehrlich meinte. Vielleicht war sie heute ja auch nur indisponiert und daher so zurückhaltend gewesen.

Rosa Radullnig war kaum gegangen, da läutete das Telefon. Al Khafadschy rief an. Offenbar wußte er bereits, wer eben bei Praxmarer gewesen war.

»Na und, was haben Sie herausgefunden?« fragte er unvermittelt. Das entsprach nicht der ansonsten so bedächtigen Art dieses Arabers.

»Einiges«, berichtete Praxmarer optimistisch. »Was die Sache mit Gaddafi anlangt, so bin ich mir zwar noch nicht ganz sicher. Da muß ich noch ein wenig nachbohren. Aber sie hat noch mehr erzählt. Sie sagt zum Beispiel, sie war auch für Khomeini tätig. Da müßte ich aber auch noch nachhaken, falls Sie das interessiert.«

»Mich interessiert alles«, bestätigte Al Khafadschy.

»Dann komme ich vielleicht gleich zu meiner wichtigsten Erkenntnis«, setzte Praxmarer fort. »Ich habe die Frau heute einigermaßen kennengelernt, und eines ist für mich sicher. Die hat sich diese ganze Sache mit dem Übertritt zum Islam und die Gaddafi-Kiste nicht selbst einfallen lassen. Die ist eindeutig nicht eine Geschickte, sondern eine Gesandte.«

»Was soll das heißen?« fragte Al Khafadschy.

»Ganz einfach, die ist ein solches Hascherl, daß die das alles unmöglich selbst arrangiert haben kann. Da muß es jemanden geben, der sie wie eine Marionette an den Schnüren hält und tanzen läßt.«

»Hat sie das gesagt?«

»Natürlich nicht. Aber für mich gibt es da keinen Zweifel. Und da sie über alle Leute herumredet, mit denen sie zu tun hat, kriege ich das schon noch heraus, wer da hinter ihr steht.«

Nun wurde Al Khafadschy erkennbar einsilbig, und er benützte den nächsten Vorwand, um das Telefonat zu beenden.

Sonderbar, dachte Praxmarer und beschloß, seinen Arbeitstag zu beenden.

Er wollte sich gerade ins *Café Museum* verfügen, da wurde an der Tür geläutet. »Das ist wohl der Tag der unangemeldeten Besucher«, murmelte er und ging arglos in das kleine Vorzimmer, um zu öffnen.

Im Flur stand ein sportlich wirkender Mann mittleren Alters, der Praxmarer spontan irgendwie bekannt vorkam – doch er konnte sich im Augenblick nicht entsinnen, woher. Der Fremde hingegen schien ihn recht gut zu kennen.

»Ah, fesch, der Herr Praxmarer ist zugegen, wie man so sagt. Kommen's rein, damit wir uns ein bissl unterhalten können«, eröffnete er die Verhandlung und ließ den verdutzten Praxmarer kurz in die hohle Hand blikken, in der er eine Plakette mit dem Staatswappen hielt. Dann schob er den Mieter der Garçonnière sanft, aber bestimmt zur Seite und trat ein. Praxmarer folgte ein wenig schusselig.

»Machen's besser die Tür zu, muß ja ned das ganze Haus erfahren, welche Probleme Sie haben«, forderte ihn der Fremde auf.

Tatsächlich hätte Praxmarer beinahe vergessen, die Tür zu schließen. Diese Plakette mit dem Bundesadler – im Volksmund *Pleitegeier* genannt – deutete wohl darauf hin, daß es sich bei dem Besucher um einen Polizeibeamten handelte, schloß Praxmarer gleichwohl richtig. Und er wußte nun erst recht nicht, woher er diesen Mann kennen sollte. Bei allem mitunter etwas labilen Lebenswandel, den der in seinem angestammten Beruf wenig erfolgreiche Bühnenkünstler führte, war es ihm doch stets gelungen, jeglichen Kontakt mit der Polizei zu meiden. Oder lag etwa eine Verwechslung vor?

Praxmarer musterte den Fremden nun eingehender, und dabei fiel ihm auf, daß dieser ihm in gewisser Weise nicht unähnlich war. Zumindest hätte er vermutlich mit Erfolg behaupten können, dieser Mann sei sein älterer, ungleich bürgerlicher geratener Bruder.

»Na, ein schönes Firmenlokal ham Sie da«, ließ sich der mutmaßliche Polizist mit fester Stimme vernehmen und sah sich dabei ungeniert in der Wohnung um. »Und des G'schäft geht gut, wie man so sagt?« setzte er dann mit einer jähen Körperwendung in Richtung Praxmarer fort.

»Danke der Nachfrage, man kann nicht klagen.« Praxmarer war sich noch nicht klar drüber, wie er diesem Kerl begegnen sollte.

»Na, des wird auch notwendig sein, weil Sie werden wahrscheinlich demnächst a bissl a Geld brauchen, wie man so sagt. Wir haben da nämlich eine Anzeige gegen Sie wegen unbefugter Gewerbeausübung.«

Das konnte nur die Herrenmenschtante gewesen sein, der er ein Hakenkreuz über die Vulva gezaubert hatte, schoß es Praxmarer durch den Kopf. Ganz sicher hatte er das diesem Arschloch zu verdanken.

»Also, ham's einen Gewerbeschein?«

Praxmarer schüttelte stumm den Kopf.

»Soweit wir das bei der Handels- und Gewerbekammer erhoben haben, liegt auch kein Befähigungsnachweis zur selbständigen Ausübung eines Gewerbes vor«, erweiterte der Polizist das Sündenregister.

»Aber, Gewerbe«, versuchte Praxmarer abzuwiegeln, »ich kann mir nicht vorstellen, daß man für das, was ich da mache, irgendein Zeugnis oder eine Bewilligung braucht.«

»Ja, was glauben's denn, wo wir san?« konterte der Besucher mit einem Ausdruck von Fassungslosigkeit im Gesicht. »Mia san do ned bei die Neger in Afrika – mia san in Österreich, wie man so sagt. Und da braucht ma für alles an Wisch mit Stempel und Unterschrift. Und die Stempelmarken nicht zu vergessen. Wie schaut's mit der Steuererklärung aus?«

Praxmarer zuckte wehrlos die Schultern.

»Aha, dann sind wir ja auch gehalten, wie man so sagt, die Finanzstrafbehörde von unseren Erhebungen in Kenntnis zu setzten – wegen des Verdachts der Hinterziehung und Unterschlagung von Umsatz-, Gewerbe- und Einkommenssteuer. Wie das mit der Nachzahlung von nicht geleisteter Kammerumlage ist, können's Ihnen mit der Bundeskammer der gewerblichen Wirtschaft selbst ausmachen.«

Praxmarer schwindelte. Bei allem, was da aufgezählt worden war, würde er sicher ein Vermögen zahlen müssen – das er selbstverständlich nicht hatte. Kurz dachte er bereits an Flucht, da wechselte der Polizist unversehens das Thema: »Und was is mit der letzten Kundin, die da grad vorhin zur Tür hinaus is?«

»Das war eigentlich keine Kundin«, beeilte sich Praxmarer einzuwerfen. »Jedenfalls hab ich von der keinen Groschen genommen.«

»Ja, ja, die Presse kriegt ja immer alles umsonst, wie man so sagt«, ließ sich der Polizist gefolgt von einem sarkastischen Auflachen vernehmen.

»Ah, Sie kennen die?« Praxmarer war perplex.

»No na, es is ja nahezu unmöglich, die unvermeidliche Frau Radullnig ned zu kennen, wie man so sagt. Und? Hat sie Ihnen ordentlich ausgefragt – persönliche Verhältnisse, verheiratet, Kinder und so?«

»Nein, das eigentlich nicht«, antwortete Praxmarer willenlos, »aber sie will, daß wir uns noch einmal treffen für ein ausführliches Interview.«

»Ja, ja, ein Interview, wie man so sagt.« Wieder ließ der Polizist sein sarkastisches Lachen vernehmen. »Fragen's es dann zuerst einmal, für welche Zeitung sie dieses Mal angeblich unterwegs is. Oder ob sie wieder einmal der Herr Innenminister persönlich g'schickt hat. Und was ihre Förderer im Kabinett des Bundeskanzlers so treiben, wenn ihnen fad is und grad kein anderer Has' über die Wiesen rennt. Aber was Sie angeht: Sie san jo ned verheiratet oder dergleichen, da können's ja eigentlich ganz offen herumpudern, soviel Sie wollen, ohne daß man Sie damit erpressen könnt. Trotzdem tät ich an Ihrer Stell' ein bissl besser auf meinen Umgang achten, wie man so sagt.«

Nun verstand Praxmarer überhaupt nichts mehr. Für einen Polizisten drückte sich dieser Mann jedenfalls reichlich sonderbar aus – sogar über seine allerhöchsten Vorgesetzten sprach er unverhohlen respektlos. Und dann noch dazu dieser geradezu menschliche Umgangston, den er zuletzt angeschlagen hatte. Das war so gar nicht herkömmliche Beamten-Art. Sollte die jahrzehntelange Regierungstätigkeit der Sozialdemokraten etwa doch etwas auf staatlicher Ebene bewirkt haben? Praxmarer konnte sich das zwar nicht so recht vorstellen, doch ausschließen wollte er inzwischen absolut nichts mehr.

»Vor allem tät ich an Ihrer Stell' das Auto ned so achtlos abstellen – nicht einmal abgesperrt! Es is nämlich viel G'sindel um die Wege, wie man so sagt«, hörte er den Polizisten sagen. Tatsächlich – es war seine Gewohnheit, den alten Skoda niemals abzuschließen, wurde Praxmarer bewußt. Er hatte stets geglaubt, diesen vorderhand noch fahrenden Rostfleck würde ohnedies niemand stehlen. Er fand es wirklich erstaunlich, worum alles sich dieser Polizist offenkundig kümmerte. Und das bloß wegen einer unbefugten Gewerbeausübung oder wie der Mann das genannt hatte. Praxmarer verstand die Welt nicht mehr.

»Aber noch einmal: Vor allem passen's auf Ihren Umgang auf«, setzte der Fremde seine Darlegungen fort. »Damit mein i ned nur die hatscherte Radullnigtant'. Sollten's vielleicht einen armen kranken Freund haben, der grad im Bett und nicht wohlauf is, wie man so sagt, so lassen's Ihnen g'sagt sein: Der wird schon von allein wieder g'sund – oder a ned. Dann können Sie ihm aber auch ned helfen. Wissen's, im Orient gibt's nämlich ein schönes Sprichwort: Möge der Schatten in deinem Rükken stets der eigene sein – was ja wirklich nett g'sagt ist. Weil im andern Fall heißt's nämlich: Möge dich der Blitz beim Scheißen treffen – was gleich viel weniger angenehm is. I schwör Ihnen des! So, und was Ihnare Blödheiten angeht: Sie kriegen wahrscheinlich eine Vorladung von uns, und dann könn' ma ja schauen, was sich machen läßt. Als'dann, behüt Sie Gott, wie man so sagt.« Mit diesen Worten war der Polizist so plötzlich verschwunden, wie er aufgetreten war.

»Pfiat Gott!« stammelte Praxmarer. Aus purer Verwirrtheit war er in den tirolischen Dialekt seiner Kindheit verfallen. Jetzt versuchte er seine Gedanken zu ordnen. Der Hinweis auf den kranken Freund und den Orient war ja ziemlich deutlich gewesen. Machte er sich etwa auch wegen des von Al Khafadschy empfangenen Geldes einer Steuerhinterziehung schuldig? Oder gar etwas noch Schlimmeren?

Mitten in diese Überlegungen platzte das Klingeln des Telefons. »Ja, hallo«, sprach Praxmarer in den Hörer.

»Ach, gut, daß ich dich erwische«, antwortete eine Frauenstimme, die er trotz seiner gegenwärtigen mentalen Labilität sofort erkannte. Es war die Scheidungswitwe, bei der er jüngst am Morgen mit einem Überraschungsangriff seinen geheimen Rekord besiegelt hatte. »Ich hab dir ja kürzlich von meinem neuen Freund erzählt«, sprudelte sie los. »Also, du mußt nämlich wissen, der ist gewissermaßen Diplomat – also der gehört zu dem libyschen Volksbüro ...«

»Ich weiß«, hätte Praxmarer beinahe eingeworfen – doch zum Glück ließ sie ihn nicht zu Wort kommen. »Ja, und der hält heute abend bei mir zu Hause einen kleinen Vortrag über das Grüne Buch von Oberst Gaddafi. Eine wirklich faszinierende Sache, sage ich dir. Das wird dich sicher sehr interessieren. Ich hab da jedenfalls so eine kleine Runde von Künstlern und Intellektuellen eingeladen und hab mir gedacht, du kommst da sicher auch gerne.«

»Ja, ja, sicher gerne, sehr interessant«, stammelte Praxmarer. »Ich weiß nur noch nicht, ob ich mich so kurzfristig freimachen kann.« Er erinnerte sich daran, was ihm der Polizist betreffend Vorsicht bei der Auswahl des Umgangs geraten hatte. Noch etwas fiel ihm jetzt ein: »Übrigens, woher hast du gewußt, daß ich hier erreichbar bin?«

»Wieso? Ist das nicht bei dir zu Hause? Na, ganz einfach – der Ibrahim hat mir die Nummer gegeben und gesagt, ich soll dich unbedingt zu seinem Vortrag einladen. Dich möchte er ganz besonders gerne kennenlernen. Er hat schon viel von dir gehört. Und irgendwie kennt ihr euch ja angeblich vom Sehen.«

»Besser, vom Wegschauen«, korrigierte Praxmarer. »Das ist jedenfalls sehr nett von deinem Ibrahim. Sage ihm, ich würde ihn bei passender Gelegenheit auch gerne kennenlernen. Aber wegen heute kann ich wirklich noch nichts versprechen.«

Nachdem er den Hörer aufgelegt hatte, beeilte sich Praxmarer, endlich wegzukommen, bevor er von noch einem unerwarteten Besucher oder Anrufer überrascht würde.

Als Praxmarer schließlich das *Café Museum* betrat, lief er dem unsäglichen Bleimüller geradewegs in die Arme.

»Ach, daß man dich auch wieder einmal sieht! Gut, dich zu treffen! Komm, setz dich zu mir, ich muß etwas mit dir besprechen!« rief der Unsägliche aus. Wahrscheinlich war sonst niemand da, den er mit seinem Rolleninterpretationsschwachsinn besabbern konnte, und wollte ihn daher zu sich locken, argwöhnte Praxmarer. Doch es war weit und breit kein freier Tisch zu sehen, und überhaupt wäre es wohl doch etwas zu unhöflich gewesen, diese Einladung abzulehnen. Also setzte sich Praxmarer zu Bleimüller.

»Na, hast du dir die Sache mit dem Auto endlich überlegt?« kam der gleich zur Sache. »Ich bräuchte es nämlich schon morgen. Ich habe da einen kleinen Dreh in München, sollte aber am Abend zur Probe im Schauspielhaus zurück sein. Es sind ja nur noch ein paar Tage bis zur Premiere, und wir probieren jetzt am Abend. Jedenfalls schaffe ich das nur, wenn ich nicht auf ein öffentliches Verkehrsmittel angewiesen bin.«

»Wieviel bietest du?« fragte Praxmarer.

»Zweitausend.«

»Dreitausend, und du kannst ihn morgen haben.«

»Zweieinhalbtausend.«

»Höre, ich bin kein Viehhändler – dreitausend habe ich gesagt.« Praxmarer beschloß, hart zu bleiben, obwohl das Wrack vermutlich nicht einmal mehr einen Tausender wert war.

»Meinetwegen, dreitausend«, seufzte Bleimüller und schlug ein.

»Hast du das Geld bei dir?«

»Ja, wir haben heute Gage bekommen – wieso?«

»Na, damit du mir das Geld jetzt geben kannst. Den Wagen brauche ich heute abend noch. Du kannst ihn dir morgen früh bei mir zu Hause abholen. Du weißt ja, wo ich wohne.«

»Ich muß aber schon sehr früh aufbrechen«, wandte Bleimüller ein.

»Kein Problem«, wies Praxmarer den Einwand ab. »Du gibst mir jetzt das Geld, damit ich weiß, daß du es dir nicht bis morgen anders überlegst. Ich parke den Wagen bei mir in der Barnabittengasse und lege dann den Schlüssel und die Papiere in den Hausbriefkasten. Bei dem ist das Schloß ohnedies kaputt. Du kannst dir das Zeug dann jederzeit dort holen und den Wagen nehmen.«

Bleimüller hielt die drei Tausender bereits in der Hand, ließ sich im letzten Moment jedoch zur Kleinlichkeit hinreißen, den Oberkellner als Zeuge zur Geldübergabe beizuziehen.

»Als'dann, wenn Ihnen jetzt leichter ist, bestätige ich Ihnen halt, was ich g'sehen hab – nämlich drei Tausender, wechselstubenrein, die von da noch dort gegangen san. Wenn die Herren jetzt aber auch noch wollen, daß ich Ihnen das Sakrament der Ehe spende, dann müssens bis zum Schichtwechsel warten«, knurrte der Ober. »Solche Nebeng'schäftl san mir nämlich im Dienst untersagt.«

»Das ist theologisch unkorrekt«, wandte Bleimüller sofort im eifernden Ton des Klassenprimus ein, »das Sakrament der Ehe kann nicht einmal der Papst spenden – das spenden sich nämlich die Ehepartner gegenseitig. Haben Sie das nicht gewußt?«

Er war eben ein unsäglicher Besserwisser und Wichtigmacher. Das dürfte wohl auch der Ober so empfunden haben. Kopfschüttelnd eilte er davon.

Praxmarer war der Auftritt reichlich peinlich. Um die Situation zu überbrücken, fragte er Bleimüller nach dem Fortgang der Probenarbeiten am Schauspielhaus, was nicht nur eine Verlegenheitsfrage, sondern dazu auch vollkommen geheuchelt war. Im Grunde interessierten ihn nämlich nur Aufführungen, bei denen er mitwirkte. Und da genaugenommen nur sein eigener Part.

»So lala«, antwortete Bleimüller. »Mit dem Gratzerhans kann ich ja recht gut, wie du weißt. Doch der macht die Inszenierung leider nicht selbst, und mit dem Regisseur tun wir uns alle schwer. Das ist so ein grobschlächtiger Kerl, der uns alle wie Idioten behandelt.«

Wahrscheinlich besitzt der Mann Durchblick, wollte Praxmarer eigentlich sagen, was er sich dann aber doch verkniff. Bleimüller behelligte ihn auch nicht länger, sondern brach gleich darauf mit dem Hinweis auf den anstrengenden Arbeitstag, der ihm bevorstehe, auf. Zuletzt legte er Praxmarer noch einmal eindringlich nahe, er möge keineswegs die Deponierung der Schlüssel und Papiere seines Autos – »weil eigentlich ist es jetzt schon mein Auto«, flocht der Unsägliche an dieser Stelle ein – vergessen.

Praxmarer überlegte, wie er den Abend verbringen sollte. Kurz erwog er sogar, die Einladung der Scheidungswitwe zum Vortrag über Gaddafis Grünes Buch anzunehmen, verwarf die Idee aber gleich wieder. Die Dame des Hauses würde an diesem Abend wohl nicht disponibel sein, und überhaupt schien es ihm geraten, diesem Libyer aus dem Weg zu gehen. Da sah er an der Tür eine Frau stehen, die er flüchtig kannte – eine Batik-Künstlerin oder dergleichen. Doch darauf kam es jetzt nicht an. Sie schien sich im Aufbruch zu befinden, doch unschlüssig zu sein.

»Hallo«, sprach Praxmarer sie kurzerhand an, »willst du nach Hause fahren? Ich könnte dich im Wagen mitnehmen. Ich glaube, wir wohnen in der gleichen Gegend.«

»Ach, wirklich? Das wäre angenehm.«

Kurz darauf fuhren sie in Praxmarers altem Skoda in Richtung nordwestlichem Stadtrand – sehr weit hinaus. Daß die Tante derart abgelegen hauste, hatte Praxmarer nicht ahnen können. Falls das Unternehmen zur Pleite geriete, wären das jedenfalls sehr viele leere Kilometer, überlegte er.

Endlich deutete sie auf ein vorstädtisches Siedlungshaus: »Da ist es.«

»Wollen wir bei dir noch einen trinken?« fragte Praxmarer.

»Ja, gern – nur habe ich nichts zu trinken im Haus.« Wenigstens schien sie begriffen zu haben, worum es ging.

Er war bei einer Esoterikerin gelandet, das war der Behausung unzweifelhaft anzusehen. Und anstatt ihm einen Schnaps anzubieten, unterzog die Hausherrin Praxmarer einer eingehenden Befragung und notierte die Antworten: Geburtsjahr, Geburtstag, Geburtsstunde?

Die wußte Praxmarer nicht, was ihm aber nebensächlich erschien. »Drei Uhr morgens«, sagte er, ohne nachzudenken, und begann sich näher an die Gastgeberin heranzuarbeiten, die auf ein Papier sonderbare Linien und Kurven zeichnete, Bücher und Tabellen zu Rate zog, sich eines einem Rechenschieber ähnlichen Gerätes bediente und endlich resigniert den Kopf schüttelte: »Eine Stunde später hättest du geboren werden müssen, dann würden wir perfekt harmonieren. Aber so lese ich in den Sternen nur das absolute Desaster.«

»Ach, Unsinn, Vögeln hat doch nichts mit Astrologie zu tun«, kam Praxmarer entschlossen zur Sache.

»Doch, doch«, entgegnete sie, »da kommt es total auf die richtige Konstellation an, und wenn die nicht stimmt, kann man überhaupt nichts machen.«

So verstrich die Zeit mit fruchtlosen Debatten. Praxmarer begann sich innerlich bereits auf eine Fehlinvestition einzustellen, tat dann aber doch noch einen letzten Anlauf, und irgendwie fand er sich unversehens in der Dame wieder – merkte aber zugleich, daß ihm inzwischen alle Lust abhanden gekommen war und er die Sache nur noch halbwegs anständig zu Ende bringen wollte.

Ganz anders die Gastgeberin. Sie schien mit einem Mal allen Glauben an die Sterne verloren zu haben und sich viel zu erwarten. Freilich war sie der Typ, der sich platt aufs Kreuz legt und meint, Leidenschaft und Erfüllung müßten nun ohne eigenes Zutun über sie kommen.

Kurz darauf war es an Praxmarer einzusehen, daß die Sterne in diesem Fall nicht gelogen hatten – wenngleich er sie von aller Schuld freisprach.

Das war wohl insgesamt nicht sein Tag gewesen, resümierte er während der Heimfahrt. Immerhin, in der Barnabittengasse fand er ausnahmsweise direkt vor seinem Wohnhaus einen Parkplatz – den letzten, den er für diese bereits verkaufte Schrottgurke benötigte, was ihm dabei wohl bewußt war.

8.

Das Chaos, das der Detonation gefolgt war, verwandelte sich langsam in lähmendes Entsetzen. So schien es jedenfalls Praxmarer, der am Fenster seiner Wohnung stand und hinuntersah auf den kleinen Krater, der sich nun an der Stelle befand, an der er letzte Nacht den Skoda geparkt hatte.

Eine eigentümliche Stille herrschte mit einem Mal da

unten, und so konnte er jedes Wort verstehen, das auf der Gasse gesprochen wurde.

»Mir scheint, des war die Kraxen von dem Berufsg'sichterschneider auß'm fünften Stock.« Das war unzweifelhaft die Stimme des Hausbesorgers.

»Jessas, dem wird do ned etwa was passiert sein!« rief die ältere Frau, die ebenerdig wohnte.

»Ach geh, Blödsinn, um die Zeit ist der do no nie im Leben auf. Der Gschamsterer schlaft doch jeden Tag bis gegen Mittag eini«, wandte der Hausbesorger ein.

»Aber do ist einer eing'stiegen in des Auto, und der ist aus unserm Haus kommen. I hab's ganz genau g'hört«, gab die Ebenerdige aufgeregt zu Protokoll.

In dem Moment wurde die Unterhaltung unterbrochen. In dieser Reihenfolge rasten ein Funkstreifenwagen, ein Feuerwehrauto und ein Rettungswagen mit Blaulicht und Martinshorn gegen die Einbahn die Barnabittengasse herauf.

Praxmarer hätte gerne gesehen, was nun passierte, doch da wurde an seiner Wohnungstür geklopft. Ohne eine Aufforderung abzuwarten, stürzte im nächsten Moment der Polizist in den Raum, der Praxmarer am Vortag an dessen Arbeitsplatz wegen der fehlenden Gewerbeberechtigung aufgesucht hatte.

»Ah, hab i mi ned getäuscht, san's eh da, wie man so sagt.« Der Polizeibeamte wirkte richtiggehend erleichtert. »Hörn's, da haben's ein Schwein g'habt, wie's Ihner Auto zerrissen hat ...«

»Das war nicht mehr mein Auto«, warf Praxmarer rasch ein. Er hielt es aus einem ihm selbst nicht näher bekannten Grund für wichtig, diese Tatsache gleich zweifelsfrei festzuhalten.

»Ah, do bin i aber baff, wie man so sagt – des war nicht Ihner Auto?«

»Nicht mehr!« konkretisierte Praxmarer. »Ich habe es gestern abend an einen Kollegen verkauft, der es heute sehr zeitig abholen wollte. Ich hab ihm die Schlüssel und Papiere im Hausbriefkasten deponiert.«

»Wer außer Ihnen und Ihrem Kollegen hat noch von dem Verkauf gewußt, wie man so sagt?«

»Hm, niemand – nein, doch, der Ober vom *Café Museum,* weil der Bleimüller wollte den als Zeugen dabeihaben, daß ich das Geld bekommen habe.«

»Dann ist der Tote also der gewisse Bleimüller, von dem Sie gesprochen haben?«

»Was, der ist tot?« Im ersten Moment ging Praxmarer die Todesnachricht seines Kollegen sehr nahe. Obwohl er ihn stets den *Unsäglichen* genannt hatte, stand er ihm doch irgendwie nicht fern, seit er mit ihm gemeinsam zum ersten und bislang auch einzigen Mal in einem Shakespeare-Stück mitgewirkt hatte: Bleimüller und er hatten zusammen bei der Eröffnung von Haspels neuem Ensembletheater am Petersplatz im »Sommernachtstraum« die Wand gegeben.

»Na, was glauben's denn«, belehrte ihn der Polizeibeamte ungerührt. »Den hat's in wenigstens zwanzig Trümmer zerrissen, die man so einfach wohl nimmer zusammennähen wird können, wie man so sagt.«

An dem Punkt wurde ihr Gespräch unterbrochen. Drei Herren in Zivilkleidung, denen man die Polizisten aber von weitem ansah, stürmten in Praxmarers kleine Wohnung. Als sie den bereits hier befindlichen Beamten sahen, prallten sie vor Überraschung nahezu zurück. Die Begegnung gestaltete sich kurz, aber herzlos: »Ah, da schau her, der Kollege Smekal is schon wieder einmal ein ganz ein G'schwinder.«

»Ja, ja«, antwortete der betont gelassen. »Der Herr Praxmarer is nämlich ein Klient von unserer Abteilung, mit dem wir schon zu tun g'habt haben, wie man so sagt. Is ned so, Herr Praxmarer? Ich war g'rad auf dem Weg zu ihm zu einer Einvernahme, und wie's der Teufel haben will, gibt's auf einmal einen riesen Tuscher. Aber jetzt will ich den Herren Kollegen ned länger im Weg sein, denn wie ich noch recht gut weiß, hat die Abteilung eins ja immer Vorrang. Wünsche gute Verrichtung, wie man so sagt.«

Nach diesen Worten wandte sich der Beamte, der offenbar Smekal hieß, auf den Absätzen um und trat festen Schrittes ab. Die drei nach ihm erschienenen Polizisten sahen sich wortlos, doch bedeutungsschwanger an.

Praxmarer begriff nicht, was hier vorging, und er fand keine Zeit, sich darüber Gedanken zu machen. Das Trio unterzog ihn umgehend eines scharfen Verhörs betreffend der Eigentümerschaft des vorhin in die Luft geflogenen Skoda, wo er sich während der letzten vierundzwanzig Stunden mit wem befunden habe und wer das bezeugen könne et cetera.

»War der Wagen Vollkasko versichert?« wurde Praxmarer schließlich gefragt.

»Nein«, antwortete er, »nur die gesetzlich vorgeschriebene Haftpflichtversicherung.«

»Das heißt, Sie haben in jedem Fall keine Entschädigung von der Versicherung zu erwarten?«

»Ich kann mir grundsätzlich nicht vorstellen, daß eine Versicherung eine Entschädigung zahlt. Und in dem Fall wäre sie dazu auch gar nicht verpflichtet, soviel ich weiß.« Ihm wurde erst jetzt klar, daß diese Fragen auf einen möglichen Versicherungsbetrug abzielten.

Als nächstes schien der Jüngste des Trios auf die Idee zu verfallen, Praxmarer habe den Skoda an Bleimüller verkauft, um diesen auf diese Weise in eine Falle locken zu können, weil er womöglich von dessen Ableben einen Vorteil zu erwarten habe. Jedenfalls liefen die Fragen des Benjamins eindeutig drauf hinaus.

Der Älteste der drei, wahrscheinlich der Ranghöchste unter ihnen, winkte indes bald ab. »Geh, laß das, des geht ned z'samm'. Des war absolute Profiarbeit, des bringt des Würschtl net z'samm' – ich mein, der Herr Praxmarer, natürlich.«

Zuletzt wurde er gefragt, wem aus seinem engeren oder weiteren Bekanntenkreis er einen Anschlag mit einer Autobombe zutraute. Natürlich dachte Praxmarer sofort an Al Khafadschy – doch dem traute er das wirklich nicht zu. Und der andere Araber – dieser Libyer? Dem war so etwas vermutlich schon eher zuzutrauen. Doch Praxmarer mußte sich eingestehen, daß er den Mann viel zu wenig kannte, um sich darüber ein Urteil erlauben zu können. Spontan faßte er jedoch den Entschluß, später bei der Scheidungswitwe anzurufen und unter dem Vorwand, sich für seine Abwesenheit bei dem sicherlich ungemein interessanten Grünes Buch-Vortrag letzten Abend zu entschuldigen, Erkundigungen anzustellen.

Doch das teilte er dem Polizisten-Trio nicht mit, und er verlor überhaupt kein Wort über irgendwelche Araber, die er kannte. Es war ihm wohl klar: Da würde eine Frage die andere ergeben, und zum Schluß kämen womöglich Dinge zur Sprache, die er besser für sich behielt. Obwohl Praxmarer durchaus ein wenig unter Schockwirkung stand, war er klar genug bei Sinnen, um sich für alle späteren Fälle die Ausrede zurechtzulegen, er habe bei der ersten Einvernahme unter Schock gestanden und daher glatt vergessen, seine Al Khafadschy-Kontakte anzugeben.

»Na ja, Sie denken vielleicht in Ruhe nach, ob Ihnen noch was einfällt, was uns interessieren könnte«, leitete der Älteste des Trios die Schlußrunde ein: »Haben's vor zu verreisen, in nächster Zeit?«

»Nicht, daß ich wüßte.«

»Des is gut so, weil wir werden Ihnen wohl noch brauchen, denk ich – ach ja, daß ich's ned vergeß: Was haben's denn mit der Wirtschaftspolizei zu tun?«

Praxmarer schüttelte verständnislos den Kopf.

»No, mit dem Kollegen Smekal, der was vor uns da war?«

»Ach so, das – eine blöde Geschichte. Ich hab da so einen kleinen Nebenjob, und dafür braucht man angeblich irgendwelche Bewilligungen oder so. Aber ich schwör's Ihnen, falls ich da was falsch gemacht haben sollte, dann aus purer Unkenntnis.«

»Ja, ja, is scho gut, des interessiert uns ned«, winkte der Polizist ab.

Kurz darauf schritt das Trio die Treppe hinab. Praxmarer stand an der Wohnungstür und lauschte.

»Des g'hört eindeutig zu der Autosprengerei, die jetzt grad in Mode ist«, hörte er den Chef der drei sagen, »und es schaut alles so blödsinnig aus wie bei den anderen Fällen. Vielleicht ham's des Auto ja nur als Kamel gebraucht und zufällig die Kraxen erwischt. Opitz, du hörst dich da in der Gegend um, ob da irgendwelche Ausländer wohnen oder irgendein politisches G'sindel ...«

Mehr konnte Praxmarer nicht verstehen. Erst jetzt fiel ihm auf, daß er noch immer in Unterhosen dastand. Er hatte nach der Explosion, die ihn aus dem Schlaf gerissen hatte, keine Zeit gehabt, sich anzuziehen.

Als er gerade seine Klamotten zusammensuchen wollte, die im ganzen Raum verstreut waren, fiel ihm ein, was das unerwartete Dahinscheiden von Bleimüller bedeutete: Nur wenige Tage vor der Premiere mußte am Schauspielhaus eine Rolle neu besetzt werden. Und Bleimüller hatte ja selbst einmal die Idee geäußert, er, Praxmarer, könne ihn gegebenenfalls substituieren.

Eilig suchte er in seinem Notizbuch die Telefonnummer des Schauspielhauses in der Porzellangasse.

»Jooo?« meldete sich dort eine Männerstimme einsilbig am Telefon.

»Hans, bist du das?«

»Naa, da Gratzer kommt aber gleich.«

Nun erkannte Praxmarer die Stimme – offenbar war das der Regisseur, von dem Bleimüller gestern gesprochen hatte. Praxmarer kannte ihn recht gut – wenngleich er kaum gute Erfahrungen mit ihm gesammelt hatte: »Ach, Welunschek, bist du das?«

»Jooo.«

Praxmarer beschloß, den Regisseur, der bei der Neubesetzung von Bleimüllers Rolle wohl ein gewichtiges Wort mitzureden hatte, durch blendende Informiertheit zu beeindrucken: »Hast schon gehört, wer gestorben ist?«

»Mir is jeder recht.«

So kam er offenbar nicht weiter, also beschloß Praxmarer, zu warten, bis der Theaterleiter eingetroffen war.

Der zeigte sich dann tief betroffen von der Nachricht über Bleimüllers Ableben: »Im ungünstigsten Moment, naturgemäß«, zitierte er spontan und durchaus sinnentsprechend einen zeitgenössischen Klassiker der Theaterliteratur.

Aus Praxmarers weiteren Darlegungen hätte man beinahe heraushören können, es sei so etwas wie der letzte Wille Bleimüllers gewesen, daß er ihn ersetze. Doch viel Auswahl schien in der Eile ohnedies nicht zu bestehen. Gratzer, der Praxmarer immer wieder auf dessen Drängen hin vage ein Engagement in Aussicht gestellt hatte, wozu es indes nie gekommen war, mußte nun nicht lange überzeugt werden.

»Du weißt ja, um welche Rolle es sich handelt?« fragte er Praxmarer.

»Also, um ehrlich zu sein: nein.«

»Wir spielen *Raststätte* von der Jelinek, und Bleimüller sollte den Elch geben. Eine wirklich sehr schöne Rolle. Zum Glück aber mit nicht viel Text, das wird also kein Problem sein. Komm so rasch wie möglich vorbei, damit wir die Details besprechen können. Und Probe ist heute am Abend um sieben.«

Nachdem er den Telefonhörer aufgelegt hatte, lehnte sich Praxmarer erschöpft, aber glücklich zurück. Endlich hatte er wieder ein Engagement am Theater! Und er würde dafür sorgen, daß sein Comeback wie eine Bombe in der Theaterwelt einschlug.

Apropos Bombe, fiel ihm in dem Moment ein – vielleicht wäre es besser, wenn er das Geheimdienstintermezzo, in das er hineingeraten war, gründlich eliminierte, bevor er an die Bühne zurückkehrte.

Praxmarer begann diese Operation mit der Auflösung des Mietverhältnisses betreffend die Garçonnière, in der er seine Tarnfirma etabliert hatte. Das kostete ihn nur ein Telefonat. Praxmarer beschloß, auf dem Rückweg vom Schauspielhaus dort vorbeizufahren, um seine Sachen abzuholen.

Einerseits aus Neugier, andererseits auch, um sich auf diesem Umweg gewissermaßen bei dem Libyer abzumelden, der in letzter Zeit ständig hinter ihm hergelaufen war, rief Praxmarer als nächstes bei der Scheidungswitwe an und entschuldigte sich für seine Absenz beim Vortrag über das Grüne Buch.

»Ja, ja«, sagte sie, »ist wirklich schade, daß du nicht hast kommen können. Es war sehr interessant und rasend gemütlich. Der Ibrahim hat das außerordentlich bedauert, daß du nicht da warst. Grad vorhin beim Frühstück hat er mir gesagt, er holt den Vortrag extra noch einmal nach, wenn du Zeit hast.«

»Ach, er war zum Frühstück schon wieder bei dir?«

»Was heißt wieder? Wenn er kommt, dann bleibt er immer über Nacht. Der macht sowas eben gründlich und nicht nur so schnell zwischen Tür und Angel. Da könnten sich manche ein Beispiel nehmen, mein Lieber!«

»Ja, ja, ich verstehe«, beschwichtigte Praxmarer. »So ein Diplomat hat halt wahrscheinlich mehr Zeit als unsereins. Richte ihm doch bitte aus, ich kann im Moment überhaupt nicht sagen, wann ich für das Grüne Buch Zeit haben werde. Ich hab nämlich soeben ein neues Engagement am Schauspielhaus angetreten.«

Nach diesem Telefonat brach Praxmarer zu seiner neuen Wirkungsstätte auf und fuhr mit der Straßenbahn in die Porzellangasse.

Die Gagenverhandlung gestaltete sich schwierig, da Gratzer wie alle Theaterleiter behauptete, eigentlich überhaupt kein Geld mehr zur Verfügung zu haben. Dazu habe er an Bleimüller bereits einen großen Teil der Gage für dessen Engagement bezahlt, das der nun ja leider nicht erfüllen könne.

Letztendlich mußte sich Praxmarer mit einem Almosen abspeisen lassen. Hingegen war er freudig überrascht, wie ungewöhnlich freundlich ihn der Regisseur aufnahm.

»Na fesch, daß du mitmachst«, empfing ihn Welunschek, »ich hab da gleich noch was anderes für dich. I hab g'hört, du hast ja jetzt kein Auto, und ich hätt grad eines zu verkaufen. Hinter mir san nämlich die Oaschlöcher von der Bank her, die wollen mir des G'räubl pfänden lassen. Da hab i mir denkt, i verkauf es besser vorher günstig an einen netten Menschen. Willst' dir den Kübel anschauen?«

Sie besichtigten einen in einer Seitengasse abgestellten rosafarbenen Trabant – ein wirklich exotisches Gefährt, wie Praxmarer spontan fand.

»Den hab i in Berlin requiriert, wie die Ostgoten ihren Laden zuag'macht haben«, erklärte Welunschek. »Is wirklich sehr sparsam im Betrieb. Nur auf die Großglocknerhochalpenstraßen solltest damit ned aufifahren, weil herunter tun's dann die Bremsen ned mehr. Dafür is der ned gebaut.«

»Da fahr ich ohnedies nie hinauf«, sagte Praxmarer. »Was soll er denn kosten?«

»Drei Fetzen.«

»Hm, für zwei würd ich ihn nehmen.«

»Hast des Geld bei dir?«

»Ja, das hätte ich«, antwortete Praxmarer. Die drei Tausender, die er am Vortag von Bleimüller für den Skoda erhalten hatte, steckten noch immer in seiner Brieftasche.

»Weißt was«, schlug Welunschek vor. »Zwaraholb, und mia redn nimma drüber.«

Praxmarer schlug ein. Völlig unerwartet war er neuerlich zum Autobesitzer geworden.

Nachdem er seine Utensilien aus der Garçonnière geholt hatte, stellte Praxmarer seine Neuerwerbung in der Barnabittengasse ab, wo ein paar Arbeiter gerade damit beschäftigt waren, den Krater zuzuschütten, den die Explosion am Morgen hinterlassen hatte. Der Hausbesorger stand dabei. Er war immer ein interessierter Zuschauer, wenn er andere Leute bei der Arbeit beobachten konnte. Nun wandte er sein Interesse aber dem ankommenden Praxmarer zu: »Wos, ham's Ihnen so gach a neuche Kraxn zug'legt?«

»War ein Gelegenheitskauf.«

»Na jo, ausschauen tuat des G'räubl ja wia a Osterei, des was in a Bügelmaschin' g'rutscht is. Aber vielleicht fahrt's ja trotzdem. Is ane von de Kummererhutschn aus da Ostpiefkei, ha?«

Praxmarer nickte wortlos und verschwand im Haus. Er hatte jetzt keine Lust, mit dem Hausbesorger zu palavern. Vor allem aber hatte er keine Zeit. Er mußte nun seine Rolle studieren, um am Abend gelernt zur Probe erscheinen zu können.

Bevor er das Textbuch aufschlug, faßte er den Entschluß, Al Khafadschy in aller Form die Mitarbeit aufzukündigen. Zwar fiel ihm das nicht leicht beim Gedanken an die hundert Tausender, die ja vielleicht doch noch einfach zu verdienen wären. Doch dann überwog der Künstler in ihm, der sich in dieser entscheidenden Phase seiner Bühnenkarriere durch keinerlei Nebentätigkeiten ablenken lassen wollte. Entschlossen griff Praxmarer zum Telefon und rief das Sanatorium in Döbling an, in dem der Iraker seine Magengeschwüre auskurierte.

Der Herr Doktor Al Khafadschy sei nicht da, wurde ihm gesagt, nachdem Praxmarer mehrmals weiterverbunden worden war – der Patient habe die Klinik letzte Nacht völlig überraschend, und ohne jemanden zu informieren, verlassen. Jedenfalls sei er bei der Morgenvisite nicht mehr anwesend gewesen – ob der Anrufer vielleicht wisse, was das zu bedeuten habe?

Nein, er habe keine Ahnung, beteuerte Praxmarer – eigentlich kenne er diesen Herrn nur sehr flüchtig. Genau genommen, kenne er ihn fast gar nicht.

Verwirrt überlegte Praxmarer, was nun zu tun sei.

Letztendlich wählte er die Telefonnummer in der irakischen Botschaft, die ihm Al Khafadschy seinerzeit gegeben hatte. Dort meldete sich ein Mann, der hervorragend Deutsch sprach – ohne sächsischen Akzent. Doktor Al Khafadschy habe überraschend verreisen müssen, erklärte er. Und auf Praxmarers Nachfrage hin: Man wisse nicht, wann er zurückkomme. Möglicherweise werde er überhaupt nicht mehr nach Wien kommen. Doch vielleicht könne man ihm eine Nachricht zukommen lassen – wer rufe denn da an?

»Vik... – ich meine, Faun – Doktor Faun«, fügte Praxmarer hinzu, der sich beinahe versprochen und mit seinem richtigen Namen gemeldet hätte. Den Doktor hatte er sich ebenso spontan wie absichtslos zugelegt.

»Ach, Herr Faun – entschuldigen Sie, Doktor Faun. Ich wußte nicht, daß Sie Doktor sind, das geht aus den Unterlagen nicht hervor.«

»Welchen Unterlagen?« Praxmarer war perplex.

»Ach, wissen Sie, ich arbeite gerade den Nachlaß von Al Khafadschy auf, und da bin ich auch schon auf Sie gestoßen«, lachte der Fremde.

»Wieso Nachlaß? Ist Herr Doktor Al Khafadschy gestorben?«

Der Mann am anderen Ende der Leitung schwieg einen Moment. Dann lachte er neuerlich auf. »Nein, nein, so kann man das eigentlich noch nicht sagen. Ich meine, jeder muß einmal sterben, nicht wahr. Ich glaube, so sagt man doch bei Ihnen. Aber ich wollte eigentlich nur sagen, daß ich die Hinterlassenschaft von Al Khafadschy durchsehe, und dabei sind auch Sie mir schon untergekommen. Übrigens gut, daß Sie anrufen. Wir werden uns sicher noch zu unterhalten haben. Doch dafür muß ich mich noch etwas vorbereiten. Sie wissen ja, wie das ist, wenn man einen neuen Posten antritt. Da stürmt viel auf einen ein, und da muß man zuerst einmal einen Überblick gewinnen.«

Praxmarer erschien es angebracht, dieses Stichwort aufzugreifen. »Ich weiß sehr gut, wie das ist«, sagte er.

»Ich habe nämlich auch gerade einen neuen Posten angetreten und wollte Doktor Al Khafadschy eigentlich nur davon in Kenntnis setzen, daß ich auf unabsehbare Zeit keine Nebentätigkeiten mehr ausüben kann – also keinen Sprechunterricht erteilen kann.«

Die Sache mit dem Sprechunterricht war ihm spontan eingefallen, und Praxmarer war überzeugt, schlechterdings genial die Kurve genommen zu haben. Es schien ganz so, als ließe sich das Kapitel Geheimagent einfacher liquidieren, als er insgeheim befürchtet hatte.

»Ja, ja, Sprechunterricht«, lachte der Fremde, »Al Khafadschy wird wohl einigen Sprechunterricht nötig gehabt haben?«

Praxmarer bildete sich ein, da einen lauernden Unterton gehört zu haben.

»Darf ich fragen, wo Sie Ihren neuen Posten angetreten haben?«

Praxmarer wußte nicht, was diesen Fremden das anging. Trotzdem antwortete er, ohne zu zögern: »Bei Gratzer – wir geben die *Raststätte*.«

»In einer Raststätte? Das ist ja geradezu ideal! Wo befindet sich denn diese Raststätte?«

»Da liegt offenbar ein Mißverständnis vor. Das Stück, das wir spielen, heißt *Raststätte* – im Schauspielhaus vom Gratzer. Ich arbeite wieder in meinem angestammten Beruf als Schauspieler.«

»Ach, Schauspieler – das ist aber interessant. Das stört uns überhaupt nicht. Ganz im Gegenteil. Also, wir werden uns sicher bald sehen. Ich freue mich schon, Sie persönlich kennenzulernen, Herr Praxmarer – ach, Herr Doktor Faun natürlich. Sie müssen wirklich entschuldigen, aber wie ich Ihnen schon sagte: Ich bin neu da, und da kommt dann eben sehr viel Neues auf einen zu. Haben Sie viel Erfolg!«

Nachdem er den Hörer aufgelegt hatte, trat Praxmarer ans Fenster und blickte nachdenklich auf die Gasse hinunter.

Plötzlich sah er sie – dort drüben, auf der anderen Straßenseite – das war doch die Radullnig.

Einer jähen Eingebung folgend, rannte er eilig hinunter. Als Praxmarer aus dem Haus trat, sah er sie ganz oben – gleich würde sie in die Mariahilferstraße einbiegen.

»Ah, g'hört des Fräuln zu Ihna?« Erst jetzt bemerkte Praxmarer, daß der Hausbesorger, der noch immer den Straßenarbeitern Gesellschaft leistete, an seine Seite getreten war.

»Wieso – welches Fräulein?«

»No, der Zwetschkenkrampus, dem was Sie da jetzt grad nachg'schaut ham. De treibt sich nämlich seit anicher Zeit immer wieder da bei uns herum. Die Frau Vytlatschil, die was ebenerdig wohnt, sogt, sie hat's a schon in unser Haus einergehn g'sehn. I hab scho meine Kollegen von rundumadum g'fragt. Kaner kennt des Mensch, do bei uns in da Gassen wohnt's offenbar ned. Also was sucht's dann do?«

»Ich werde sie fragen«, antwortete Praxmarer kurzentschlossen und startete los. Als er die Mariahilferstraße erreicht hatte, sah er die Radullnig stadteinwärts gehen. Sie hatte beinahe schon das Generali Center erreicht. Praxmarer beeilte sich, um aufzuschließen. Jetzt bog sie ums Eck und blieb an der Bushaltestelle gegenüber dem *Café Ritter* stehen.

Praxmarer trat hinzu: »Irre ich mich, oder sind Sie es wirklich? – Das wäre aber ein erfreulicher Zufall.«

»Ach, Sie!« Die Radullnig wirkte auf diese Begegnung nicht vorbereitet. Ihr blasses Gesicht lief purpurrot an.

»Na, so ein Zufall«, setzte Praxmarer nach. »Den können wir nicht ungenützt lassen. Kommen Sie, wir müssen einen Kaffee zusammen trinken.« Er bugsierte die überrumpelte Radullnig über die Straße und ins *Café Ritter*. Da saßen auch immer dieselben Leute, stellte er fest. An drei streng voneinander separierten Tischen ordinierten die erotische Malerin, die pornographische Filmemacherin und die verhuschte Fotografin.

Die hatte er alle drei noch nicht auf seiner Liste, fiel Praxmarer bei diesem Anblick ein. Doch jetzt war nicht die Zeit, Versäumtes nachzuholen. Er wollte die Operation Radullnig zu Ende bringen.

»Ich hab heute schon dreimal in Ihrem Haarstudio angerufen, aber es hat sich niemand gemeldet«, erklärte die Journalistin.

»Das ist gut möglich«, sagte Praxmarer, »ich habe nämlich den Betrieb liquidiert. Ich habe dafür keine Zeit mehr, ich arbeite jetzt wieder in meinem angestammten Beruf als Schauspieler.«

»Was, Schauspieler sind Sie auch? Das habe ich ja in meinem Bericht gar nicht erwähnt.«

Praxmarer war sofort hellhörig: »Welchen Bericht?«

»Na, ich meine in dem Artikel über Sie.« Die Radullnig lief abermals purpurrot an.

»Geh, so schnell haben Sie den geschrieben – wo soll denn der erscheinen?«

»Das weiß ich noch nicht. Das kommt immer darauf an, wer am meisten dafür zahlt.«

Diese Antwort hielt Praxmarer für eine etwas zu plumpe Lüge, und das schien er sich wohl auch anmerken zu lassen. Die Radullnig war jedenfalls erkennbar verlegen. Es war ganz so, als trachte sie einen Ausweg zu finden, indem sie in die Offensive ging: »Ich traue mich Ihnen das ja fast gar nicht zu sagen – aber ich habe viel an Sie gedacht. Dabei ist mir bewußt geworden, daß Sie genau so aussehen, wie ich mir die ganze Zeit schon den Vater von meinem Kind vorstelle.«

Praxmarer schauderte bei dem Gedanken, Vater irgendeines Kindes zu sein. Doch er bemühte sich, Haltung zu bewahren: »Was, Sie wollen ein Kind – ja, läßt sich denn das mit Ihrem Beruf vereinbaren?«

»Sicher, die Oriana Fallaci wollte auch immer ein Kind haben, hab ich gelesen, und die Fallaci ist in vielem ganz gleich wie ich. Kennen Sie die Fallaci?«

Praxmarer ging auf die Frage nicht ein, sondern schnitt ein näherliegendes Thema an: »Haben Sie bedacht, daß seit bald zweitausend Jahren nichts von einer unbefleckten Empfängnis bekannt geworden ist?«

Die Radullnig lachte verlegen: »Es soll ja nicht gleich sein – ich habe mir gedacht, wenn ich von Lesbos zurückkomme ...«

Jetzt erst fiel Praxmarer auf, daß er beinahe ein hervorragendes Stichwort hätte ungenützt gelassen: »Ich verstehe eines nicht: Wenn Sie ein Kind wollen, dann hätten Sie doch damals gleich die Gelegenheit bei Gaddafi benützen können ...«

»Nein, unmöglich«, warf die Radullnig spontan ein, »das hätte noch mehr Probleme gegeben. Es war so schon alles schwer genug zu erklären. Die Leute können sich das ja nicht vorstellen, wie das so ist, wenn man allein auf Einsatz ist.«

»Auf Einsatz? Welchen Einsatz?«

»Na ja, ein Interview kriegen, nicht wahr.« Die Radullnig kam aus dem Rotwerden nicht mehr heraus.

»Ach ja, ein Interview, wie man so sagt«, sagte Praxmarer und erinnerte sich unwillkürlich an den Mann, von dem er diesen Satz gehört hatte. »Welchen Leuten haben Sie denn da etwas erklären müssen? Soweit ich das mitbekommen habe, arbeiten Sie ja unabhängig?«

»Ganz unabhängig!« beteuerte sie heftig. »Aber es gibt ja auch immer wieder Auftraggeber – Redakteure und so ...«

Aus purer Neugierde hätte Praxmarer noch gerne ein wenig nachgebohrt. Er hatte den Eindruck, dafür wäre jetzt ein günstiger Moment gewesen. Doch ein Blick auf die Uhr belehrte ihn, daß er dafür keine Zeit mehr hatte, wenn er pünktlich zur Probe kommen wollte. Und das hatte natürlich Vorrang. Eilig entschuldigte er sich, aufbrechen zu müssen. »Ich denke, wir sehen uns ja noch, bevor Sie nach Lesbos abreisen«, sagte er zum Abschied.

Die abendliche Probe im Schauspielhaus wurde mit einer kurzen Trauerkundgebung zum Gedenken an den auf tragische Weise aus einem erfüllten, gleichwohl noch nicht am Zenit einer vielversprechenden Bühnenkarriere angelangten, Künstlerleben gerissenen, allseits geschätzten und beliebten Kollegen Rudi Bleimüller eingeleitet.

»Du, lieber Rudi«, rief der Theaterdirektor Hans Gratzer mit dem rollend-pathetischen R des vormaligen Burgschauspielers, »hast auf diesen Brettern, die dir, lieber Rudi, die Welt bedeutet haben, viele Rollen unnachahmlich verkörpert. Für uns indes, lieber Rudi, deine Kollegenschaft, warst du immer derselbe: der Rudi!«

Für Praxmarers Geschmack war diese Gedenkrede zu dick aufgetragen, doch er sah ein, daß man in einem solchen Moment nicht ehrlich sein durfte. Er selbst brauchte sich während dieses Traueraktes nicht zu verstellen, da bereits in Kostümen geprobt wurde und er somit einen Elch-Schädel mit ausladendem Geweih über den Kopf gestülpt trug. Neben ihm stand der von Praxmarer wenig geschätzte Kollege Stolzetti im Kostüm eines Bären.

Es herrschte getragen-feierliche Stimmung, die nur durch den Regisseur ein wenig beeinträchtigt wurde, der während Gratzers Ansprache mehrmals lauthals rülpste.

Praxmarers Rückkehr zum Theater ließ sich im Grunde recht gut an. Jedenfalls schien niemand zu bemerken, daß er keine Zeit gefunden hatte, vor dieser Probe auch nur einmal den Text des Stückes zu studieren. Für den einzigen Zwischenfall des Abends sorgte der Praxmarer inzwischen wohlvertraute Libyer, der plötzlich hinter der Bühne auftauchte und suchend um sich blickte. Praxmarer verzog unter seinem Elch-Schädel keine Miene und tat auch sonst nichts, um auf sich aufmerksam zu machen. Der Spuk war jedoch bald vorbei, da der Regisseur den Fremden für einen Bühnenarbeiter hielt und ihn mit unfreundlichen Worten zum Bierholen schicken wollte, was der Araber aber offenkundig nicht verstand.

Ein Dramaturg – jeder Zoll ein geborener Bedenkenträger – wandte sofort ein, da gäbe es die gewerkschaftlichen Implikationen zu berücksichtigen, schließlich seien die Kollegen von der Technik vorzüglich organisiert, und so knapp vor der Premiere sollte auf keinen Fall ein Arbeitskonflikt riskiert werden.

Der Libyer war da aber schon wieder so plötzlich verschwunden, wie er aufgetaucht war, und der Regisseur wandte sich brüllend an den Dramaturgen: »Dann gehst halt du Oaschloch mir des Bier holen! Oder glaubst vielleicht, i überleb im nüchternen Zustand a Probe mit diese G'sichterschneider?«

Praxmarer hatte allen Anlaß, sich von dieser globalen Kritik am Ensemble nicht betroffen zu fühlen. Alles in allem hielt er seinen späten Einstieg in diese Inszenierung für geglückt, und so sank er in dieser Nacht müde, aber zufrieden ins Bett. Er nahm sich vor, den nächsten Tag für ein intensives Rollenstudium zu nützen.

Als er am Morgen von einer Detonation aus dem Bett gerissen wurde, war Praxmarers erster Gedanke: Um Gottes willen, ich habe das Rollenbuch unten im Auto liegengelassen!

Eilig rappelte er sich hoch, schlüpfte, so schnell er konnte, in Hemd und Hose und rannte barfuß die Treppe hinab. Als er aus dem Haus trat, sah er an der Stelle, an der er letzte Nacht seinen rosafarbenen Trabant abgestellt hatte – es war exakt der Platz, an dem zuvor der Skoda explodiert war -, neuerlich einen kleinen Krater, in dem nun gleich zwei bis zur Unkenntlichkeit entstellte Kleinwagen vor sich hinkokelten.

Der Hausbesorger war bereits zugegen und empfing Praxmarer mit einem ungnädigen Blick: »Sagen's es besser gleich, wenn's Ihnen no einmal a Auto anschaffen wollen – weil dann wär's vielleicht besser, wenn ma die Gruab'n vorderhand erst gar ned zuaschütt ...«

»Na, na, na, des waren zwa, i hab's ganz genau g'sehn«, hörte Praxmarer im Hintergrund die ebenerdig wohnende Frau Vytlatschil zu einer aus einem Fenster im ersten Stockwerk blickenden Nachbarin sagen. »Zwa jüngere Leut – ein Mann und eine Frau. Sie wollten sich mit ihnerer Kisten da vor dem Rosanen einparken, und i hab gleich g'sehn, des geht ned guat, de stessen voll gegen die andere Kraxn. No, patsch, genauso war's, und in dem Moment gibt's a schon einen riesen Tinderer. Des waren absolut zwa – i sag's Ihna'. No, Sie werden's ja sehn, wenn die Feuerwehr des Kramuri auseinand' dividiert. Da können's die Trümmer von zwa Leut außerkletzeln.«

Der Hausbesorger stand noch immer mit grimmigem Blick am Kraterrand. »I kann de Schlamperei ned leiden!« fluchte er ein ums andere Mal.

In gewisser Weise war die Szene den Anrainern nun schon wohlvertraut, und somit wurde allerorten sachkundig das gleich darauf erfolgende Eintreffen von Polizei-, Feuerwehr- und Rettungswagen – naturgemäß mit Blaulicht und Folgetonhorn, sowie abermals gegen die Einbahn – kommentiert.

Wieder erschienen die drei Polizeibeamten in Zivil. »Ah, des is aber freundlich – erwarten's uns heut schon an der Haustür«, wandte sich der Älteste des Trios an Praxmarer. »Kommen's, gemma hinauf in Ihnare Wohnung, damit wir sich in Ruhe unterhalten können.«

»Na, an wen ham's denn des Auto grad verkauft g'habt?« eröffnete der Chef der drei, oben angelangt, die Einvernahme.

»Das hab ich gerade erst gekauft gehabt – das hat noch mir gehört«, stellte Praxmarer klar.

»Dann haben's aber ein schönes Schwein g'habt, daß so ein Trottel« – »Oder ein Trampel«, warf der jüngste Polizist beflissen ein – »daß so ein Trottel oder ein Trampel beim Einparken die Bomben zur Explosion gebracht hat, die ja offenbar wohl Sie hätt zerreißen sollen. Des scheint mir kein Zufall zu sein, daß des Packl immer in Ihnarem Auto deponiert wird. Da scheint wer was gegen Sie zu haben. Haben's keine Idee, wer des sein könnt?«

Praxmarer schüttelte den Kopf.

»Na, dann denk' ma amal zusammen nach. Wie Sie sich wohl denken können, san Sie ja bei uns aktenmäßig erfaßt.« Der Älteste klappte sein Notizbuch auf, klemmte sich eine Lesebrille auf die Nase und zitierte dann offenbar aus seinen Notizen: »Is seit Jahren bei jeder linksradikalen Zusammenrottung dabei, reißt dort des Maul groß auf und verliest aufrührerische Gedichtl – no, was könnt des für Folgen haben?«

Praxmarer dachte nach – da fiel ihm ein, daß seit einiger Zeit immer wieder an bekannte Exponenten des linken Lagers abgesandte Briefbomben entdeckt wurden. So hatte er das zumindest in der Zeitung gelesen. Sollten die Briefbomben inzwischen womöglich Autobomben gewichen sein?»

»Vielleicht Neonazis?« wandte er sich zögernd an den Chef des Trios.

Der nickte bedeutungsschwanger: »No, sehn's, wozu der Blödsinn führt, wenn man sich überall einmischt.«

»In der Zeitung heißt es aber immer, diese Autobomben hätten etwas mit nahöstlichen Geheimdiensten zu tun«, wandte Praxmarer ein. In dem Moment war ihm klar, daß er einen Fehler begangen hatte.

Zum Glück gingen die Polizisten nicht darauf ein. »In der Zeitung steht viel Blödsinn, und uns kann das nur recht sein, wenn in der Öffentlichkeit falsche Spuren gelegt werden, weil dann wiegen sich die wahren Täter in Sicherheit«, belehrte ihn der Benjamin mit wichtigtuerischer Miene. »Also, verlieren's niemandem gegenüber ein Wort über unsere Unterhaltung, is des klar? Des is nur zu Ihrem Schutze!«

Praxmarer nickte. Langsam begann er sich die Neonazi-Theorie der Polizeibeamten zu eigen zu machen. Offenbar war er als politisch engagierter Künstler bei weitem bekannter, als ihm das selbst bewußt gewesen war. Diese Einsicht schmeichelte ihm – wenngleich er sie gerne aus einem weniger dramatischen Anlaß gewonnen hätte.

In dem Moment trat ein Uniformierter ein und wandte sich an den Ältesten: »Die Feuerwehr hat aus dem einen Auto zwei Leichen geborgen – auf den ersten Blick san's nicht zu identifizieren. Aber ihre Papiere san zum Glück nur ein bissl angebrannt.« Mit diesem Worten überreichte er zwei zerfledderte Ausweise.

Der Älteste musterte die Dokumente. »Ah, da schau her«, sagte er dann begleitet von einem kurzen Auflachen. »Des san jo alte Kunden – die Radullnig und der Olschmitznig. I hab gar ned g'wußt, daß de neuerding ein Paar san. Na, z'ammenpassen tun's ja. Oder, um genau zu sein: sie ham recht guat z'samm'paßt. Zwa hiniche Kopfschüßler.«

»Wahrscheinlich is er am Steuer gesessen«, ergänzte der Uniformierte. »Soviel wir in der Geschwindigkeit erheben haben können, hat sie gar keinen Führerschein g'habt, also gar ned Autofahren können.«

»Na, so wie die ein'parkt ham, kann ja niemand behaupten, daß da jemand g'fahren is, der fahren kann«, gab der Jüngste zu bedenken.

»Des kann uns egal sein«, winkte der Älteste ab. »Wenn's de zwa Gfrasta erwischt hat, dann macht des die Sache jedenfalls nicht einfacher. I fürcht, jetzt fangt der Herr Minister selbst zu erheben an. Jessas, des wird a Hetz.«

Ganz so, als habe er beinahe etwas vergessen, wandte er sich an Praxmarer: »Apropos Kramuri – hat sich die Wirtschaftspolizei noch einmal bei Ihnen gemeldet?«

»Sie meinen Ihren Kollegen, der gestern vor Ihnen da war?«

»Genau den man i.«

»Nein, der hat sich seither nicht mehr bei mir gemeldet – ich hab den Nebenjob inzwischen ja auch aufgegeben, wegen dem er da war. Ich mußte nämlich kurzfristig am Schauspielhaus für einen Kollegen einspringen ...«

»Des interessiert uns ned«, schnitt ihm der Polizist das Wort ab. »Also, zum Smekal haben's keinen Kontakt mehr?«

»Nein, den hab ich nicht mehr gesehen.«

»Des is gut so, und sollt auch so bleiben.«

Praxmarer hatte ja schon einiges über mangelnde Koordination und gegenseitige Eifersüchteleien zwischen verschiedenen Behörden gehört, ohne sich darum jemals gekümmert zu haben. Ein wenig irritierte es ihn aber doch, auf diese Weise zu erfahren, wie sogar zwei unterschiedliche Polizeidienststellen allem Anschein nach eher gegeneinander als miteinander arbeiteten.

»Mir wird das nur recht sein, wenn Ihr Kollege von der Wirtschaftspolizei einsieht, daß es sich bei mir um einen Bagatellfall handelt, den man nicht weiter verfolgen muß«, betonte er ganz in der Art, wie er glaubte, daß man mit einem Polizisten sprechen müsse, um dessen Sympathie zu gewinnen.

Kurz nachdem die drei in Zivil samt ihrem uniformierten Kollegen abgerückt waren, mußte Praxmarer einsehen, daß er in seinen Einlassungen etwas voreilig gewesen war. Trotz der überraschenden Ereignisse, die an diesem Tag schon auf ihn eingestürzt waren, wollte er nun endlich damit beginnen, sich die Figur des Elchs zu erschließen. Da sein Textbuch ja leider mitsamt dem Auto ein Raub des Sprengstoffs und der Flammen geworden war, überlegte er, ob es vielleicht günstig war, den ansonsten wenig geschätzten Kollegen Stolzetti zu konsultieren, der den Bären gab. Da Bär und Elch stets gemeinsam auftraten, könnte er Stolzetti ja eine private Sonderprobe vorschlagen und sich bei dieser Gelegenheit aus dessen Textbuch kundig machen.

Doch da trat Smekal ohne jede Ankündigung ein. »Na, Sie ham ein schönes Schwein, wie man so sagt«, sagte er anstelle eines Grußes.

»Das höre ich heute nicht zum ersten Mal«, antwortete Praxmarer schmallippig. Er konnte es absolut nicht ausstehen, wenn jemand bei ihm, ohne anzuklopfen, eintrat.

»Da is womöglich noch mehr Schwein dabei, als Sie ahnen«, setzte Smekal unbeeindruckt fort. »Haben's den Olschmitznig auch gekannt, wie man so sagt?«

»Wen?«

»Na, den Menschen, der mit der Radullnig im Auto gesessen is, wie's deppat gegen Ihna Auto getitschgerlt san, wie man so sagt.«

»Nein, nicht das ich wüßte. Die beiden waren angeblich ein Paar, soviel ich von Ihren Kollegen gehört habe. Was mich ehrlich gesagt wundert, weil sie gar nicht den Eindruck gemacht hat, als sei sie der Teil von einem Paar.« Vielleicht war es die erst nun so richtig einsetzende Schockwirkung, die Praxmarer redselig machte. Er konnte das selbst nicht beurteilen, fühlte sich aber unter einem richtiggehenden Mitteilungszwang stehen.

»Ja, ja, die waren ein schönes Paar, wie man so sagt.« Smekal ließ sein charakteristisches sarkastisches Lachen vernehmen.

»Wer war denn der Kerl?« fragte Praxmarer von Neugierde getrieben.

»Ach, auch so ein Schmierfink – er war seit einiger Zeit ihr Ghostwriter, wie man so sagt. Weil sie hat ja keinen g'raden Satz schreiben können, soviel man hört. Und was er sonst noch war, wär interessant zu erfahren, weil der war immer schon in windige G'schichten verstrickt, wie man so sagt.«

»Tut mir aufrichtig leid«, bedauerte Praxmarer, »aber da kann ich Ihnen wirklich nicht helfen. Ich hab eher gedacht, sie tendiert zur anderen Fraktion. Sie hat mir erzählt, sie will demnächst nach Lesbos fahren ...«

»... und ein Buch über die Lesben schreiben«, fiel ihm Smekal ins Wort. »Ich weiß, das erzählt's schon seit Jahren überall herum. Dabei weiß ein jeder, daß die nie im Leben ein Buch über irgendwas hätt schreiben können.

Weil dafür müßt' ma nämlich schreiben können, wie man so sagt. Was haben's denn sonst noch mit ihr geredet?«

»Ach, eigentlich nichts Besonderes«, antwortete Praxmarer arglos. »Auf den Gaddafi sind wir zu sprechen gekommen, weil bei dem war sie ja einmal.«

»Und was haben's zu dem Thema herausgefunden, wie man so sagt?«

»Eigentlich nichts – mir ist nur vorgekommen, daß sie in diese Sache von irgend jemandem hineintheatert worden ist.«

»Und das haben's herumerzählt?«

»Nein, eigentlich habe ich darüber mit fast niemandem gesprochen.«

»Fast niemand ist manchmal grad einer zuviel, wie man so sagt«, nickte Smekal. »Ich verstehe. Sie haben jedenfalls ein riesiges Schwein, weil da sind jetzt g'rad zwei Leut aus Ihnarem Leben getreten, die keine Guten ned war'n, wie man so sagt. Für die Betroffenen mag das ja unangenehm sein, aber für Sie is des ein riesen Schwein. Deswegen sollten's jetzt aufpassen, daß ned irgendwelche andere in Ihr Leben treten, wie man so sagt. Haben's mich verstanden?«

Praxmarer glaubte, verstanden zu haben. Er nickte dankbar: »Darf ich fragen, warum Sie mir das sagen?«

Smekal ließ sein sarkastisches Lachen vernehmen: »Wissen's, im Orient sagt man: Die Feinde meiner Feinde sind auch meine Freunde – aber Allah ist nie mit den Schwatzhaften!«

9.

Seit Claus Peymann am Burgtheater wirkte, war unter den in Wien tätigen Theaterregisseuren die Mode eingerissen, die Probenarbeiten nicht und nicht für beendet zu erklären. Es gehörte gewissermaßen zum guten Ton und war jedenfalls ein Gebot allerhöchsten Kunstanspruches, den vorgesehenen Premierentermin nicht einzuhalten.

So war es auch bei dieser Inszenierung der *Raststätte* im Schauspielhaus. Der Regisseur redete sich noch dazu auf die notwendig gewordene Umbesetzung aus, was Praxmarer als heimtückischen und ungerechtfertigten Angriff auf seine Person empfand. Er war davon überzeugt, daß sich ihm die Figur des Elchs sofort erschlossen hatte und seinetwegen jedenfalls keine Verschiebung erforderlich gewesen wäre. Doch so ging es nun einmal am Theater zu – diesen Brutstätten der Niedertracht.

Endlich sollte nun die erste Aufführung in zwei Tagen stattfinden. Man hatte eben die letzte Hauptprobe vor der Generalprobe absolviert. Praxmarer verließ das Theater am frühen Abend und war unschlüssig, ob er ein Kaffeehaus oder ein Wirtshaus aufsuchen sollte. Er schlenderte die Porzellangasse stadteinwärts, da sah er auf der anderen Straßenseite diesen Libyer, der sich schon seit Wochen in seiner Nähe herumtrieb. Der Kerl schien jemandem ein Zeichen zu geben.

Praxmarer versuchte gerade zu erkennen, wem diese Signale galten, da standen wie aus dem Boden gewachsen zwei dunkelhaarige Männer vor ihm. Genau besehen hatte der eine von ihnen nur noch einen dunklen Haarkranz, der sich um einen markanten Glatzkopf legte.

Dieser Mann war es, der ihn ansprach: »Habe ich die Ehre und das Vergnügen, Herrn Praxmarer Victor Hugo gegenüberzustehen?«

Praxmarer war dermaßen überrascht, daß er nicht einmal daran dachte, dies zu bestreiten und einfach weiterzugehen. Er nickte wortlos.

»Also, Herr Doktor Faun, wenn ich so sagen darf. Wir haben schon miteinander telefoniert. Achmed Al-Sheikly mein Name, ich bin von der irakischen Botschaft. Darf ich Ihnen meinen Kollegen vorstellen, der allerdings bedauerlicherweise kein Deutsch spricht.«

Der Glatzköpfige, der erkennbar viel zu weite und an den Knien ausgebeulte Hosen trug, wies auf seinen Begleiter, einen stämmigen, hochaufgeschossenen Mann in einem ihm scheinbar etwas zu engen Anzug. Auf Praxmarer wirkte der Kerl spontan wie ein lebenslänglicher Uniformträger, der sich in Zivilkleider verirrt hatte.

Einer plötzlichen Eingebung folgend, salutierte Praxmarer auf, drückte dem Fremden die Hand und salutierte abermals auf. Während seiner nun schon lange zurückliegenden Militärdienstzeit war ihm aufgefallen, daß Offiziere einander stets auf diese Weise grüßten. Zu seiner Überraschung ging der Stämmige, ohne zu zögern, auf dieses Begrüßungszeremoniell ein. Handelte es sich bei ihm womöglich um einen Offizier?

Praxmarer kam nicht dazu, über diese Frage nachzudenken. Al-Sheikly bugsierte ihn – das Überraschungsmoment geschickt ausnützend – in ein am Gehsteigrand stehendes Auto, an dessen Steuer ein dritter Dunkelhaariger saß. Im nächsten Moment bog der Wagen in eine Seitengasse ein, wurde um den Häuserblock gesteuert und fuhr dann die Porzellangasse stadtauswärts.

Als der Fahrer an der Ampel vor dem Franz-Josephs-Bahnhof anhalten mußte, wurde Praxmarer erst so recht bewußt, daß er auf dem Rücksitz zwischen dem Glatzköpfigen und dem Stämmigen eingekeilt saß. Al-Sheikly ergriff nun wieder das Wort: »Es besteht kein Anlaß zur Sorge, Herr Doktor Faun – oder: Herr Praxmarer Victor Hugo, wie ich Sie ja sicher nennen darf, solange wir hier unter uns sind. Wir wollten uns nur ein wenig mit Ihnen unterhalten, und da man in dieser Stadt nie weiß, wer mithört, dachten wir an eine kleine Spazierfahrt. Doch Sie können absolut unbesorgt sein, wir bringen Sie nachher zu Ihrer Wohnung in die Barnabittengasse.«

Praxmarer merkte überrascht auf, was dem Glatzköpfigen nicht entging. »Ja, ja, wir sind ein wenig im Bilde«, sagte er kichernd und fügte nahezu akzentfrei hinzu: »In der Barnabittengassen hat sie sich noch bitten lassen – so sagt man doch, nicht wahr?«

Weil ihm keine bessere Antwort einfiel, murmelte Praxmarer etwas vom vorzüglichen Deutsch, das Herr Scheikel spreche.

»Sheikly, wenn ich bitten darf: Al-Sheikly«, korrigierte ihn dieser umgehend.

»Wirklich vorzüglich!« fügte Praxmarer bekräftigend hinzu.

»Ja, ja, gelernt ist gelernt«, kam die Antwort. »Ich habe nämlich in Hannover Schauspielkunst studiert. Das ist zwar lange her, doch gelernt ist gelernt. Wie Sie sehen, sind wir sozusagen Kollegen. Daher war ich etwas überrascht, als ich von Ihrem Hauptberuf hörte. In den Unterlagen stand davon kein Wort. Ich kann mir nicht vorstellen, warum sie das in ihrem Bericht nicht erwähnt hat ...«

»Welchem Bericht? Welche sie?« fiel Praxmarer dem Iraker ins Wort. Ein wenig war er selbst überrascht, wie aufmerksam er in letzter Zeit zuzuhören gelernt hatte.

Al-Sheikly schien den Einwurf als willkommenes Stichwort zu betrachten. »Gut, daß Sie das ansprechen, damit wären wir beim Thema«, sagte er zufrieden.

Sie hatten inzwischen Klosterneuburg nahezu erreicht. »Da gibt es nämlich einiges im Nachlaß unseres gemeinsamen Freundes Abdolhassan Al Khafadschy, das uns noch nicht so recht klar ist. Darüber wollten wir mit Ihnen sprechen. Sie waren doch mit ihm befreundet, nicht wahr?«

»Hm, befreundet ist sicher zuviel gesagt«, wandte Praxmarer ein. Er hatte den Eindruck, es wäre besser, auf Distanz zu gehen. »Wir haben uns ja nicht sehr oft getroffen, und dann haben wir nur gearbeitet, sozusagen. Es war eigentlich eine reine Arbeitsbeziehung. Freundschaft wäre sicher zuviel gesagt.«

»Ah ja, Arbeit, natürlich – es ging um Informationen, die Sie besorgt haben, nicht wahr?«

»Auch das stimmt nur in einem sehr erweiterten Wortsinn«, korrigierte Praxmarer. »Herr Doktor Al Khafadschy hat bei mir Sprechunterricht genommen. Ich weiß auch nicht, wieso. Vielleicht wollte er diesen leichten sächsischen Akzent wegbekommen, mit dem er deutsch gesprochen hat. Ich kenne mich da ja nicht aus, aber vielleicht ist es heutzutage nicht sehr günstig im diplomatischen Dienst, wenn man etwas sächselt.«

»Sächselt?« Al-Sheikly schien dieses Wort nicht zu kennen.

»Ja, so sagt man bei uns, wenn jemand mit dem Akzent der Sachsen spricht, bei denen Herr Doktor Al Khafadschy ja studiert hat, wenn ich richtig informiert bin.«

»Aha – und da hat er bei Ihnen Sprechunterricht genommen?«

»Genau – Oben thront der Nonnen Kloster. / Voll von Trost, voll hoher Wonne / Wohnen dorten fromme Nonnen, / Loben Gott vor Morgenrot.« Praxmarer hatte dieses Beispiel aus dem *Kleinen Hey* seit seiner Ausbildung zum Schauspieler unvergeßlich in Erinnerung.

Al-Sheikly schien ebenfalls mit diesem Standardwerk der Sprechtechnik traktiert worden zu sein. »Ich verstehe«, fiel er ein. »Polternd tobet Donners Rollen, / Sollte Gott wohl zornvoll grollen? / Opertod! O wolle kommen, / Noch lohnt Gottes Sohn / Hoch vom Wolkenthron, / Sorg und Not, o Trost der Frommen!«

Der Stämmige, der bislang mit unbewegter Miene dagesessen war, schien trotz seiner mangelnden Sprachkenntnisse erkannt zu haben, daß die beiden ausgebildeten Schauspielkünstler vom Thema abgekommen waren. Jäh beugte er sich vor und bellte Al-Sheikly an Praxmarer vorbei mit einem Schwall kehliger Laute an. Der schien sich wortreich zu rechtfertigen.

Nach diesem Intermezzo wandte sich Al-Sheikly wieder an Praxmarer: »Also Sprechunterricht, sagen Sie. Es hat uns nämlich schon gewundert, warum auf Ihren Empfangsbestätigungen für die Zahlungen, die Sie von Khafadschy erhalten haben, dieses Wort stand und nicht *Informationen* – sicher haben Sie ihm doch auch Informationen geliefert?«

»Nein, nicht daß ich wüßte.« Praxmarer bemühte sich, möglichst ehrlich erstaunt dreinzublicken.

»Bei uns hat Khafadschy dieses Geld aber aus dem Fond für Informationen genommen.«

»Nein? Ja, warum denn das? Davon weiß ich natürlich nichts. Davon hat er mir nie ein Wort gesagt.«

»So ein Sprechunterricht bei Ihnen war dann aber sehr teuer«, insistierte Al-Sheikly.

»Natürlich«, bemühte sich Praxmarer möglichst selbstbewußt zu sagen, »ich bin natürlich nicht billig. Erste Qualität hat eben ihren Preis.«

»Aha, ja, ja.« Al-Sheikly schien zu überlegen. »Aber wofür war denn dann das andere Geld, das Sie von ihm bekommen haben? Da ging es um die Miete einer Wohnung oder dergleichen. Angeblich für eine operative Aktion, die Sie durchgeführt haben.«

Praxmarer überlegte. Soviel er sich erinnern konnte, hatte Al Khafadschy von ihm für dieses Geld keine Bestätigung verlangt. Doch irgend etwas schien man über diese Angelegenheit zu wissen. Doch was? Und wieviel?

»Die Wohnung, ach ja, die Wohnung«, erklärte Praxmarer leichthin. »Aber das war doch eher eine Privatangelegenheit, soviel ich weiß. Herr Doktor Al Khafadschy wollte eine Wohnung mieten, weil er meinte, es wäre besser, wenn wir uns ungestört an einem solchen privaten Ort treffen könnten – zum Sprechunterricht natürlich. Ich glaube, er wollte dort auch noch andere Leute treffen. Vielleicht eine Frau. Aber das weiß ich nicht, mich geht das ja nichts an. Ich habe nur zufällig über die Freundin einer Freundin von einer günstigen Garçonnière gewußt und sie aus Gefälligkeit für Herrn Doktor Al Khafadschy gemietet. Sie wissen ja, wie manche Leute in dieser Stadt sind. Wenn ein Ausländer kommt, wird alles gleich viel komplizierter. Und zumindest teurer. Da habe ich das eben übernommen. Und weil Herr Doktor Al Khafadschy dann plötzlich nicht mehr da war, habe ich alles wieder rückgängig gemacht. Aber das Geld für die Miete und die Kaution, die ich hinterlegen mußte, war natürlich weg«, fügte er vorsorglich hinzu.

Al-Sheikly hielt es offenbar für angebracht, dem Stämmigen einen Zwischenbericht zu erstatten. Die beiden Iraker palaverten einige Zeit lang hin und her. Praxmarer verstand kein Wort, doch es war klar, daß der Stämmige zunehmend ungnädiger wurde.

Schließlich wandte sich Al-Sheikly wieder an Praxmarer: »Sagen Sie, um welche Frau hat es sich da gehandelt, von der Sie vorhin sprachen?«

»Von einer Frau?«

»Na, Sie sagten doch, Khafadschy wollte sich in der Wohnung mit einer Frau treffen.«

»Ach so, das meinen Sie. Das war eine pure Vermutung von mir. Bei uns mietet man nämlich zumeist eine kleine Zweitwohnung, wenn man sich regelmäßig mit einer Frau treffen will. Aber, wie gesagt, das war eine reine Vermutung von mir.«

Es folgte erneut ein kehliger Wortwechsel zwischen den beiden Arabern. Dann fragte Al-Sheikly: »Kennen Sie Amal?«

»Amal – so wie zweimal, dreimal, viermal? Wer oder was soll das sein?«

»Frau Amal ist Ihnen nie begegnet?«

»Hm, ich habe über die Jahre schon einige Frauen getroffen.« Praxmarer dachte ernsthaft nach, ob er jemanden dieses Namens in seinem Fundus hatte. »Aber – nein, ich kann mich wirklich nicht erinnern, jemanden dieses Namens kennengelernt zu haben.«

»Vielleicht kennen Sie sie unter ...« – Al-Sheikly zückte ein Notizbuch und las daraus ab – »... unter Radullnig Rosa?«

»Ach so, die unvermeidliche Radullnig meinen Sie. Die nicht zu kennen ist ja nahezu unmöglich in dieser Stadt«, tat Praxmarer mit größtmöglicher Gelassenheit kund. »Ich wußte aber nicht, daß sie auch Amal heißt. Das ist mir neu. Ja, ja, die habe ich getroffen, weil Herr Doktor Al Khafadschy das unbedingt wollte. Aber das war ja wohl auch eher so eine Privatangelegenheit.«

»Aha, Sie haben sie privat getroffen, und dann hat sie für Khafadschy den Bericht über Sie geschrieben?«

»Was? Sie hat einen Bericht über mich geschrieben? Davon weiß ich aber gar nichts. Sie wollte für eine Zeitung etwas über mich schreiben, aber ... Moment, Sie sagen, sie hat für Khafadschy einen Bericht über mich geschrieben? Das finde ich aber sehr merkwürdig!«

»Was finden Sie daran merkwürdig?« fragte Al-Sheikly.

»Na, ich bitte Sie! Weder er noch sie haben mir davon etwas gesagt. Das geht doch nicht! Das ist doch Vertrauensbruch! Und überhaupt: Wenn er die Radullnig offenbar ohnedies bestens gekannt hat, warum wollte er dann von mir unbedingt, daß ich sie treffe und ausfrage? Hat er sie womöglich auch bezahlt? Für *Informationen*, wie er das genannt hat!« Praxmarer war ehrlich empört.

»Also hat er Sie doch für Informationen bezahlt?« warf Al-Sheikly rasch ein.

Jetzt begriff Praxmarer, daß er wohl etwas zuviel gesagt hatte. »Nein, nein«, versuchte er abzuwiegeln, »das hat er natürlich nicht, wie ich schon gesagt habe. Er wollte mir nur etwas bezahlen, falls ich für ihn diese Radullnig ausfragen würde, wozu es aber nicht gekommen ist.«

»Aha, Sie sollten Informationen über Amal – also Frau Radullnig liefern. Welche Informationen denn?«

»Ach, eher so ein privater Scherz, glaube ich. Er wollte wissen, was da genau vorgefallen ist, als sie bei Herrn Gaddafi in Libyen war. Ich nehme an, Sie wissen von der Geschichte.«

»Was meinen Sie, wenn Sie sagen: 'Was da genau vorgefallen ist.' Was wollte Khafadschy darüber wissen?«

»Ach, das war doch nur so ein dummer Scherz, denke ich – er wollte wissen, ob Gaddafi impotent ist.«

»Sie meinen, daß seine Manneskraft erlahmt ist?«

»Genau.«

»Und warum wollte Khafadschy das wissen?«

»Wenn ich das richtig verstanden habe, ging es darum, daß einer, der möglicherweise impotent ist, nicht Führer der arabischen Nation sein kann oder so. Mich hat das, ehrlich gesagt, nicht interessiert.«

»Und das sollten Sie diese Frau fragen?«

»Ja, aber wie ich schon gesagt habe: das habe ich natürlich nicht getan. Und daher habe ich auch kein Geld für Informationen bekommen – nur für den Sprechunterricht. Das will ich ganz klar betonen!«

Al-Sheikly wandte sich erneut an den Stämmigen und schien ihm den jüngsten Stand des Gespräches darzulegen. Der begann immer heftiger zu schnauben, sein Brustkorb schwoll an, und Praxmarer hatte den Eindruck, gleich würde das enge Jackett seines Sitznachbarn platzen. So sehr regte er sich offenkundig über das Gehörte auf. Zuletzt bellte der Stämmige ein paar Sätze in Richtung Al-Sheikly.

»Was hat er gesagt?« fragte Praxmarer zaghaft.

»Er hat gemeint, daß Khafadschy kein guter Mensch war«, übersetzte Al-Sheikly sehr summarisch.

»Da ist vielleicht etwas dran«, ließ sich Praxmarer nach einer Pause sinnierend vernehmen. Vorderhand hatte er jeglichen Versuch aufgegeben, die Zusammenhänge zu begreifen.

So ganz konnte er es dann aber doch nicht lassen. Während sie in die Stadt zurückfuhren, wandte er sich an Al-Sheikly: »Jetzt darf ich Ihnen aber auch einmal eine Frage stellen – und zwar wegen dieses Herrn vom libyschen Volksbüro ...«

»Sie meinen Ibrahim Bishari?« Al-Sheiklys Frage kam sehr spontan.

»Ja, ich glaube, so heißt er«, bestätigte Praxmarer.

»Hat Khafadschy Sie mit ihm zusammengebracht?«

»Nein, ganz im Gegenteil. Ich wollte sagen, Herr Al Khafadschy schien kein besonderer Freund von diesem Libyer zu sein. Einmal hat er sogar eine Bemerkung fallen lassen, der man entnehmen könnte, die beiden seien eher Feinde gewesen. Es schien ihm jedenfalls absolut nicht recht gewesen zu sein, daß dieser Mann immer dort aufgetaucht ist, wo ich gerade war. Daher bin ich nun etwas überrascht, weil dieser Bishari und Sie heute ja scheinbar gemeinsam auf mich gewartet haben.«

Al-Sheikly erstattete dem Stämmigen umgehend Meldung. Nach einem beunruhigend langen Wortwechsel der beiden Iraker fragte er Praxmarer: »Was hat Khafadschy genau über Bishari gesagt?«

»Ja, also im Detail kann ich mich da nicht erinnern – daß der Kerl ein Hurenbock und Trinker sei, glaube ich, und daß der hinter allen Bekannten von Khafadschy herspioniere oder so.«

»Hat Khafadschy gesagt, daß er mit Bishari zusammenarbeitet?«

»Kein Wort davon.«

»Auch nichts über Bisharis Spezialgebiet?«

»Nein – nur, daß der Kerl unfähig sei.«

Als Praxmarer in der Barnabittengasse aus dem Wagen stieg, hatte er schwerwiegende Zweifel, ob es geschickt gewesen war, den Libyer zu erwähnen.

Er fand aber keine Zeit, diese Überlegung zu vertiefen. Als er seine Wohnungstür aufschloß, hörte er das Telefon klingeln.

»Endlich bist du da!« rief die Schwanthaler in den Hörer, nachdem Praxmarer abgenommen hatte. »Ich hab schon geglaubt, du kommst heute nicht mehr nach Hause. Es ist ja schon so spät, und ich brauche dich dringend. Wir sollten schon längst dort sein. Geh, komm bitte schnell bei mir vorbei, ich mach mich inzwischen fertig.«

»Wo sollten wir sein?« fragte Praxmarer.

»Ach, dafür ist jetzt keine Zeit, das erklär ich dir nachher. Komm schnell!«

Dieser Kollegin konnte Praxmarer ganz einfach keinen Wunsch abschlagen. Kopfschüttelnd machte er sich auf den Weg.

»Komm herein, es ist offen«, rief sie ihm durch die Tür zu, als er dort eintraf. Sie rannte nackt in ihrer kleinen Wohnung hin und her, hielt dabei die eben lackierten Fingernägel weitgespreizt von sich und suchte zugleich ihre Garderobe zusammen. »Du mußt mich nämlich zu einer Party begleiten«, eröffnete sie Praxmarer.

»Was – Party? Wo, bei wem?«

»Wirst' nicht kennen, so ein Jungarzt und seine Freundin. Ich kenn ihn auch nur ganz flüchtig. Der hat mich eingeladen.«

»Das wird sicher fad«, wandte Praxmarer ein. »Da kenn ich sicher keinen Menschen. Kannst' dort nicht allein hingehen?«

»Nein, unmöglich, das würd blöd ausschauen, wenn ich dorthin allein komm. Du mußt unbedingt mit. Tut mir leid, aber ich habe so rasch niemanden anderen auftreiben können. Es gibt dort sicher was zu essen, und zu trinken sowieso. Du wirst dich schon irgendwie unterhalten.«

Praxmarer hatte sich in ein Polstermöbel sinken lassen und sah der Schwanthaler dabei zu, wie sie sich anzog. Er fand es gewöhnlich ungleich interessanter, einer Frau beim Anziehen zuzusehen als beim Ausziehen. In diesem Falle verfolgte er das Schauspiel indes mit nüchterner Gelassenheit, gleichwohl aber mit nicht unerheblicher Aufmerksamkeit, wie ihm dabei bewußt wurde. Ob das wohl mit seinem geheimen Nebenjob zu tun hatte?

Praxmarer fiel auf, daß die Schwanthaler zuerst ihren Strumpfgürtel anlegte, die Strümpfe anzog und an den

Strapsen befestigte – und erst dann in einen Tanga schlüpfte, der faktisch nur aus einem hauchzarten schwarzen Seidendreieck und zwei zahnfadendünnen Bändern bestand. Er glaubte, sich daran erinnern zu können, daß sie gewöhnlich als erstes den Slip anzog. Seine Beobachtung beschäftigte ihn auf eher abstrakte Weise. Ob hinter der geänderten Ankleidereihenfolge wohl eine Absicht stand? Er konnte sich nicht erklären, welche das sein könnte.

Eine halbe Stunde später betraten sie eine geräumige Altbauwohnung, die voller, Praxmarer durchweg fremder Leute war. Dem Beispiel der Schwanthaler folgend, steuerte er als erstes die Küche an und bediente sich reichlich an dem dort aufgebauten Buffet. Als nächstes angelte er sich eine herrenlos herumstehende Whiskyflasche und zog sich damit in eine Ecke des Wohnzimmers zurück, das auf Stühlen, Polstermöbeln und auch auf dem Teppich mit sich lümmelnden Partygästen gefüllt war.

»Ach, da bist' ja«, hörte er kurz darauf die Schwanthaler sagen, »geh, komm rasch mit.«

Er folgte ihr in den Flur, wo sie ihn dem Gastgeber und dessen Freundin vorstellte. Praxmarer hatte den Eindruck, die Schwanthaler tue das nur, um zu belegen, daß sie einen Begleiter mitgebracht hatte, was ihm reichlich unnötig erschien. Er fühlte sich von den Gastgebern kühl, doch aufmerksam gemustert.

»Ein Kollege«, erklärte die Schwanthaler.

»Ach ja, verstehe«, antwortete der Gastgeber kurzangebunden. Vermutlich war er ein ziemlich kulturloser Mensch. Er wollte jedenfalls mit keinem Wort wissen, wo Praxmarer gerade engagiert war, welche Rolle er spielte und wie er diesen Part anzulegen gedachte. Eben alle die Dinge, die Praxmarer bereitwillig dargelegt hätte, wäre eine Frage an ihn ergangen.

»Ja, ja, dann is ja gut, sehr schön«, ließ sich der Gastgeber hingegen ohne jeden Zusammenhang vernehmen, wandte sich um und, ohne Praxmarer eines weiteren Blickes zu würdigen, einem Paar zu, das eben eingetroffen war. Die Gastgeberin und die Schwanthaler entfernten sich gleichfalls. Sie tuschelten dabei eifrig. Praxmarer kehrte in seine stille Ecke zurück, wo zum Glück noch immer der erbeutete Whisky lagerte.

Nach einiger Zeit begann er, sich zu langweilen, und fand, seine Schuldigkeit getan zu haben. Praxmarer beschloß, die Schwanthaler von seinem Aufbruch zu informieren und dann eines seiner Stammwirtshäuser aufzusuchen. Im Wohnzimmer konnte er sie indes nirgendwo sehen, in der Küche war sie auch nicht. Praxmarer stieß bei seiner Suche in den ihm noch unbekannten Teil der weitläufigen Wohnung vor. Er öffnete eine Tür und fand sich auf der Schwelle zu einem Raum wieder, in dem alle Lampen erloschen waren. Nur die Straßenbeleuchtung drang durch ein Fenster und erhellte die Szene ein wenig. Trotz der Finsternis schienen sich hier etliche Leute aufzuhalten.

»No, was is – eini oder aussi?«

Praxmarer blickte in die Richtung, aus der er angesprochen worden war. Gleich neben der Tür saß auf einem Stuhl eine ausnehmend dicke junge Frau. Sie war ihm ihrer imponierenden Leibesfülle wegen vorhin schon im Wohnzimmer aufgefallen. Nun trug sie die Miene eines strengen Gesichtskontrolleurs am Eingang einer Disco zur Schau.

»Wie, was?« Praxmarer verstand nicht gleich.

»Entweder gehst' hinein oder hinaus«, bekräftigte die Dicke, wartete seine Antwort aber erst gar nicht ab. Sie zerrte Praxmarer mit einem resoluten Griff ein Stück vorwärts und schloß die Tür hinter ihm.

Als erstes fiel ihm die eigentümliche Geräuschkulisse auf, die in diesem Raum herrschte: Ein gedämpftes Murmeln, verhaltenes Stöhnen und Lachen, heftiges Atmen. Es dauerte einige Augenblicke, bis Praxmarer begriff, was hier vorging: Schwere Geschlechtsverkehre in allen Tal- und Höhenlagen, faßte er endlich die Lage zusammen. Das Zimmer schien voller Leute zu sein, die in allen denkbaren Kombinationen und Stellungen vögelten. Das interessierte ihn natürlich ungemein. Eine Welle von Euphorie stieg in ihm hoch, und er erinnerte sich erneut an den Schulaufsatz, in dem er seinerzeit auf die Frage, was er sich wünschen würde, wenn er sich etwas wünschen dürfte, kurz und bündig festgehalten hatte: *Eine Tarnkappe, damit ich die Konditorei ausrauben kann.*

So viele Jahre hatten verstreichen müssen, bis er sich endlich an der Pforte zu dieser Konditorei wiederfand. Er brauchte nicht einmal eine Tarnkappe.

Eben wurde die Tür neuerlich geöffnet. Zwei junge Frauen traten zielstrebig ein und entledigten sich, ohne zu zögern, ihrer Kleider. Praxmarers Augen hatten sich inzwischen ein wenig an die Dunkelheit gewöhnt. Er sah, wie sich beide die Slips von den Leibern streiften, die sie praktischerweise über den Strapsen trugen, um zuletzt nur noch mit Strümpfen samt dem dazugehörigen Befestigungsinventar der Tiefe des Raumes zuzustreben.

Jetzt begriff Praxmarer, warum die Schwanthaler ... gewiß war sie längst hier irgendwo tätig.

»Na, machst' mit, oder willst' nur zuschauen?« Die dicke Pfortenhüterin riß ihn aus seinen Gedanken.

»Nein, nein, ich mach natürlich mit, wenn niemand was dagegen hat«, beeilte sich Praxmarer zu versichern.

»Blöde Frag«, lachte die Dicke.

Praxmarer entkleidete sich rasch und versuchte sich die Stelle einzuprägen, wo er seine Sachen ablegte.

»Na ja, schaut ja eh recht gut aus«, hörte er währenddessen die Dame an der Tür kommentieren. Sie musterte mit unverhohlenem Interesse seine Leibesmitte, und was sie da sah, schien ihr Wohlgefallen zu finden. Tatsächlich war Praxmarer der Zustand freudiger Erregung anzusehen, und als er sich dessen bewußt wurde, registrierte er dies nicht ohne einen Anflug von Eitelkeit.

»Na, dann vielleicht bis später«, beschied er der Dikken und tastete sich ein paar Schritte weiter vor. Zugleich begann Praxmarer zu überlegen, wie er sich auf möglichst harmonische Weise ins Geschehen einbringen könnte. Er betrat hier absolutes Neuland und war darauf nicht einmal theoretisch vorbereitet. Wenn er einen Urschrei ausstieße und sich zugleich mit einem Hechtsprung ins Getümmel stürzte, so wäre das vermutlich wohl nicht ganz im Sinne der feinen britischen Art, an der man sich hier möglicherweise orientierte. Andererseits: Nehme er vor einer der ihm allesamt unbekannten Damen gemessen Aufstellung und fragte galant: »Darf ich bitten?«, so würde man ihm das vielleicht als übertriebene Förmlichkeit auslegen oder gar als lächerlich empfinden.

Das war einer der seltenen Momente, da Praxmarer bedauerte, nie eine der Tanzschulen besucht zu haben, in denen junge Menschen mit Fragen der Etikette vertraut gemacht werden. Doch das würde ihm jetzt auch nicht weiterhelfen, sah er sofort ein. Gewiß wurde nicht einmal in den führenden einschlägigen Instituten der Professoren Ellmayer und Fränzel gelehrt, wie man sich taktvoll und unter Wahrung des guten Tones in einen Gruppensex einführt.

Praxmarer stieß mit dem Schienbein gegen einen weichen Gegenstand, den er mit den Händen tastend als Matratze identifizierte. Er war am Rand eines scheinbar sehr großen Bettes angelangt, auf dessen Kante er sich niederließ. An dieser Stelle hatte er das durch das Fenster von der Straße her einfallende Licht im Rücken, und er konnte sich somit einen recht guten Überblick verschaffen.

Aus purem Zufall war er offenkundig direkt am Zentrum des Geschehens gelandet. Unmittelbar vor sich sah Praxmarer ein Geflecht von nackten Leibern, die sich alle im gleichen Rhythmus bewegten. Erst nach und nach konnte er erkennen, welch sorgfältig durchdachte Ordnung im scheinbaren Chaos herrschte. Vier

Männer nahmen sich da einer Frau an, die rücklings am Boden lag. Einer der Kerle hatte sich zwischen ihren Beinen niedergelassen. Es sah ganz so aus, als liege der Tatbestand vor, der in feministischen Kreisen voller Abscheu *Penetration* genannt wird. Ein anderer Typ wiederum kniete am Kopf der Dame, die ihn mit einem hingebungsvollen Gebläse verwöhnte. Das war einwandfrei zu sehen. Die Herren nummero drei und vier kauerten zu beiden Seiten der Hauptdarstellerin und saugten jeweils an einem ihrer Brustnippel, wofür sie sich mit gründlicher Handarbeit an den Penissen der Brustnuckler revanchierte.

Als Praxmarer endlich die ganze Struktur dieser Choreographie klar geworden war, kam es zu seinen Füßen zu einem fliegenden Stellungswechsel. Der gerade noch mit der linken Damenbrust beschäftigte Herr rückte in die Gebläse-Position auf, der dort abgelöste Akteur übersiedelte an die rechte Brust und so fort. Dies funktionierte alles so rasch und reibungslos, daß Praxmarer zur Ansicht gelangte, hier sei ein bestens eingespieltes, also gewiß nicht zum ersten Mal in dieser Besetzung tätiges Team am Werk.

Es schien, als ginge ein gleichmäßiges Stöhnen von dieser so wohlkoordiniert werkenden Gruppe aus. Doch dann gewann Praxmarer den Eindruck, es seien nicht so sehr die Aktiven als die unmittelbar neben ihnen lagernden Zuschauer, die im stetig gleichen Takt schwer atmeten, in dem sich das Menschenknäuel vor ihren Augen hob und senkte.

Praxmarer fand, es sei an der Zeit, sich zu orientieren, was hier noch alles geboten wurde. Er wandte sich dem Bett zu. Direkt vor ihm werkte ein Typ auf konventionelle Weise zwischen den weit gespreizten Beinen einer heftig ihren Arsch auf und ab bewegenden Frau. Praxmarer überzeugte sich, daß es sich nicht um die Schwanthaler handelte, und beschloß dann, abzuwarten, ob sich vielleicht hier für ihn ein Einstieg ergäbe. Gewissermaßen um seine Einsatzbereitschaft anzumelden, streckte er eine Hand nach der Dame aus und begann, die Brust der Fremden zu kneten. In dem Moment sah er an ihrem Kopf ein männliches Wesen auftauchen, das kurzerhand sein Glied auf die Lippen der Frau legte. Sie streckte die Zunge heraus und nahm sich damit des dargebotenen Stückes an. Praxmarer blickte auf und sah: Es war der Gastgeber, der sich solcherart umsorgen ließ.

Auf die Idee hätte er auch kommen können, dachte Praxmarer. Es bestand für ihn jedoch kein Anlaß, sein Versäumnis noch länger zu beklagen. Der eben noch neben ihm rotierende Männerarsch war mit einem Mal verschwunden, und Praxmarer rückte kurzentschlossen in die verwaiste Position auf. Die Dame lag zum Glück noch immer an ihrem Platz. Während sich Praxmarer über sie beugte, sah er ihre wallende blonde Mähne.

Mit einem Mal funktionierte alles ohne sein Zutun. Irgend jemand – Praxmarer konnte nicht erkennen, ob es die Blonde selbst oder jemand anderer war – ergriff seinen Penis und bugsierte ihn ins vaginale Zielgebiet. Dankbar stieß er einige Male kräftig zu und mußte gleich darauf erkennen, wie sehr er erregt war. Gleichwohl schoß ihn in dem Moment eine Frage durch den Kopf, auf die Praxmarer mangels einschlägiger Erfahrung keine Antwort wußte, und er hatte keine Idee, wie er sich in der Eile kundig machen konnte.

Etwas konfus zog er sich mit einem Ruck aus der ihm unbekannten Partnerin zurück. Beinahe hätte er ein paar erklärende Worte zu murmeln versucht, doch da war die Blondine schon nicht mehr da. Sie schien eine zu raschen Entscheidungen neigende Person zu sein. Als Praxmarer in der Hoffnung um sich blickte, die Schwanthaler hier irgendwo zu finden, um sich bei ihr hinsichtlich der eben akut gewordenen Frage erkundigen zu können, sah er die Blonde neben dem Bett auf den Schenkeln eines Herrn kauern. Die beiden legten eine rasante Stehpartie hin.

Praxmarer hatte sich nun wieder so weit unter Kontrolle, um, auch ohne eine Antwort auf seine Frage zu wissen, neuerlich aktiv ins Geschehen eingreifen zu können. Auf den Knien arbeitete er sich ein wenig nach vorne und fand sich an der Seite einer stämmigen Frau wieder, die auf das Bett hingegossen dalag und keinen Zweifel darüber aufkommen ließ, daß es ihr absolut egal war, wer sich ihrer annahm. Ihr Blick schweifte überall hin, nur nicht zu dem Jüngling, der eben zwischen ihren Schenkeln zugange war.

Praxmarer überlegte kurz, wie er es anlegen sollte, hier Bekanntschaft zu schließen. Wenn er es schaffte, mit einem hurtigen Satz über die Frau drüberzukommen und nach oben … doch da stand bereits der Gastgeber am Bettrand und ließ seinen Penis über das Gesicht der Frau baumeln. Sie erfaßte die Lage sofort und steckte sich das ihr dargebotene Stück in den Mund.

Wird man eben warten müssen, bis sie unten frei wird, dachte Praxmarer. Derlei dauerte ja gewöhnlich nicht lange, glaubte er zwischenzeitlich zu wissen. Hier harrte offenbar niemand zu lange an einer Stelle aus. Er ging in Warteposition und vertrieb sich die Zeit, indem er seine Hand zwischen die beiden benachbarten Körper schob und – gleichsam, um seine Anwartschaft anzumelden – die Klitoris der Zielperson rieb.

Als der Jüngling die Dame endlich freigegeben hatte und Praxmarer über sie kommen wollte, erschien mit einem Mal die Schwanthaler in seinem Blickfeld und sank, ehe er sich versah, in die Arme der Frau, bei der er der Nächste zu sein geglaubt hatte. Die beiden Damen küßten einander stürmisch. Auch ihre Hände waren nicht untätig, stellte Praxmarer mit einem prüfenden Blick fest. Das war nett anzusehen und hätte ihm sogar Gelegenheit geboten, eine der beiden von hinten freudig zu überraschen. Doch da er nicht wußte, wie die Schwanthaler reagieren würde, wenn ausgerechnet er sich in die Damengesellschaft einmischte, zog es Praxmarer vor, andere Möglichkeiten zu suchen.

Sieh an, das Gute liegt so nah, hätte er beinahe ausgerufen. Direkt neben dem Damen-Duo sah er zwei andere Frauen, die gleichfalls heftig miteinander beschäftigt waren. Eine von ihnen lag auf dem Rücken und hielt die Knie angewinkelt. Dazwischen rotierte der Kopf der anderen, deren Hintern steil nach oben ragte. Auch das war ein reizvolles Bild. Praxmarer erwog, hinter dieses Paar zu treten und die freie Rückseite zu okkupieren. Da erkannte er aber, daß diese der Freundin des Gastgebers gehörte, und er war sich wiederum nicht sicher, ob es statthaft sei, seinen Plan auszuführen. Wahrscheinlich war er ja nur zu rücksichtsvoll, doch er wollte keinen Eklat provozieren.

Während Praxmarer diese Überlegung anstellte, fiel sein Blick auf ein Trio am Kopfende des Bettes. Dort saß lässig zurückgelehnt ein hünenhafter Kerl, zwischen dessen Beinen ein weibliches Wesen kniete. Aus ihren Kopfbewegungen konnte man schließen, daß sie ihm gerade sehr sorgfältig einen blies. Genau konnte das Praxmarer aber nicht erkennen, denn hinter ihr kniete ein kleiner Dicker, der sie von rückwärts bearbeitete, wobei er asthmatisch keuchte und erbärmlich schwitzte.

Praxmarer erwog, da ein wenig genauer hinzusehen. Vielleicht erlangte er auf diese Weise ein Antwort auf die Frage, die ihn vorhin aus gegebenem Anlaß beschäftigt hatte und die ihm nicht aus dem Kopf wollte.

»Kennst' eigentlich den Witz von der Frau mit dem Pferdearsch?« hörte er in dem Moment den Hünen fragen.

»Nein, erzähl«, keuchte der Dicke.

Dazu kam es aber nicht. Die Frau zwischen den beiden ließ jäh von ihrer Tätigkeit ab und herrschte den Kerl am Kopfende an: »Du bist wirklich ein solches Arschloch!«

»Aber geh, Herzl, was hast denn? Des hat doch nix mit dir zu tun. Kein Mensch käm auf die Idee, daß du einen Pferdearsch hast. Is ned so?«

Der kleine Dicke, der durch die rabiate Wendung der

Frau abgeschüttelt worden war, nickte heftig und tätschelte dazu mit der Hand das Objekt der Erörterung.

Praxmarer fürchtete, gleichfalls zu einer Zeugenaussage aufgerufen zu werden, und zog sich daher rasch an das Fußende des Bettes zurück. Dort sah er die Schwanthaler nun mit dem Rücken an die Wand gelehnt am Boden sitzen. Zwischen ihren Beinen kauerte, vollständig bekleidet, die Dicke, die vorhin an der Türe die Wache gehalten hatte.

»Ja, genau da. Du machst das wirklich sehr brav«, lobte die Schwanthaler. Das galt wohl der Dicken, die ihre Finger an der Klitoris der Schwanthaler tanzen ließ, wie Praxmarer erkannte.

»Hörst, schaut's euch das an«, hörte er die Lendengewaltige ausrufen, »das müßt's euch wirklich anschauen: Die hat eine so schöne Fut!«

Praxmarer fühlte sich ein wenig geschmeichelt. Galt diese Würdigung doch nicht zuletzt seinen künstlerischen Fähigkeiten als Schamhaarbarbier. Dankbar robbte er hinter die Dicke und langte unter ihr Kleid. Darunter hatte sie nichts an, stellte er fest. Sein Zeigefinger bohrte sich in einen feuchten, von wildem Dickicht umgebenen Schlund, dessen Eigentümerin kurz über die Schulter blickte, um festzustellen, wer sich ihrer annahm. Dann bekräftigte sie nochmals: »Wirklich, eine so schöne Fut! Ihr müßt's euch das anschauen.«

Angelockt von dieser Kundgebung trat ein schmächtiges Bürschchen hinzu, öffnete den Reißverschluß seiner Jeans und brachte ein eher armseliges Gemächte zum Vorschein, wie Praxmarer fand.

Die Dicke schien das möglicherweise anders zu sehen. »Ja, genau, puder sie, puder sie, puder sie!« keuchte sie mit allen Anzeichen hochgradiger Erregung.

Eben erhoben sich direkt neben Praxmarer zwei gänzlich bekleidete Leute, die scheinbar irgend etwas unter dem Bett gesucht, sich jedenfalls dort zu schaffen gemacht hatten. Es handelte sich um einen Mann und eine Frau, stellte Praxmarer fest, während er dem eilig den Raum verlassenden Paar nachblickte.

Als nächstes fiel sein Blick auf einen drahtigen kleinen Kerl in Mönchsunterhosen, den er – nun wurde ihm das bewußt – schon vorhin durch das Zimmer hatte huschen sehen. Die eindrucksvollen Unterhosen waren ihm aufgefallen. Jetzt erst sah Praxmarer, wer die in diesem Ungetüm steckende Gestalt war. Er wollte seinen Augen nicht trauen, doch das war zweifellos dieser Libyer, der seit Wochen um ihn herumstrich.

Praxmarer wollte zur Tür eilen und sich den Typ an die Brust nehmen, doch da war der Libyer schon verschwunden – ganz so, als sei er vom Erdboden verschluckt worden.

Abgelenkt von diesem Zwischenfall, registrierte Praxmarer nur vage, wie sich das von der Dicken angelockte Bürschchen mühte, bei der Schwanthaler zu landen. In dem Moment ging das Deckenlicht an, und ein Mann in einem biederen Anzug verschwand, so weit er konnte, unter dem Bett. »'tschuldigung, is gleich vorbei«, ließ sich der Neuankömmling vernehmen. Praxmarer glaubte, diese Stimme zu kennen, doch er konnte sie ad hoc niemandem zuordnen.

Es dauerte nur wenige Augenblicke, dann tauchte der Mann wieder unter dem Bett hervor. In seinen Händen balancierte er nun vorsichtig ein Paket und entfernte sich eilig. »Is schon vorbei, die Herrschaften können ruhig weitermachen, wie man so sagt«, ließ er sich von der Tür her vernehmen, bevor er verschwunden war.

Jetzt wurde Praxmarer klar, wer dieser Überraschungsgast war, und er konnte sich keinen Reim darauf machen, was ausgerechnet dieser Smekal auf einer solchen Party unter dem Bett zu suchen gehabt hatte.

Das Schlafzimmer war noch immer hell erleuchtet. Überall sah Praxmarer nun derangiert aussehende Gestalten herumlümmeln, die erstaunt dreinblickten.

»Wer war denn der Trottl?« fragte endlich eine Stimme. Es war der Gastgeber.

»Mir scheint, ich kenn den«, antwortete ein Gast schließlich, »der Typ is eine Zeitlang bei jeder Demo aufgetaucht. Man sagt, des wär ein Staatskieberer.«

»Nicht möglich, was sucht denn der da? Hat den jemand von euch mitgebracht?« fragte der Gastgeber.

Alle Anwesenden schüttelten wortlos den Kopf.

»Hörst', mir schwant was«, meldete sich dann der Gast zu Wort, der Smekal als Angehörigen der Staatspolizei identifiziert hatte. »Das Paket, das der da hinausgetragen hat, hat ausgeschaut wie eine Bombe. Sagt's jetzt ned, daß ich spinn – aber das hat wirklich so ausg'schaut.«

Alle Anwesenden blickten wie vom Donner gerührt drein. Nach einigen Schrecksekunden sprang der Gastgeber an den Bettrand und blickte suchend unter die Matratze.

»Nix. Ich seh nix«, meldete er endlich.

»Eh klar, der Kieberer hat ja g'sagt: Is schon vorbei«, replizierte der Gast, der Smekal und die Bombe erkannt hatte.

Nun begannen alle Anwesenden, sich eilig anzukleiden.

»Was meinst du, könnten des moralische Fundamentalisten g'wesen sein«, fragte eine Frau ihren Nachbarn.

Praxmarer glaubte in ihr die Blondine zu erkennen, über der seine Frage akut geworden war. Doch gänzlich sicher war er sich dessen nicht.

Wenige Minuten später war die Party vorbei. »Wir nehmen ein Taxi«, beschloß die Schwanthaler.

Als sie nebeneinander auf dem Rücksitz des herbeigerufenen Wagens saßen, fragte sie Praxmarer mit strenger Miene und ungeniert von der Anwesenheit des Taxifahrers: »Warst du das, der mich da grad hat pudern wollen, wie das Licht angegangen ist?«

»Nein, bist' verrückt, das wär ja fast Blutschande«, raunte Praxmarer, dem diese Befragung in Hörweite eines Fremden peinlich war. »Ich hab höllisch aufgepaßt, daß ich dir nicht zu nahe komm.«

»Na, dann is ja gut«, lenkte sie ein. »Ich hab schon gedacht, das warst du, weil, sowas ist mir noch nicht untergekommen: Ein absolut nebbiches Pimperl und will ausgerechnet bei mir ein Rohr verlegen.«

»Also, ich schwör's dir«, bekräftigte Praxmarer, »wenn'st es nicht glaubst, kann'st dich nachher überzeugen, daß ich das nicht gewesen sein kann.«

»Nicht nötig, ich glaub's dir auch so«, versicherte die Schwanthaler.

Nach einer Pause nahm Praxmarer das Gespräch wieder auf: »Doch weil wir schon dabei sind – ich hätt da auch eine Frage an dich, weil man will ja nichts falsch machen, nicht wahr. Also mir ist da plötzlich eine Frage aufgetaucht, und ich hab in der Eile nicht gewußt, wen ich fragen könnt, was unangenehm war, weil solche Fragen stellen sich ja naturgemäß immer im ungünstigsten Moment.« Umständlich steuerte er auf sein Ziel zu: »Weißt', ich war ja zum ersten Mal bei einer solchen Veranstaltung, aber du wirst das sicher wissen: Wie weit darf man denn da eigentlich gehen, bei so einer Zufallsbegegnung mit einer Frau, die man ja nicht kennt, nicht wahr.«

»Ganz einfach: Soweit'st ihn halt ohne Gewalt hineinbringst«, antwortete sie trocken.

»Nein, nein, das mein ich nicht«, raunte Praxmarer. Offenbar lauschte der Taxifahrer längst interessiert dem Gespräch seiner Fahrgäste. »Es geht darum, also egal, bei wem man gerade ist und wenn der Druck zu groß wird – darf man da auch ejakulieren, ohne die Spielregeln zu verletzten?« Angesichts der Tatsache, daß dieses Gespräch in gewisser Weise öffentlich geführt wurde, bemühte sich Praxmarer um eine möglichst dezente Ausdrucksweise.

»Ach, du meinst, ob'st abspritzen darfst?« fragte die Schwanthaler lauthals zurück.

»Genau«, hauchte Praxmarer mit tonloser Stimme.

»Hörst', das weiß ich wirklich nicht. Woher denn auch. Ich halt's jedenfalls nicht zurück, wenn's mir kommt. Aber woher soll ich wissen, wie das bei den Männern ist?«

»Na, du könntest es ja bemerkt haben, wie das die anderen halten«, insistierte Praxmarer.

»Nein, wirklich nicht«, beharrte sie entschieden, »weil bei den Allermeisten merkt man da absolut nichts. Da kann ich dir auch nicht helfen.« Übergangslos wechselte die Schwanthaler das Thema: »Sag, glaubst du das womöglich auch, den Blödsinn, daß da jemand eine Bombe unters Bett gelegt hat?«

»Es gibt nichts, was ich auf dem Gebiet nicht mehr glaub, seit gleich zwei Autos von mir in die Luft geflogen sind«, antwortete Praxmarer, wobei ein Hauch von Fatalismus in seiner Stimme mitschwang.

»Jessas, daran hab ich noch gar nicht gedacht!« rief die Schwanthaler erkennbar geschockt aus. »Sag gleich, da war womöglich schon wieder jemand hinter dir her. Und da denkst du dir gar nichts dabei, seelenruhig mit mir auszugehen!« Das klang aufrichtig empört.

»Also bitte, mach mir keinen Vorwurf: Meine Idee war's ja nicht, mit dir zu dieser Party zu gehen«, versuchte sich Praxmarer zu rechtfertigen.

Die Schwanthaler hörte indes gar nicht mehr hin: »Hallo, Herr Taxi, bleiben's bitte sofort stehen, der Herr möcht gach aussteigen!« rief sie aufgeregt.

Gleich darauf stand Praxmarer auf dem Gehsteig, und der Wagen brauste davon. Zum Glück war es nicht mehr weit bis zur Barnabittengasse. Während er das letzte Wegstück zu Fuß zurücklegte, wurde Praxmarer erst so recht klar, daß da womöglich tatsächlich ein Anschlag versucht worden war, der ihm gegolten haben könnte. Sein Verdacht zielte spontan auf den Libyer. In seinen Mönchsunterhosen hätte er ohne weiteres unauffällig eine Bombe einschmuggeln können. Wut und Empörung bemächtigten sich Praxmarer. Er beschloß, derlei nicht länger einfach so hinzunehmen.

Obwohl dies eine unmögliche Zeit war, um jemanden anzurufen, stürmte er die Treppen zu seiner Wohnung hinauf, griff zum Telefon und wählte die Nummer der Scheidungswitwe.

Sie meldete sich so rasch, als habe sie trotz der späten Stunde noch auf einen Anruf gewartet.

»Ach, du bist das«, hörte Praxmarer sie erkennbar enttäuscht sagen, nachdem er sich gemeldet hatte.

»Ja, ich bin das«, nahm er die Unterhaltung in ungnädigem Tonfall auf. »Ich bin ja wirklich kein Vernaderer, aber weißt du eigentlich, wo sich dein Ibrahim, oder wie der Nomade heißt, in der Nacht herumtreibt? Grad hab ich ihn auf einer Party gesehen, wo kreuz und quer gepudert worden ist, und er ist da in Unterhosen mittendrin herumgerannt.«

»Ach, das wird wahrscheinlich wegen dem zionistischen Agenten gewesen sein«, warf sie ungerührt ein, »wegen dem Kerl hat er jetzt nämlich sehr viel zu arbeiten, weil er muß ihn ja immer im Auge behalten.«

»Was für ein Agent?« Praxmarer mußte sich eingestehen, aus dem Konzept geraten zu sein.

»So ein zionistischer Agent – also einer vom israelischen Geheimdienst, nicht wahr.«

»Ja, was hat denn dein Nomade mit den Israelis zu tun?« fragte Praxmarer verwirrt.

»Na, ganz einfach, im Auge muß er den Kerl behalten – schauen, ob er noch da ist und mit wem er sich trifft und so. Weil, wenn er nicht mehr da ist …«

»Der Agent, nicht der Nomade?« vergewisserte sich Praxmarer.

»Natürlich der – also, wenn der nicht mehr da ist, dann heißt das, daß er womöglich zum Einsatz unterwegs ist, und dann brennt der Hut.«

»Also, das begreif ich überhaupt nicht.« Praxmarer war hinlänglich verwirrt.

»Schau, das ist so«, begann die Freundin des Libyers erstaunlich geduldig zu erklären, »wie du ja vielleicht weißt, haben die Zionisten einen riesen Haß auf den Gaddafi, und daher wollen sie ihn umbringen. Aber weil sie selbst schwer an ihn herankommen, werben sie immer irgendwelche andere Leute als Agenten an, damit die das für sie machen. Ich weiß auch nicht warum, aber scheinbar reißen sie sich diese Leute besonders gern in Wien auf. Jedenfalls haben sie da einen an der Angel, so einen neuen Agenten, der wahrscheinlich bald unter irgendeinem Vorwand versuchen wird, an den Führer der Volksdschemaharia oder wie das heißt – ich kann mir das Wort ganz einfach nicht merken -, also der an den Oberst Gaddafi heranzukommen versuchen wird, um ihn umzubringen. Und diesen Mann muß der Ibrahim Tag und Nacht beschatten, damit man immer weiß, was er gerade treibt. Da kann es schon sein, daß er auch in so eine Rudelpuderei hineingerät. Aber er macht da sicher nicht mit, da mach ich mir keine Sorgen. Dafür ist der Ibrahim viel zu g'schamig.«

»Das heißt dann ja, dieser Agent, der den Gaddafi umbringen soll, wird auch auf dieser Party gewesen sein?« schloß Praxmarer messerscharf. »Hörst', das würd mich natürlich interessieren, wer der Gauner ist. Weißt du da was d'rüber?«

»Im Detail nicht«, antwortete sie. »Soviel ich weiß, ist das gar kein Berufskiller oder sowas. Die Zionisten suchen sich immer Leute aus, bei denen niemand auf die Idee kommen könnt, daß die für sie arbeiten. Angeblich ist es gut möglich, daß der Mann selbst noch nicht so recht weiß, für wen er da arbeitet und was die mit ihm vorhaben.«

»Na, das muß ein schöner Trottel sein«, warf Praxmarer spontan ein. »Aber warum glaubst du, daß das so ist?«

»Also, soviel mir der Ibrahim erzählt hat, ist das irgend so ein Hungerkünstler, den sie sich über einen Verräter gegriffen haben – einen Araber, der heimlich für die Zionisten gearbeitet hat. Das ist aber schon aufgeflogen, und der Kerl ist schon weg ...«

»Der Araber, nicht der Hungerkünstler?« vergewisserte sich Praxmarer. Ihm begann zu schwanen, um wen es sich bei dem Trottel handelte.

»Genau«, bestätigte die Scheidungswitwe.

Nun begriff Praxmarer, daß er die Frau nicht auf unnötige Gedanken bringen sollte, weshalb er das Thema wechselte. »Also, da bin ich aber paff, was du alles weißt«, sagte er. »Sag, ist sowas nicht geheim?«

»Freilich – und wie!« Das klang sehr wichtigtuerisch.

Praxmarer war sich dessen nicht sicher, doch er gewann den Eindruck, seine Gesprächspartnerin sei etwas betrunken. »Und trotzdem erzählt dir das dein Ibrahim?« fragte er.

»Ja, mein Gott – schau, er trinkt halt manchmal gern ein Schnapserl und ist das nicht so richtig gewohnt. Aber er erzählt das ja nur mir, weil er sich da verlassen kann, daß ich das nicht herumerzähl.«

»Ah, dann ist ja gut«, stellte Praxmarer fest und war bemüht, dabei sehr beruhigt zu wirken.

10.

Der glatzköpfige, zappelige Mann war ohne anzuklopfen und grußlos in die Garderobe gestürmt. Jetzt baute er sich neben Praxmarer auf, der im Kreise der anderen Ensemblemitglieder gerade dabei war, sich nach der Premiere seines Elch-Kostüms zu entledigen.

»Alles, was Ihnen noch fehlt, ist der richtige Agent! Ein tüchtiger Manager, verstehen Sie! Und das bin ich!« legte der unerwartete Besucher mit rasanter Sprechgeschwindigkeit los.

Im Kreise der Zeugen dieses Auftrittes gewordenen Kollegenschaft wich die anfängliche Verdutztheit über den hereingestürmten Besucher leisem Gekicher. Selbst in dieser nicht eben aus den örtlichen Leuchten der Zunft bestehenden Truppe galt Praxmarer als ein ewig Erfolgloser. Alle wußten recht gut, daß er die kleine Rolle des Elchs in dieser Inszenierung nur übertragen bekommen hatte, weil aus tragischen Ursachen im letzten Moment eine Umbesetzung notwendig geworden war.

Dies alles schien der Glatzkopf indes nicht zu wissen oder aber aus besserer Einsicht souverän zu ignorieren: »Ich war durch puren Zufall eben in der Vorstellung und habe Sie gesehen! Dieses Land ist zu klein für Sie! Sie gehören auf den großen deutschen Markt! Solche Gesichter braucht der deutsche Film!«

In diesem Moment schwoll das Gekicher im Hintergrund zu haltlosem Gelächter an. Praxmarer warf einen Blick auf den Elch-Schädel, den er während seiner Auftritte über den Kopf gestülpt hatte, und wußte einen schwachen Augenblick lang nicht so recht, von welchem Gesicht der Fremde sprach.

Der ließ sich indes nicht irritieren: »Ich bringe Sie ganz groß heraus! Wir beginnen mit dem Fernsehen! Vorabendserie! Dann ein Kommissar oder so etwas im Hauptabendprogramm! Sie haben doch noch keinen Agenten? Und wenn Sie einen haben, kündigen Sie ihm! Ich übernehme Sie! Meinen Glückwunsch! Sie sind faktisch schon ein Star.«

Dem Gekicher im Hintergrund wich wieder Verblüffung. Praxmarer nickte und schüttelte zugleich den Kopf. Was der Mann sagte, war seine tiefste Überzeugung und entsprach seinen seit langem gehegten Hoffnungen. Auch er war stets überzeugt gewesen, daß ihm lediglich ein tüchtiger Manager fehle, um endlich den Durchbruch zu schaffen.

»Willy Wallersberger – kurz WeWe!« stellte sich der Agent nun vor. Bei ihm mündete nahezu jeder Satz in ein unüberhörbares Ausrufungszeichen: »Ich muß gleich wieder abreisen! Geschäfte, Geschäfte! Wo kann ich Sie erreichen?«

Praxmarer kritzelte eilig seine Telefonnummer auf einen Zettel. Er würde darauf achten müssen, daß sein Telefon in nächster Zeit nicht als Folge unbeglichener Telefonrechnungen abgestellt werde, schoß es ihm dabei durch den Kopf. Nachdem er den Zettel an sich genommen hatte, verschwand der Zappelige so schnell und grußlos, wie er aufgetaucht war.

Nach seinem Abgang erscholl das brüllende Gelächter der Kollegenschaft. Insbesondere der mißgünstige Stolzetti, der neben dem Elch Praxmarer den Bären gab, tat sich dabei lautstark hervor. Doch das Lachen klang nicht so recht vom Herzen kommend. Insgeheim fürchteten die anderen Ensemblemitglieder wohl doch, an den Versprechungen des Fremden könnte was dran sein.

Praxmarer hoffte das inständig und ging tagelang nur, wenn sich dies absolut nicht vermeiden ließ, außer Reichweite des Telefons. Sogar seine ansonsten täglichen Besuche im *Café Museum* ließ er meist ausfallen, und nachts, nach der Vorstellung, unterließ er häufig seine obligatorischen Pirschgänge an die Tresen seiner Stammwirtshäuser, was naturgemäß zu Lasten seiner erotomanischen Neigungen ging. Das Geld für die anstehende Telefonrechnung sparte er sich buchstäblich vom Mund ab, denn seit Praxmarer auf die karge Gage angewiesen war, die er am Schauspielhaus erhielt, lebte der Künstler wieder einmal ständig am Rande des Ruins. Dieser Umstand ließ ihn manchmal wehmütig an die für seine Begriffe enormen Summen denken, die er von Al Khafadschy erhalten hatte. Doch nicht zuletzt in Erwartung seines nun unmittelbar bevorstehenden Karrieresprungs als Schauspieler widerstand er allen Anfechtungen, denen Praxmarer durchaus ausgesetzt war. Zwar hatte er sich von seinem libyschen Schatten befreien können, indem er nochmals dessen Freundin, die Scheidungswitwe, angerufen und ihr geradeheraus erklärt hatte, falls man ihn für den zionistischen Agenten halte, den ihr Nomade zu beschatten habe, so liege entweder ein absurdes Mißverständnis vor, oder aber jemand versuche mit ihm ein schmutziges Spiel zu spielen, bei dem er garantiert nicht mitzumachen gedenke.

»Nein, nein, das kann ich mir auch nicht vorstellen,

daß du sowas machst«, hatte sie verblüfft geantwortet und offenkundig ihren Ibrahim im Sinne von Praxmarers Wunsch informiert. Jedenfalls ließ sich der Libyer seither nicht mehr blicken.

Gleichwohl wurde Praxmarer weiterhin mitunter an sein Geheimdienst-Intermezzo erinnert. Da gab es beispielsweise regelmäßige Anrufe von diesem Al-Sheikly von der irakischen Botschaft, der Praxmarer unbedingt neuerlich treffen wollte und unverblümt finanzielle Zuwendungen in Aussicht stellte.

Eines Abends, als er nach der Vorstellung das Schauspielhaus verließ, wurde Praxmarer von einem Fremden auf anzügliche Weise angesprochen: »Servus schöner Faun, Liebling aller Frau'n«, begrüßte der Kerl den verdutzten Schauspieler und gab sich dann als Freund ihres »gemeinsamen Freundes Al Khafadschy« aus, wie der Mann sich ausdrückte. Die seinerzeit mit dem Iraker begonnene Zusammenarbeit sei noch nicht abgeschlossen und darüber solle man sich in Ruhe unterhalten, eröffnete er Praxmarer und fächelte dabei mit einem Bündel von 1.000-Schilling-Scheinen.

Praxmarer konnte sich der Nachstellung gerade noch entziehen, indem er in eine eben abfahrende Straßenbahn sprang. Natürlich hatte er keinen Fahrschein und wäre beinahe von einem Kontrolleur gestellt worden.

Die Ereignisse der vergangenen Wochen in Verbindung mit solchen Zwischenfällen und seiner akuten Finanzkrise setzten Praxmarer psychisch zu. Trotzdem absolvierte er diszipliniert allabendlich seine Auftritte im Schauspielhaus und saß ansonsten meist in seiner Wohnung, um auf den erhofften Anruf zu warten: Ein Agent – ein tüchtiger Manager! Genau das war es, was er, der begnadete Menschendarsteller – davon war Praxmarer mehr denn je überzeugt – und leider beim Heranbaggern von Engagements etwas unbeholfene Mime, brauchte.

Nach dreiwöchigem Warten und nachdem die *Raststätte* am Schauspielhaus schon wieder abgesetzt worden war, läutete tatsächlich das Telefon: »Hier Wallersberger!« sprudelte der Schnellsprecher los. »Wir müssen uns dringend sehen! Alles besprechen! Einen Vertrag machen! Ich habe am Wochenende in Bayern zu tun! Bei einer meiner Klientinnen! Sängerin! Bringe ich groß heraus! Sie hat dort eine Villa! Da können wir konferieren! Nehmen Sie den Zug, der am Freitag um achtzehnzwoundvierzig in Passau eintrifft! Hole Sie vom Bahnhof ab!«

Bevor Praxmarer ein Wort sagen konnte, hatte der Agent schon wieder eingehängt. Dem angehenden Fernseh- und Filmstar blieben noch zwei Tage, um das Geld für die Bahnfahrt zusammenzuschnorren.

Als der Zug in Passau einfuhr, sah Praxmarer den Glatzkopf über den Bahnsteig hetzen.

Wallersberger nahm ihn grußlos in Empfang: »Kommen Sie, kommen Sie! Wir stehen im Halteverbot!«

Direkt vor dem Bahnhofseingang parkte ein silberfarbenes Mercedes-Cabriolet. Am Steuer saß eine blondmähnige Frau mit auffallend üppigen Lippen. Erst später sollte Praxmarer erkennen, daß alles Darunterliegende die Üppigkeit der Mundpartie dieses Wesens noch bei weitem übertraf. Vorerst war er nur maßlos beeindruckt von dem Auto, das vermutlich wohl der von seinem künftigen Agenten gemanagten Sängerin gehörte. Dazu kam die von Wallersberger am Telefon erwähnte Villa! Wenn der Mann ihn nur halbwegs so erfolgreich lancieren würde wie diese Frau, dann hatte er tatsächlich ausgesorgt, überschlug der Schauspieler in einem Taumel vorauseilender Euphorie.

»Das ist Herr Praxmarer, Schauspieler aus Wien – die bekannte Sängerin Maria Maier!« stellte Wallersberger die beiden Künstler vor. Praxmarer hatte zwar noch nie etwas von einer bekannten Sängerin namens Maria Maier gehört, doch er mußte sich eingestehen, über diese Sparte kaum informiert zu sein. Im Grunde kannte er überhaupt nur Leute aus seiner eigenen Zunft.

Die Sängerin besaß offenbar einige Autorität über den Agenten. Als Praxmarer sich auf den Rücksitz des Cabriolets zwängen wollte – Wallersberger hatte ihm dahingehend bereitwillig den Vortritt gelassen -, protestierte sie mit gebieterischer Stimme: »Nein, nein, Willy, da hinten gehst du hin. Der Herr sitzt vorne bei mir. Ich möchte ihn schließlich kennenlernen.«

In dieser Bemerkung schwang etwas mit, das Praxmarer, der in Anbahnungsangelegenheiten und Signalgebungssachen ein sehr feines Ohr hatte, aufhorchen ließ. Doch er schob den Gedanken gleich wieder von sich. Was diese Frau anlangte, so bewegte er sich gewiß auf vermintem Gebiet. Er nahm sich fest vor, alles zu unterlassen, was die Verbindung zu seinem Agenten schon vor dem Beginn der hoffnungsvollen Zusammenarbeit gefährden könnte.

Das Cabriolet fuhr mit quietschenden Reifen an, und Praxmarer bemühte sich, ohne jegliche erkennbare Bevorzugung mit der Lenkerin ebenso wie mit dem im Fond zusammengekauerten Agenten artig Konversation zu treiben. Schon binnen weniger Fahrtkilometer erfuhr er, daß die Sängerin nicht nur eine solche sei, sondern in der Hauptsache die Gattin eines allem Anschein nach sehr geschäftstüchtigen Tierarztes aus einem Ort namens Pfaffstätten.

In der Tat war wohl eher dieser Herr der Financier der Villa, die sie ansteuerten, wie auch des teuren Wagens, mit dem sie das taten. Die Sängerin, erfuhr Praxmarer, habe nämlich eben erst ihre erste Schallplatte herausgebracht – eine Single. Mit einem ergreifenden *Ave Maria*, wie sie Praxmarer augenklimpernd eröffnete, das er bald *live* zu hören bekommen werde.

Vom Rücksitz her versuchte der Agent immer wieder, die Aufmerksamkeit auf sich zu lenken, indem er mit rasender Sprechgeschwindigkeit darlegte, mit wem er auf bestem Fuße stehe. Sogar zum Bildzeitung-Stammtisch von Gustl Jandek sei er zugelassen, meldete Wallersberger triumphierend.

Praxmarer hatte noch nie von dem genannten Menschen gehört, und Leute, die an einem Bildzeitung-Stammtisch verkehrten, verachtete er gewöhnlich zutiefst. Doch er sah ein, daß nicht wählerisch sein dürfe – zumindest nicht in der ersten Phase des Aufstiegs -, wer bei Film und Fernsehen Karriere zu machen beabsichtigte. Das war nun einmal seine gegenwärtige Absicht, also beschloß Praxmarer, den Umgang seines Agenten nicht zu streng zu beurteilen. Selbst der Umstand, daß der Mann offenbar wohl doch nichts zu Villa und Wagen der von ihm betreuten Sängerin beigetragen hatte, sprach nicht unbedingt gegen ihn. Man sollte keine vorschnellen Urteile fällen, dachte der Schauspieler und akzeptierte erfreut – wenngleich ein wenig verlegen -, als Wallersberger ihm noch während der Fahrt ohne jeden Anlaß vorschlug, man möge sich doch von jetzt an einfach duzen.

»Wir beide werden dazu später sicher noch eine viel bessere Gelegenheit haben«, warf die Sängerin an dieser Stelle ein und warf ihrem Beifahrer einen augenrollenden Blick zu. Praxmarer rief sich dringend in Erinnerung, daß er den Hauptzweck seiner Reise nach Bayern unter keinen Umständen aus den Augen verlieren durfte.

Kurz darauf fuhr der Mercedes über einen Kiesweg bei einem großzügig dimensionierten Bungalow vor. Das war also die bewußte Villa. Der sehnige, kleingewachsene Mann, der eben aus der Haustür trat, war dann wohl der Tierarzt und Financier dieses Unternehmens. Seine Erscheinung stand in bemerkenswertem Kontrast zur Üppigkeit seiner Gattin. Die ganze Wucht ihrer Körperformen wurde vorderhand zwar noch von einem weit geschnittenen Pelzmantel einigermaßen verhüllt, doch als Praxmarer sie nun erstmals in voller Größe sah, ahnte er sofort, daß ihm ein derart voluminöses Weib bislang noch nicht untergekommen war. Er meinte das im wörtlichen Sinne.

Die Dame des Hauses verschwand für einige Zeit.

Die Herren setzten sich an den Couchtisch des Salons und tranken einen Whisky. Danach in rascher Folge noch zwei. Der Hausherr schien ein umgänglicher Mensch zu sein. Gewiß war er als freiberuflich tätiger Akademiker und Villenbesitzer in Bayern tief im politischen Feindesland angesiedelt, doch Praxmarer entschied kurzentschlossen, ihn sympathisch zu finden.

Als gerade der vierte Whisky eingeschenkt wurde, trat die Sängerin in einem Kleid auf, das sie vermutlich wohl schlanker erscheinen lassen sollte. Des offenherzigen Dekolletés wegen brachte es aber in erster Linie den phantastischen Brustumfang der Frau zur Geltung.

»Wenn Sie dort sitzen bleiben, können Sie mich leider nicht sehen, wenn ich singe«, merkte sie ohne ein sonstiges erklärendes Wort an und verschwand hinter einer Ecke des geräumigen Salons.

Praxmarer hatte richtig vermutet. Dort stand ein Flügel.

Gleich darauf legte die Dame des Hauses mit schepperndem Anschlag los, räusperte sich während des Vorspiels mehrmals lautstark und begann endlich, das *Ave Maria* mit eher flacher Stimme mehr zu schluchzen denn zu singen. Jetzt begriff Praxmarer, daß ihre einleitende Bemerkung als Aufforderung aufzufassen war.

»Sie entschuldigen mich«, flüsterte er in Richtung der beiden Herren, erhob sich vorsichtig und eilte – demonstrativ auf den Zehenspitzen balancierend – zur verborgenen Ecke, wo das Klavier stand. Wie vom Kunstgenuß ergriffen, trat Praxmarer hinter die beidhändig das Instrument traktierende Gastgeberin und legte ihr zart die Fingerspitzen auf die Schultern.

Sie lehnte sich daraufhin ein wenig zurück und ließ zugleich ihre Stimme zu voller Lautstärke anschwellen. Praxmarer trat noch ein wenig näher, sie lehnte sich noch etwas mehr zurück. Sein Gemächte war nun direkt hinter ihrem Nacken und nur noch einen Hauch davon entfernt. Da lehnte sie ihren Kopf zurück und mußte in dem Moment wohl Praxmarers voll ausgefahrenes Rohr spüren. Er beschloß, für den Fall, daß er jemandem von diesem Vorfall erzählen sollte, von einer *ironischen Erektion* seinerseits zu sprechen.

Tatsache war, daß ihn alles Ungewöhnliche – mochte es auch bloß eine nur schwer zu überbietende Feistigkeit sein – seit jeher magisch anzog. Dazu liebte Praxmarer dramatische Situationen. Eine solche schien ihm durch die Anwesenheit des um die Ecke sitzenden Ehegatten hinlänglich gegeben.

Während die Hausherrin das *Ave Maria* nun volltönend geradezu schmetterte und zugleich ihren Nacken an seinem Penis rieb, langte er mit beiden Händen in ihr Dekolleté und wog sorgfältig, was da drinnen an *Mördertitten* verborgen war. Dieses Wort fiel ihm bei dieser Gelegenheit als das einzig die Sachlage zutreffend beschreibende ein.

Als das in ungewöhnlicher Länge vorgetragene sakrale Liedgut endlich verklungen war, zog Praxmarer hastig seine Hände zurück und begann laut zu applaudieren. Der Ehemann sollte nicht auf unnötige Gedanken kommen.

Davon schien dieser indes weit entfernt zu sein. »So, jetzt gemma was essen«, entschied er.

Kurz darauf saßen sie in einem gutbürgerlichen Gasthaus, in dem das Tierarztehepaar bestens bekannt zu sein schien, an einem der massiven Tische. Praxmarer wurde an die Spitze der Tafel gewiesen, wo er an der Schmalseite einer Eckbank Platz nahm. Die Dame setzte sich auf die Bank zu seiner Linken, die beiden Männer auf die Stühle zur Rechten.

Noch bevor die Kellnerin die Bestellungen aufgenommen hatte, spürte Praxmarer die Wade seiner Nachbarin an der eigenen. Dezent erwiderte er den Druck, woraufhin die Beinarbeit von ihrer Seite forciert fortgesetzt wurde. Bald waren ihre Beine ineinander verkeilt, bewegten sich ihre Knie tastend aneinander.

Praxmarer war ein weithin gefürchteter Anekdotenerzähler und sah sich nun aufgerufen, der Tischgesellschaft allerlei kuriose Begebenheiten aus der Welt des Theaters zum Vortrag zu bringen. Dieses Mal tat er dies nicht nur, um sich zu produzieren, sondern auch, um den ihm ja durchaus sympathischen Gatten vom Geschehen unter dem Tisch abzulenken. Der Agent wurde darüber auffallend einsilbig, doch das Gastgeberehepaar schien sich aufrichtig an diesen Erzählungen zu ergötzen. Im Gegensatz zu Leuten aus dem ständigen Bekanntenkreis des Schauspielers hörten sie das alles zum ersten Mal.

»Also, Raoul Aslan, bekanntlich ein berüchtigter Schönsprecher, hat seinen Auftritt von ganz hinten, und die Bühne des Burgtheaters ist bekanntlich sehr tief.« Praxmarer war davon überzeugt, daß keiner seiner Zuhörer je dieses Theater betreten hatte. »Der Aslan schreitet also nach vorne in Richtung Rampe, und die ganze Zeit schon blinkt das Licht, das ihm anzeigt, wann er zu sprechen beginnen soll. Aber er hat wieder einmal seinen Text vergessen – einen Hänger, wie man am Theater sagt, nicht wahr. Er schreitet und schreitet stumm immer weiter nach vorne, und die Souffleuse brüllt ihm seinen Text zu, daß man es schon bis zu den obersten Rängen hinauf hören kann: 'Heute ist Freitag! Heute ist Freitag!' Erst als er direkt vor dem Souffleurkasten steht, hört er sie und spricht mit seiner pathetischen Burgtheaterstimme: 'Wie Sie gewiß schon gehört haben, ist heute Freitag!'«

Erst in diesem Moment wurde Praxmarer bewußt, daß sich eine fleischige Hand durch seinen Hosenschlitz geschlichen hatte und, vom Tischtuch verborgen, seine Erektion vermaß. Ein flüchtiger Blick zeigte ihm, daß die Gastgeberin mit scheinbar auf den Knien gefalteten Händen weit vorgebeugt dasaß, als wollte sie ihr Ohr näher an den Mund des Erzählers bringen. Bei der Pointe lachte sie lauthals und vielleicht um eine Spur zu fröhlich. Der Tierarzt lachte gleichfalls, aber erheblich verhaltener.

»Heut' is ja wirklich Freitag«, konstatierte er dann bedächtig und begann nochmals gemessen zu lachen.

Nun wurden die Suppen aufgetragen, und somit ließ es sich nicht vermeiden, daß die Sängerin ihre rechte Hand wieder an die Oberfläche bringen mußte, was sie aufrichtig zu bedauern schien.

Als sich der Tierarzt nach der Mahlzeit begleitet von einem verklingenden Rülpser erhob, um sich »die Hände zu waschen«, wie er ankündigte, wartete seine Gattin gerade so lange, bis er den Raum verlassen hatte, und ließ dann scheinbar unabsichtlich ihre Handtasche unter den Tisch fallen. Bevor ihr noch einer der beiden Herren bei der Bergung behilflich sein konnte, war sie in ihrer ganzen Leibesfülle mit verblüffender Behendigkeit unter dem Tisch verschwunden, und Praxmarer spürte, wie sie sich erneut an seinem Hosenlatz zu schaffen machte. Erst später stellte er fest, daß sie ihm bei dieser Gelegenheit einen vollmundigen Lippenstiftabdruck auf die brisanteste Stelle seiner hellen Hose gedrückt hatte. Von da an war er sorgfältig bemüht, die verräterische Spur vor dem Gastgeber zu verbergen.

Nachdem dieser für alle die Rechnung beglichen hatte und die Gesellschaft in dessen Haus zurückgekehrt war, um den da noch vorhandenen Whisky zu leeren, geschah es dann doch. Der Tierarzt starrte mit einem Mal kopfschüttelnd auf Praxmarers Hose: »Ja, was hat denn nochan der da?«

Seine Gattin zeigte sich wohlvorbereitet. Ob er dieses ulkige Accessoire tatsächlich erst jetzt bemerkt habe, fragte sie ihren Gemahl, das sei doch die ganze Zeit schon auf der Hose gewesen. Also, sie habe das sofort gesehen. Solche Hosen seien jedenfalls der neueste Modeschrei – dieser täuschend echt aussehende Lippenstiftabdruck sei schon drauf, wenn man die Hose kaufe. Sie werde ihm demnächst in München gleichfalls eine solche Hose kaufen, kündigte die lendengewaltige Gattin dem Tierarzt an.

»Ja, seid's denn ihr alle narrisch worden?« wehrte er

ab. »Was meinst, täten die Leut bei uns in Pfaffstätten sagen, wenn ich da mit einem so einem Zeug auf der Hosen herumlaufen möcht?«

Damit war die Sache erledigt, und alle schickten sich an, zu Bett zu gehen. Auch Praxmarer fühlte sich nun angenehm müde und betrunken. Er wollte jetzt nur noch schlafen – vorderhand, wie er sich selbst gleich verbesserte. Bevor es dazu kam, hatte er allerdings noch eine gewiß in heimtückischer Absicht gestartete Attacke Wallersbergers zu überstehen, der plötzlich vorschlug, sie beide könnten doch, um den Gastgebern weniger Umstände zu bereiten, zusammen ein Gästezimmer belegen. Bevor Praxmarer ein Gegenargument vorbringen konnte, griff die Dame des Hauses resolut ein: »Nix da, soweit möcht's noch kommen, daß bei uns die Gäste wie in einem Asylantenheim geschichtet werden. Bei uns ist genug Platz für alle. Du, Willy, legst dich in das Zimmer, in dem du immer liegst, und den Herrn leg' ma in des Bett in der Ordination.«

So geschah es. Sie geleitete Praxmarer in ein Nebengebäude, in dem die Behandlungsräume des Tierarztes untergebracht waren. Dort stand tatsächlich ein Bett für ihn bereit.

Praxmarer schlief sehr bald zufrieden ein. Niemals zuvor hätte er für möglich gehalten, wie wohl er sich ausgerechnet im Haus eines bayerischen Tierarztes fühlen würde. Hier wurde er gut verpflegt und war weit weg von allen Wiener Wirrnissen, in die er unversehens hineingeraten war. Endlich konnte er sich wieder einmal rundum sicher und geborgen fühlen.

Als er am nächsten Morgen erwachte, tat Praxmarer dies als durch und durch gespaltene Persönlichkeit. Einerseits spürte er im Kopf die Nachwirkungen des Alkoholgenusses in Form eines peinigenden Haarwurzelgrimmens. Andererseits verspürte er vom Zentrum seiner Männlichkeit her ein höchst angenehmes Gefühl, das keineswegs nur von einer normalen morgendlichen Wasserlatte herrühren konnte. Blinzelnd öffnete er die

Augen ein wenig und erblickte einen seidenen Kimono über einem formatfüllenden Gewölbe. Fraglos war das der gewaltige Hintern der Dame des Hauses, was da sein Blickfeld beherrschte.

Mit einem zweiten Blick überzeugte sich der noch schlaf- und überhaupt trunkene Mime davon, daß die Sangeskünstlerin rittlings über ihm kniete, um ihren Gast mit einem feinfühlig ausgeführten Weckgebläse zu erfreuen. Praxmarer fühlte sich verpflichtet, Dank und Anerkennung zu bezeugen. Er richtete sich ein wenig auf, ließ die Hand unter den Kimono gleiten und tastete sich suchend voran, bis seine Finger an einem feuchten Dschungel angelangt waren. In groben Zügen wußte er sich damit am Ziel und mußte nur noch die Details ausfindig machen. Doch in dieser Haltung begann ihm zu schwindeln. Der ganze Raum und mit ihm das Bett und der formatfüllende Damenarsch rotierten mit zunehmender Geschwindigkeit vor seinen Augen.

Praxmarer war gleich klar, daß das Vorhaben so bei bestem Willen seinerseits nicht klappen konnte, und er entschloß sich zu einem Versuch der Schnellregeneration. »Entschuldige mich einen Augenblick«, murmelte er in flehentlichem Tonfall, kroch unter der Hausherrin hervor und wankte zum Badezimmer. Dort stellte er sich ausgiebig unter die Dusche: Heiß, kalt, heiß, kalt …

Sein Zustand besserte sich dabei nur unwesentlich, doch Praxmarer war klar, daß es für ihn jetzt kein Entrinnen gab. Da mußte er durch. Das war er der gastfreundlichen Dame des Hauses ebenso schuldig wie sich selbst. »Da hilft dir kein Herrgott«, fiel ihm eine alpenländische Redensart ein.

Er frottierte sich und wankte zurück zum Bett, auf dem die Sangeskünstlerin nun hingegossen lag – angetan nur noch mit einem Kleidungsstück, wie es Praxmarer bislang nur in den Schaufenstern von Sex-Shops in Bahnhofsnähe gesehen hatte: Einem pinkfarbenen, mit schwarzen Rüschen und Bordüren besetztem Korsett.

Praxmarer fühlte den nächsten Schwindelanfall nahen und ließ sich willenlos mit dem Gesicht nach unten auf das Bett fallen. Entweder aus purem Zufall oder aber als Folge der mitunter verblüffenden Behendigkeit der schwergewichtigen Gastgeberin kam er geradewegs auf ihr zu liegen. Der kränkelnde Menschendarsteller vergrub sein Haupt tief im Busen der Gefährtin. Alles andere wurde von ihr mit kundiger Hand erledigt. Trotzdem war auch von seiner Seite unter den gegebenen Umständen eine nicht gering zu schätzende Willenskraft erforderlich, um zu einer verwertbaren Erektion zu gelangen.

Praxmarer achtete vorsorglich darauf, seinen Kopf – das Zentrum seiner üblen Befindlichkeit – möglichst nicht zu bewegen, während sein Unterkörper in trägem Takt rotierte. Was er da bot, konnte allenfalls ein Notprogramm genannt werden, bei dem der Wille für das Werk zu stehen hatte.

Doch man schien in Pfaffstätten nicht verwöhnt zu sein. Der Fleischberg unter ihm begann wollüstig zu gurgeln und zu grunzen und zu stöhnen und ab und an einen veritablen Brunftschrei auszustoßen, was Praxmarers Ehrgeiz Auftrieb gab und ihn nach angemessener Zeit – so empfand er das jedenfalls – einen Erguß schaffen ließ, der von ihrer Seite mit einem offenbar Befriedigung ausdrückenden Urlaut zur Kenntnis genommen wurde.

Nachdem er noch eine kurze Anstandsfrist lang in seiner Stellung verharrt hatte, wälzte sich Praxmarer von den Höhen des unter ihm liegenden Körpers und bat flehentlich, jetzt noch etwas schlafen zu dürfen. Begleitet von einem Schwall authentisch alpenländischer Koseworte, wurde ihm das gestattet. Er hörte gerade noch, wie die Tür geschlossen wurde. Dann versank er erneut in tiefem Schlaf.

Als er das nächste Mal erwachte, war sein Kopf wieder halbwegs in Ordnung, und Praxmarer spürte in seinen Eingeweiden den Hunger wühlen. Als der Gast den Salon betrat, saßen Wallersberger und der Tierarzt dort bereits beim Frühstück. Der Agent gab sich ein wenig mißmutig, der Gastgeber hingegen war die Freundlichkeit in Person. Er begann sogleich, Praxmarer für den unterhaltsamen Abend zu loben, den er gestern geboten habe. Er bedaure aufrichtig, nicht noch einen Abend mit ihm verbringen zu können, versicherte der Hausherr. Doch er habe sein Wochenende leider schon verplant und werde gleich nach Kitzbühel aufbrechen.

Bei diesem Stichwort wurde Praxmarer von der Gastgeberin in die Küche gerufen, um sein Frühstück zu holen. Als er eintrat, äußerte sie lauthals Bemerkungen, denen zu entnehmen sein sollte, daß sie den Gast seit dem Vorabend nicht mehr gesehen hatte. Zugleich öffnete sie mit einer resoluten Bewegung ihren Kimono und ließ Praxmarer einen Blick auf ihren schwer hinabhängenden Busen werfen, was er mit einem herzhaften Biß in einen Brustnippel belohnte.

Es ging schon an Mittag, als sie das Frühstück beendeten und der Hausherr aufbrach. Die Sangeskünstlerin stolzierte nun scheinbar unschlüssig durch ihr heimisches Reich, ließ aber keine Gelegenheit ungenützt, um Praxmarer zwischen die Beine zu fassen – was für ihn hieß: Allzeit bereit sein.

Das war nicht weiter schwierig. Wie gut ihm das infantile Spiel gefiel, erkannte er an seiner Dauererektion. Jetzt störte einzig noch die Anwesenheit Wallersbergers, der hektisch im Haus herumlief, ständig irgendwelche Telefonate führte und zugleich offenkundig bemüht war, seine beiden Klienten nicht aus den Augen zu lassen.

Endlich schaffte es die Tierarztgattin, den Agenten mit der Bitte um eine Besorgung, die einige Zeit in Anspruch zu nehmen versprach, aus dem Haus zu komplimentieren. Das tat sie keineswegs absichtslos, soviel wurde gleich klar. Wallersberger war kaum aus der Tür, da ließ sie sich auch schon breitbeinig auf ein Polstermöbel fallen, hob ihren Rock und langte zwischen ihre Schenkel. Als nächstes hörte Praxmarer ein eigentümliches »rrratsch«. Offenbar war da wohl an strategischer Stelle eine mit einem Haftverschluß versehene Schnellöffnungsvorrichtung aufgetan worden. Ein Blick ins Zentrum der Dame verriet Praxmarer, daß er richtig vermutet hatte.

»Nein, nein, nicht hier. Das machen wir etwas unkonventioneller«, regte er an und bugsierte die Sängerin ans Klavier. »Wir wollen ein wenig musizieren.«

Sie begriff sofort, rückte den Schemel zu Seite, stellte sich weit nach vorne gebeugt an die Tasten und begann den Radetzky-Marsch zu intonieren. Praxmarer war inzwischen von hinten an die Frau am Klavier getreten. Zu den dem Instrument entlockten Tönen gesellte sich ein rhythmisches Klatschen, hervorgerufen von dem sich in immer rascherer Folge vollziehendem Aufprall von Praxmarers Bauch am Hintern der Dame.

Das war alles in allem künstlerisch gewiß nicht sehr anspruchsvoll, doch von uriger Derbheit und somit dem Ort der Handlung angemessen, wie Praxmarer fand. Er unterzog sich der Übung mit dem aufmerksamen Interesse des für jegliche neue Erfahrung dankbaren Feldforschers. Alles in allem, fand er letztendlich, sei ein Weib wie dieses eine vor allem der kuriosen Aspekte wegen eindeutige Bereicherung seiner seit jeher sehr breit angelegten Sammlung.

Als dieser Tagesordnungspunkt abgehakt werden konnte, fühlte sich der Mime etwas ermattet. Zugleich erinnerte er sich an den eigentlichen Grund seiner Anwesenheit.

»Wenn der Wallersberger zurückkommt, wird es aber Zeit, daß wir über unsere künftige Zusammenarbeit reden«, sagte Praxmarer im Grunde mehr zu sich selbst.

Die Gastgeberin ging trotzdem gleich auf diese Überlegung ein. »Ach geh, was willst' denn mit dem«, entgegnete sie, »der ist doch für nichts gut.«

»Ich habe geglaubt, er ist dein Manager?« erwiderte Praxmarer erstaunt.

»Ja, ja, Manager.« Sie lachte kurz auf. »Wir unterstützen ihn halt so ein wenig, weil er ja auch ein armer Hund ist. Aber versprich dir nichts von dem, der macht nur viel Wind, und heraus kommt meist eh nix.«

Die Eröffnung traf Praxmarer hart, und das war ihm offenkundig anzusehen. Sollten etwa alle Hoffnungen, die er gehegt hatte, pures Wunschdenken gewesen sein? »Ja, aber ...« stammelte er kopfschüttelnd.

»Vergiß den Kerl«, riet ihm die Tierarztgattin pragmatisch. »Und überhaupt: Was willst' denn mit der albernen Schauspielerei? Das ist doch kein Beruf für ein ausg'wachsenes Mannsbild! Einer wie du könnt sich sein Geld viel angenehmer und auf nützlichere Weise verdienen. Ich kenn nicht viele Männer, die wirklich immer einen Steifen parat haben, wenn man einen braucht. Und ich kenn einige Männer, das kannst' mir glauben.«

Praxmarer stutzte. Wollte sie damit sagen, er könnte als Callboy, oder wie immer man derlei nannte, reüssieren? Er fand die Idee auf der Stelle interessant. Wahrscheinlich brauchte man dafür nicht einmal eine Gewerbeberechtigung oder einen Befähigungsnachweis und mußte auch keine Zwangsmitgliedschaft bei der Kammer der gewerblichen Wirtschaft eingehen. Zumindest ließe sich auf diese Weise die Zeit zwischen den Engagements am Theater angenehm überbrücken, überlegte er und fragte: »Du meinst, dafür gibt es einen Markt?«

»Und wie!« rief sie überzeugt aus. Allein hier in und um Pfaffstätten – ihr gesamter Freundinnenkreis bestehe aus potentieller Kundschaft für ihn: Das seien lauter Gattinnen gutverdienender Männer, die um ihr eigenes Ehebett seit langem einen großen Bogen zu machen pflegten. »Die Interessentinnen sind da, und das Geld dafür ist da«, faßte sie zusammen.

»Wieviel kann man denn da verlangen?« fragte Praxmarer.

»Ich hab gehört, der Grundtarif ist meistens hundertfünfzig Mark, und Extras werden natürlich extra berechnet«, gab sich die Dame des Hauses kundig. »Aber red ma nicht lang herum, probier' mas aus. Ich ruf meine Freundin Poppi an. Die hat einen Mann, der überhaupt nur mehr auf die Jagd geht, und sie weiß wahrscheinlich schon gar nicht mehr, wie so ein richtiger Kerl ausschaut.«

Ohne seine Antwort abzuwarten, eilte sie ans Telefon und beschied Praxmarer dann: »Du kannst dich ja gleich einmal duschen und ins Bett legen. Die Poppi wird spätestens in einer halben Stunde da sein.«

Widerspruchslos folgte er ihren Anweisungen.

Während der Wartezeit war Praxmarer wohl eingenickt. Jedenfalls konnte er sich später an nichts erinnern bis zu dem Moment, da die Handschellen um seine Gelenke einschnappten. Verblüfft blickte er auf eine stämmige Frau in einem Hubertusmantel. Auf dem Kopf trug sie einen Filzhut mit einem Gamsbart. Sie musterte ihn wortlos, legte den Hut und schließlich den Mantel ab. Darunter kam das Lederkostüm einer strengen Freundin zum Vorschein. Das lief offenkundig auf eine Extratarif-Behandlung hinaus – womöglich aber auf eine, die nicht eben nach seinem Geschmack war. Mit Unbehagen registrierte Praxmarer, daß seine erste Kundin als nächstes eine stattliche Peitsche aus ihrer Handtasche zog.

»Halt, halt, halt!« rief er. »Da liegt scheinbar ein Mißverständnis vor!«

»Ach geh, was du net sagst«, entgegnete die Fremde trocken, trat mit langsamen Schritten an das Bett und warf die Decke zu Boden. Wie er nun nackt und gefesselt auf den Laken lag, war er nicht eben ein Aushängeschild für seinen neuen Berufsstand. Praxmarer mußte erst gar nicht hinsehen, um zu wissen, daß er im Moment nicht die Spur einer Erektion zu bieten hatte.

Die Frau im Lederkostüm ließ ihren Blick abschätzig über ihn schweifen. »So, dann unterhalt' ma uns halt ein wenig miteinand'«, hörte Praxmarer sie endlich sagen.

Im nächsten Moment zuckte er unter dem ersten Peitschenhieb zusammen, der sein bestes Stück nur haarscharf verfehlt hatte.

»Halt! Sind Sie verrückt! Sofort aufhören!« schrie er.

Damit schien er aber an die Falsche geraten zu sein: »Ja paß amal auf, du Batzi, wenn du glaubst, daß du da frech werden kannst, dann kann ich noch andere Saiten aufzieh'n«, antwortete die Frau mit drohendem Unterton und unterstrich ihre Worte mit einem nächsten Peitschenhieb, der Praxmarer ein klägliches Wimmern entlockte.

»Hast nachan jetzt begriffen, wo der Bartl den Most holt?« fragte die strenge Kundin.

Von blankem Entsetzen getrieben, nickte Praxmarer, obwohl er sich absolut nicht erklären konnte, was hier vorging.

»Na, dann erzähl halt einmal der Reih' nach, wie'st den Khafadschy ans Messer g'liefert hast, du Saubartl, du dreckiger!«

Jetzt begriff Praxmarer überhaupt nichts mehr. »Was, ich den Herrn Doktor Al Khafadschy? Da muß ein Mißverständnis vorliegen«, stammelte er.

Als Antwort bekam er neuerlich die Peitsche zu spüren. So gut er das mit seinen gefesselten Händen konnte, versuchte Praxmarer seine empfindlichsten Körperpartien zu schützen. Als das nichts half, versuchte er sich auf die Seite gedreht einzurollen, präsentierte damit aber nur seinen Hintern als neues Ziel, das sich die Leder-Tante nicht entgehen ließ.

»Dann hat's wahrscheinlich auch die Radullnig ganz ohne dein Zutun zerrissen, ha!?« lautete die nächste Frage.

»Ich weiß gar nicht, was Sie von mir wollen – ich bin unschuldig«, jammerte Praxmarer und bekam dafür zwei weitere Schläge übergezogen.

»Schau, schau, unschuldig is er, der Saubartl. Wahrscheinlich hat er auch keinen Freund bei der Staatspolizei, der ihm seine Sauereien ang'schafft hat, ha!?«

Die Sache wurde immer absurder. Er war ja eine gewisse Zeitlang selbst nicht sicher gewesen, ob er sich vielleicht ein wenig zu sehr mit dem irakischen Geheimdienst eingelassen hatte. Dann hatte er erfahren, daß ihn in der Tat womöglich der israelische Geheimdienst an die Angel nehmen wollte. Und nun kam diese Frau daher und verdächtigte ihn allem Anschein nach, im Dienste der österreichischen Staatspolizei tätig gewesen zu sein.

»Das ist doch hirnrissig!« schrie Praxmarer außer sich. »Ich und die Staatspolizei! Spinnen Sie total!«

Zu seiner Überraschung folgten keine weiteren Schläge. »Aha, jetzt san' ma wohl bei dem Punkt, wo der Aff' ins Wasser springt«, erklärte die Fremde auf sehr leise, doch sehr eindringliche Weise. »Dann red' ma halt gleich über den feinen Herrn Smekal, den Hurenhund ...«

Weiter kam sie nicht. Praxmarer hörte plötzlich ein dumpfes Geräusch, und als er aufblickte, stand neben ihm ein Mann, der die Handschellen öffnete.

»Na, gemma, gemma, ziehn's Ihnen rasch an, wir haben keine Zeit zu verlieren. Aber machen's dabei keinen Wirbel, wie man so sagt«, raunte der Befreier. Smekal mußte exakt in dem Moment aufgetreten sein, als sein Name genannt wurde.

Völlig verwirrt raffte Praxmarer seine Sachen zusammen und kleidete sich eilig an. Während er dies tat, sah er, daß die Leder-Lady mit dem Gesicht nach unten reglos am Boden lag. Smekal zog eine Injektionsnadel aus seiner Jackentasche und rammte sie der Peitschenschwingerin in den Hintern. »Keine Sorge«, raunte er während dessen, »das ist nur, damit sie eine Zeitlang ihre blöde Goschen halt, wie man so sagt. So, und jetzt kommen's ...«

Smekal eilte voraus ins Badezimmer. Dort deutete er mit dem Kinn auf das offenstehende kleine Fenster oberhalb der Klosettmuschel. Praxmarer zwängte sich durch diese Öffnung, sein Befreier folgte ihm. Sie befanden sich nun auf einem Feldweg an der Rückseite des Tierarzt-Anwesens. Smekal hastete – ein wenig geduckt hinter der Hecke Deckung suchend – den Weg entlang. Praxmarer folgte ihm.

Etwa zweihundert Meter weiter war ein Auto abgestellt. Auf eine Handbewegung Smekals hin schwang sich Praxmarer auf den Beifahrersitz. Der Polizist – oder was immer er war; Praxmarer hielt inzwischen nichts mehr für unmöglich – setzte sich ans Steuer und ließ den Motor an. Er lenkte den Wagen noch ein Stück den Feldweg entlang und bog dann in die Landstraße ein. Einem Hinweisschild entnahm Praxmarer, daß es da in Richtung München ging. Smekal blickte schweigend geradeaus und trieb das Fahrzeug im Stil eines Rallye-Piloten durch die Kurven. Offenbar hatte er es eilig.

Nach einigen Kilometern hatte sich Praxmarer so weit gefaßt, daß er fand, etwas sagen zu sollen: »Da sind Sie aber wieder einmal im goldrichtigen Moment gekommen.«

»Wer zu spät kommt, den bestraft das Leben, wie man so sagt«, antwortete Smekal trocken.

»... und das jetzt schon zum zweiten Mal – das war doch offenbar eine Bombe, was Sie da in Wien bei dieser Party unter dem Bett hervorgeholt haben?«

»Das war eine, wie man so sagt«, bestätigte Smekal, »aber ein anderer Typ, als er vorher bei Ihren Autos verwendet worden ist. In dem Fall wär nicht viel passiert – es hätt nur mehr gekracht, geraucht und gestunken, aber zerrissen hätt es vermutlich niemanden. Was man aber natürlich vorher nicht hat wissen können, wie man so sagt. Wahrscheinlich hätt mit der Bomben nur ein Signal gesetzt werden sollen oder sowas. So genau weiß ich das ja auch nicht, was im Kopf von diesen Leuten vorgeht.«

»War das der Al Khafadschy?«

»Nein, der war da schon einkassiert – aber die Richtung stimmt, wie man so sagt.«

Diese Mitteilung half Praxmarer nicht sehr viel weiter. Vorerst war er aber noch zu sehr mit dem eben ausgestandenen Zwischenfall beschäftigt, um sich allzusehr den Kopf über weiter zurückliegende Dinge zerbrechen zu wollen. »Apropos Richtung«, sagte er dann. »Ich bin ja wirklich kein Denunziant, aber sollte man nicht vielleicht doch besser die Polizei davon verständigen, was einem da im Haus von scheinbar ehrbaren Bürgern so alles passiert? Ich mein, ich laß mich doch nicht von so einem Trampel verprügeln und tu dann so, als wär nichts geschehen – noch dazu, wenn ich einen Polizeibeamten als Zeugen habe.«

»Das mit dem Kieberer vergessen's besser gleich«, wandte Smekal ein, »weil wir befinden uns da im feindlichen Ausland, wie man so sagt. Und wegen der G'schicht würd ich überhaupt nicht zur Polizei gehen, denn das war nämlich sozusagen die Polizei – oder jedenfalls sowas Ähnliches.«

»Was, die Ledermutter war von der Polizei?« Praxmarer war paff.

»Eigentlich noch ein bissl mehr. Die blutige Poppi, wie sie in der Branche genannt wird, ist vom BND.«

»BND?«

»Bundesnachrichtendienst – das sind da die politischen Geheimkieberer. Auslandsnachrichtendienst, wie man so sagt.«

»Und die darf da einfach unbescholtene Bürger auspeitschen?«

»Ach, hören's auf, die hat doch noch nicht einmal richtig angefangen, wie man so sagt. Die blutige Poppi hat schon ganz andere Sachen gemacht. Besonders wenn's auf dem Amtshilfeweg für die Israeli tätig wird, da kann's besonders rabiat werden, wie man so sagt. Vielleicht liegt das daran, daß ihr Vater im KZ umgekommen ist.«

»Vergast?« fragte Praxmarer beklommen.

»Ach wo, besoffen ist er vom Wachtturm g'fallen – er war bei der SS.«

Praxmarer wußte nicht gleich, was er daraufhin sagen sollte. »Also mich hat der Trampel spontan an den saublöden Witz von der Frau mit dem Pferdearsch erinnert«, ließ er sich dann vernehmen.

»Wie geht der?«, fragte Smekal.

»Ich muß Sie warnen: der ist, wie gesagt, saublöd.«

»Wer so lang wie ich bei der Polizei war, den kann an Blödheit nichts mehr erschüttern.«

»Na wenn das so ist: Also, eine Frau kommt zum Arzt und sagt: 'Herr Doktor, ich hab zwar keine Schmerzen oder derlei – aber ich weiß nicht, mein Hintern ...'

Sagt der Arzt: 'Dann machen's Ihnen frei, damit ich mir das anschauen kann.' Nach einiger Zeit wiegt er nachdenklich den Kopf und sagt: 'Gnä' Frau, ich bin kein Spezialist, ich werde Sie am besten an einen Spezialisten überweisen – doch ich würde die Diagnose stellen, Sie haben einen Pferdearsch.'

Die Frau geht also zum Spezialisten, der schaut sich das an, wiegt nachdenklich den Kopf und sagt dann: 'Gnä' Frau, ich bin kein Tierarzt, ich werde Sie am Besten an einen Veterinär überweisen – doch ich würde die Diagnose stellen, Sie haben einen Pferdearsch.'

Also geht sie zum Tierarzt. Der schaut sich das an, wiegt nachdenklich den Kopf und sagt dann: 'Gnä' Frau, da ist leider kein Zweifel möglich: Sie haben einen Pferdearsch.'

Daraufhin fragt sie: 'Ja kann man da nichts machen – operieren oder so.'

'Nein, operieren hilft da nichts', antwortet der Tierarzt: 'Ich kann nur eines machen: Ich kann Ihnen eine Bestätigung ausstellen, daß' auf der Straßen scheißen dürfen.'«

Smekal musterte Praxmarer mit jenem speziellen Blick, den man in Wien *Das fade Aug'* nennt. »Jessas, da seh ich erst, Sie haben ja den Sicherheitsgurt gar nicht um. Schnallen's Ihnen rasch an. Wär ja zu blöd, wenn uns die Polizei ausgerechnet wegen so einem Blödsinn erwischen tät«, sagte er endlich.

Praxmarer kam der Aufforderung eilig nach. »Entschuldigen Sie, wenn ich so blöd frage«, stammelte er dann, »aber Sie müssen verstehen, ich begreife das alles nicht. Ich habe geglaubt, ich bin bei einem ganz normalen Tierarztehepaar zu Gast ...«

»Alles Maskerade, wie man so sagt. Das Haus ist extra für die Veranstaltung gemietet worden, und die ganze ehrenwerte Gesellschaft war vom BND. Die wollten Ihnen in Ruhe alle Würmer aus der Nase ziehen, wie man so sagt.«

»Was, wegen mir treiben die einen solchen Aufwand?« Ein wenig fühlte sich Praxmarer durch diese Mitteilung durchaus geschmeichelt. »Aber welche Würmer soll den ausgerechnet ich in der Nase haben?«

»Das wissen Sie, daß da keine sind, wie man so sagt. Und ich weiß es auch – aber die Hirnederl glauben ganz etwas anderes. Die sind überzeugt, daß eine von ihren wertvollsten Quellen zug'schissen worden ist, weil Sie ihn ang'lehnt hätten, wie man so sagt.«

»Sie reden vom Al Khafadschy?« Vage fügten sich für Praxmarer verschiedene Elemente zu einem Bild zusammen. »Der war doch sicher vom irakischen Geheimdienst?«

»Das war er auch – aber die Israeli haben ihn umgedreht. In erster Linie hat er für die gearbeitet – als Lockvogel, wie man so sagt. Er hat Leute angeworben, die geglaubt haben, daß sie für die Araber ein paar Kleinigkeiten erledigen. Aber in Wirklichkeit haben die Israeli die Fäden gezogen. Na, was soll ich Ihnen erzählen – Sie sind ja selbst ein gutes Beispiel. Oder die Radullnig. Die hat ja wahrscheinlich auch nimmer gewußt, ob sie ein Onkel ist oder eine Tant', wie man so sagt.«

»Also, das interessiert mich jetzt wirklich«, warf Praxmarer ein. »Wohin gehört denn die eigentlich?«

»Ach, ein Würschtel war sie, wie man so sagt«, antwortete Smekal abschätzig. »Aber eine Wichtigmacherin halt, die sich überall mit dem Weiberschmäh vorgedrängt hat. In gewisser Weise hat das ja auch funktioniert. Sie ist ja wirklich bei den unmöglichsten Leuten vorgelassen worden. In Wien genauso wie bei den Arabern – vor allen bei denen. Die sind für den Weiberschmäh besonders anfällig, wie man so sagt. Aber weil sie als Reporterin trotzdem eine Null war und daher immer neger, hat sie sich von allen möglichen arabischen Botschaften Geld zustecken lassen. Von den Irakern auch. Und so ist sie dann halt in das Netz vom Khafadschy geraten, und der hat sie an die Israeli weitergereicht, und die haben sie zum Gaddafi g'schickt. Eigentlich hätt's ihm ja die Eier abschneiden sollen ...«

»Entsetzlich!« rief Praxmarer spontan aus.

»Ja, ja, eine saublöde Idee, wie man so sagt«, bestätigte Smekal. »Ich möcht ja wetten, daß den Israelis das die CIA eingeredet hat – die CIA, das sind die Amis ...«

»Ich weiß.« Die Abkürzung CIA war Praxmarer dank seiner vieljährigen antiimperialistischen politischen Laienspieltätigkeit sehr wohl ein Begriff.

»So kindische Ideen wie Eier abschneiden sind nämlich ganz typisch für die Amis«, setzte Smekal fort.

»Aber wozu soll denn das um Gottes willen gut sein?«

»Stellen's nicht so logische Fragen, die passen nicht in das Geschäft, wie man so sagt«, meinte Semkal und lachte dazu kurz auf. »Wenn's mich fragen, so ist ja das ganze Gewerbe ein riesiger Kindergarten. Aber es geht halt um sehr viel Geld und um sehr viele Arbeitsplätze. Das sind ja lauter Leut', die nichts Anständiges gelernt haben. Also muß das Werkel auch weiterrennen, wenn es längst keinen vernünftigen Grund mehr dafür gibt. Man muß sich halt etwas einfallen lassen, damit man nicht plötzlich ohne Feinde dasteht. Und so kommt's dann halt zu solchen Indianerspielereien, wie man so sagt. Da geht dann schon immer wieder einmal etwas schief, und das ist im Grunde gut so, weil dann gibt es wieder was zu tun.«

»Und sagen Sie, die Radullnig – hat die wirklich versucht, den Gaddafi zu kastrieren?« fragte Praxmarer neugierig.

»Ach wo, die hat doch schon die Hosen voll g'habt, wie's ihn nur von weitem gesehen hat, wie man so sagt. Die ist gleich wieder abgedampft und hat dann die abenteuerlichsten Geschichten erzählt, warum sie nicht so richtig an ihn herangekommen wär. Aber wie's der Teufel haben will, haben die Israeli daraufhin geglaubt, sie wär von den Libyern umgedreht worden, und haben wiederum alle möglichen Leut' auf sie angesetzt, die herauskriegen sollten, wie das beim Gaddafi wirklich war. Na, so wie Sie eben!«

»Was – ich?« Praxmarer kam aus dem Staunen nicht heraus.

»Na, das war's doch, was der Khafadschy von Ihnen wollen hat – hab ich recht?«

»Ja, stimmt«, räumte Praxmarer kleinlaut ein. »Jetzt begreif ich aber noch immer nicht, warum meine Autos gesprengt worden sind.«

»Des ist ein bissl kompliziert, aber eigentlich doch ziemlich einfach, wie man so sagt«, klärte ihn Smekal auf. »Das hat eher damit zu tun, daß die Arabi den Khafadschy schon seit einiger Zeit in Verdacht g'habt haben, daß er falsch spielt – oder sag' ma besser: daß sie von besser informierter Seite auf des Doppelspiel vom Khafadschy aufmerksam g'macht worden sind. Daraufhin hat vor allem bei den Libyern der Wecker geläutet, wie man so sagt – sie haben den Khafadschy ganz genau gecheckt und alle Leut', die er an der Angel g'habt hat – so wie Sie eben.«

»Aber warum ist der ausgerechnet auf mich verfallen?«

»Ach, das war mehr eine Routinesache und Zufall, wie man so sagt. In dem Geschäft sucht man sich immer Leute, die so im Eck sind, daß sie nicht ablehnen können, wenn man ihnen Geld gibt. Und wenn einer wie Sie hinter jedem Kittel her ist, dann ist das auch was, mit dem man schon etwas anfangen kann. Und wenn sich so ein Mensch bei jeder linken Demonstration wichtig macht, dann ist das noch besser, weil dann kommt lang niemand auf den Verdacht, daß den die Israeli am Schnürl haben, und so einen Menschen kann man mit irgendwelchen Solidaritätsg'schaftlhubern zusammenspannen und ihn so vielleicht irgendwann einmal an großkopferte Arabi heranbringen, an die man sonst nicht so einfach herankommt ...«

»Ich verstehe«, unterbrach Praxmarer die Erklärung Smekals. Er hatte genug über sich gehört. »Aber die Bomben?«

»Sag ich ja«, sagte Smekal. »Weil der Khafadschy schon die Schlingen um den Hals gehabt hat, wie man so sagt, und Sie als seine Neuerwerbung aufgetreten sind, haben die Libyer unübersehbar ein Aug' auf Sie geworfen. Daraufhin hat wohl die andere Seite nicht mehr ausschließen können, daß Sie ein von den Arabis ausgelegter Köder sind, um den Khafadschy zu schnappen. Da werden die sich wohl gedacht haben, den räum' ma weg, bevor er einen Blödsinn anrichten kann. Wahrscheinlich hätten's das dann auch noch den Libyern anzuhängen versucht, um die in Schwierigkeiten zu bringen und dem Khafadschy ein bissl Luft zu verschaffen, wie man so sagt. Na ja, aber wie Sie wissen, hat das blöderweise nicht gleich funktioniert, und als dann beim zweiten Versuch statt Ihnen die Radullnig mitsamt dem windigen Typ in die Luft geflogen ist, der auch überall ein bissl herumgeschnüffelt hat, und zu allem Überfluß die Iraker dann auch noch gleich den Khafadschy weggeräumt haben, waren die Israeli natürlich überzeugt, daß Sie da ganz tief drinnenhängen und ein bissl sonderbehandelt werden sollten.«

Praxmarer schüttelte verblüfft den Kopf: »Das ist doch nicht möglich, was aus nix und wieder nix alles entstehen kann ... Ja, aber warum war denn die Radullnig eigentlich da, wie das zweite Auto explodiert ist?«

»Wahrscheinlich ein kleiner Regiefehler, wie man so sagt«, antwortete Smekal ungerührt. »Schaun's, der Khafadschy hat ja nicht nur auf höhere Weisung hin Sie auf die Radullnig angesetzt, sondern auch die Radullnig auf Sie, die hätt herausfinden sollen, ob da noch jemand anderer hinter Ihnen steht. Deshalb hat sie sich viel in Ihrer Gegend herumgetrieben – und so auch in dem sehr ungünstigen Moment, wie man so sagt.«

»Und die Bombe bei der Party war dann wohl eher als Einschüchterung gedacht«, kombinierte Praxmarer.

»Sag' ma besser: um Sie ein bissl vorzuführen, wie man so sagt«, korrigierte Smekal. »'Bombenstimmung bei Sex-Orgie' – das wär doch eine schöne Schlagzeile für jede Zeitung gewesen. Und dazu ein Bild von Ihnen: 'Der bekannte Schauspieler Victor Hugo Praxmarer ...'«

»Aber so bekannt bin ich doch gar nicht«, warf Praxmarer in einem Anflug von überraschend realistischer Selbsteinschätzung ein.

»Das hätt sich im Erfolgsfalle rasch geändert, wie man so sagt. Da wären's dann sicher sehr bekannt gewesen. Sowas geht manchmal ganz schnell. Und sicher wären's dann gern bereit gewesen, sich so manchen Vorschlag anzuhören. Die Retter des Abendlandes haben sicher noch einiges mit Ihnen vorgehabt.«

Praxmarer überlegte. »Ja, aber heißt das, daß die ganze Party nur zu dem Zweck organisiert worden ist? Ich hab ja selbst erst im letzten Moment erfahren, daß ich dorthin gehen soll.«

»Kann sein, muß aber nicht sein.« Smekal wog bedächtig den Kopf. »Die Kerle sind sehr gut organisiert, die können sehr rasch reagieren, wie man so sagt. Soviel ich weiß, ist da schon über fünf Ecken ein bissl nachgeholfen worden, daß Sie dort auftreten. Aber nur wegen Ihnen ist die Rudelpuderei auch nicht organisiert worden. Das passiert dort öfter, soviel ich gehört hab.«

Den Straßenschildern entnahm Praxmarer, daß sie inzwischen in der Gegend von München waren. Smekal steuerte scheinbar den Flughafen an.

»Aber diese Sache jetzt bei dem Tierarzt – das war rein wegen mir inszeniert?« kehrte Praxmarer zum Ausgangspunkt zurück.

»So war's, wie man so sagt«, bestätigte Smekal. »Bei solchen Sachen sind die Deutschen sehr gründlich – vor allem, wenn die Israeli was von ihnen wollen. Das kommt öfter vor. Klar, wenn es nicht überaus wichtig ist, dann ist es für sie ja viel einfacher, in Deutschland den BND für sich arbeiten zu lassen. Und viel billiger. So zahlt das der deutsche Steuerzahler, der gar nicht ahnt, was ihm so mancher Spaß wert sein muß.«

Praxmarer war tief beeindruckt von Smekals Allwissenheit. »Ich muß da, glaube ich, wirklich Abbitte leisten«, sagte er. »Ich hab immer geglaubt, die Staatspolizei ist so ein Wapplerverein ...«

»Glauben's das ruhig weiter«, unterbrach ihn Smekal. »Im großen und ganzen liegen's damit gar nicht so falsch. Es gibt zwar Ausnahmen, aber die ekelt man hinaus oder baut ihnen ein Legerl, damit man sie geräuschlos wegversetzen kann – zum Beispiel zur Wirtschaftspolizei.«

»Ich verstehe.« Praxmarer nickte. »Wer aus dem Mittelmaß herausragt, wird geköpft, wie man so sagt.«

»Wie man so sagt«, bekräftigte Smekal.

»Komisch«, spann Praxmarer den Faden fort, »daß das in Österreich in allen Bereichen so ist: Wenn man eine professionelle Berufsauffassung hat, wird man verhindert oder fertiggemacht.«

»Wenn man als Profi arbeiten will, muß man auswandern oder für eine ausländische Firma arbeiten, wie man so sagt«, fügte Smekal hinzu. »Aber damit da keine Illusionen aufkommen – bei den Deutschen da im Westen ist es auch nicht viel besser. Die haben nur viel mehr Geld zur Verfügung, das ist alles. Aber sie kochen auch nur mit Wasser – auch wenn's so tun, als ob's pures Weihwasser wär. Sie sind vielleicht nicht so hinterfotzig und agieren offener. Aber sie sind die gleichen Arschlöcher, wenn ihnen jemand zeigt, was Profi-Arbeit ist.«

Smekal schien ein wenig zu zögern, bevor er weitersprach: »Sicher werden's in der Zeitung von dem Mischa Wolf gelesen haben – dem aus der DDR. Ein Sir, sag ich Ihnen – vom Scheitel bis zur Sohle. Und ein Profi, dem keiner von den Buschenhockern und Furchenscheißern da im Westen das Wasser reichen kann. Aber jetzt wollen's ihn fertigmachen und verurteilen und einsperren. Es ist ein Skandal!«

Smekal hatte sich richtiggehend in Rage geredet. So hatte Praxmarer diesen stets so nüchtern und unaufgeregt wirkenden Mann noch nicht erlebt. Er glaubte zu ahnen, warum Smekal plötzlich Emotionen zeigte.

»Ist es sehr indiskret, wenn ich Sie frage, warum Sie mich aus der Scheiße bei dem Tierarzt herausgeholt und mir das alles erzählt haben, was wir zuletzt geredet haben?«

»Weil dafür jetzt Sie mir ein bissl helfen werden, wie man so sagt«, antwortete Smekal. Das klang wieder völlig nüchtern und überlegen: »Sie sind doch ein Linker, wie man so sagt?«

Praxmarer nickte. Es war zwar nicht mehr sonderlich modern, ein Linker zu sein, und viele ehemalige Linke wollten längst nicht mehr an ihre Vergangenheit erinnert werden. Doch das galt nicht für Praxmarer. Mochte er auch in beruflichen Belangen trotz des hohen Anspruches, den er für sich reklamierte, zu manchen überlebensnotwendigen Kompromissen bereit sein – in politischen Fragen stand er fest zu seinen alten Überzeugungen. »Absolut!« fügte er seinem Nicken bekräftigend hinzu.

»Na sehen's, dann können's das jetzt beweisen, indem's nicht viel fragen, sondern tun, was ich Ihnen ansag«, fuhr Smekal fort. »Ich weiß zwar nicht, ob's jemals wieder einen Lenin-Orden geben wird. Aber wenn, dann können Sie sich jetzt in die Liste der Anwärter eintragen. Ist ja auch was Schönes, so ein Orden, wie man so sagt.«

»Sind Sie etwa auch ein Linker?« Praxmarer konnte seine Verblüffung nicht verbergen.

»Ich hab gesagt, Sie sollen jetzt keine unnötigen Fragen stellen. Jetzt muß ein bissl gehandelt werden, wie man so sagt«, schmetterte Smekal die Frage ab.

Er steuerte den Wagen in die Parkgarage des Flughafens, den sie eben erreicht hatten, und hielt in einer dunklen Ecke an: »So, Sie gehen jetzt da hinauf in die Schalterhalle. Rechts hinten finden's den Schalter von *Team Reisen.* Dort liegt unter Ihrem Namen ein Ticket nach Havanna. Ist schon bezahlt – Sie müssen nur Ihren Paß vorweisen und das abholen. Und passen's auf, daß die nicht vergessen, Ihnen die Touristenkarte zu geben, weil ansonsten könnt's Probleme beim Einchecken geben. Und wenn's das haben, dann kommen's wieder hierher. Aber tun's nicht trödeln, wie man so sagt, der Flieger geht bald.«

Praxmarer überzeugte sich davon, daß er seinen Reisepaß eingesteckt hatte. Dann machte er sich auf den Weg.

Tatsächlich lag am genannten Schalter das Ticket für ein preiswertes Kuba-Pauschalarrangement bereit. Die junge Frau, die ihm das Dokument aushändigte, empfahl Praxmarer, sich zu beeilen: »Der Check-in hat schon längst begonnen.«

Praxmarer lief zurück in die Parkgarage, wo Smekal gerade dabei war, einen Koffer aus dem Gepäckraum des Wagens zu heben.

»Und jetzt?« fragte Praxmarer.

»Jetzt nehmen's den Koffer da, checken ihn ein – und dann gehen's zur Paßkontrolle. Reisepaß, Ticket und Einsteigekarten halten's in der rechten Hand bereit – verstanden?«

»Ja – aber soll ich denn wirklich nach Kuba fliegen? Das kommt ein wenig plötzlich …«

»Sie sollen keine unnötigen Fragen stellen, wie man so sagt.«

Praxmarer folgte der Anweisung. Am Check-in-Schalter wurde er aufgefordert, rasch durch die Paßkontrolle zum Flugsteig zu gehen, die Maschine fliege gleich ab.

Etwas verwirrt eilte der Mime zum Ausgang für Passagiere. Dort mußte er sich in eine Warteschlange einreihen, doch es ging rasch vorwärts. Kurz bevor er an der Reihe war, den Paß vorzulegen, stand Smekal plötzlich neben ihm – wie aus dem Boden gewachsen.

»Ich wollt mich noch verabschieden, wie man so sagt – und bei der Gelegenheit: san' ma per du – i bin der Hannes.« Dabei streckte Smekal die Hand aus. Praxmarer wollte sie ergreifen, dazu kam es aber nicht. Die Reisedokumente, die er eben noch zwischen den Fingern gehalten hatte, waren weg, und als Praxmarer aufblickte, sah er nur noch den Rücken Smekals, der gerade die Paßkontrolle passierte. Sobald Smekal am Schalter vorbei war, drehte er sich allerdings noch einmal ganz kurz um und sagte leise: »Servus – wie man so sagt …« Dann war er verschwunden.

Praxmarer brauchte einige Zeit, um zu begreifen, was soeben vorgefallen war. Als er sich alles zusammenreimen konnte, hätte er beinahe lauthals zu lachen begonnen. Vergnügt schlenderte er davon – noch unschlüssig, wohin er sich wenden sollte. Da kam ihm die Idee, eine Aussichtsterrasse zu suchen und von dort aus das Abfliegen der Maschine nach Kuba zu beobachten.

Ohne Eile durchquerte er die Schalterhalle. Plötzlich hörte er hinter sich die trampelnden Schritte von jemandem, der ihm nachzulaufen schien. Gleich darauf nahmen ihn zwei Männer in die Mitte: »Machen's kein Aufsehen, Herr Kollege«, hörte Praxmarer den Kerl zu seiner Linken zischen. Dieses »Herr Kollege« hatte absolut nicht kollegial geklungen.

»Weil wenn's einen Wirbel machen, so möcht Ihnen des jetzt auch nichts mehr helfen«, ergänzte der Typ zu Praxmarers Rechten. »Kommen's mit!«

Gegen diesen Vorschlag ist nichts einzuwenden, dachte Praxmarer und ließ sich widerstandslos in die Mitte nehmen.

So schritten sie lange Flure entlang – nach den Hinweisschildern zu schließen, zur Polizeistation des Flughafens. Tatsächlich traten sie dort ein, durchquerten mehrere Räume und landeten schließlich in einem Zimmer, an dessen Tür im Gegensatz zu allen anderen kein Schild angebracht war.

In diesem Raum saß, hinter einem Schreibtisch verschanzt, ein fettleibiger Glatzköpfiger, dem der Schweiß in Strömen von der Stirn rann.

»Chef, mir ham ihn«, meldete einer aus Praxmarers Eskorte und drückte ihn auf den Stuhl vor dem Schreibtisch.

Der Fette musterte Praxmarer ausführlich und trug dabei eine Geniessermiene zur Schau.

»Natürlich ham mir ihn, weil sonst möcht er ja nicht da sein«, sagte er endlich und wandte sich dann direkt an Praxmarer: »Jo mei, da schaugst, gell! So kommt's, wenn man mit dem Wolf tanzt – du Saukerl, du schiacher!«

Praxmarer lächelte gelassen: »Gehe ich recht in der Annahme, daß ich mich hier in den Räumen einer deutschen Behörde befinde?«

Der Fette war kurz sprachlos. »Ja hast vielleicht g'laubt, mir san da auf der Wiesen?!« brüllte er dann.

»Sie müssen sich nicht so anstrengen, ich verstehe Sie auch so«, ließ Praxmarer ihn wissen. »Ich bin österreichischer Staatsbürger, und bevor ich mit einer ausländischen Behörde konferiere, wünsche ich mich mit der diplomatischen Vertretung meines Landes beraten zu können.« Das hatte hinreißend arrogant geklungen. Praxmarer war stolz auf sich. Bestimmt war das Flugzeug, in dem Smekal saß, längst gestartet. Doch er wollte ganz sicher gehen und noch einige Zeit verstreichen lassen, bis er die Kerle wissen ließ, daß sie sich den Falschen gegriffen hatten.

»Ah da schaugst her, beraten möcht er sich, der Saubatzi, der dreckige – entschuldigen schon, der Herr Smekal, wollt i sagen«, bemühte sich der Fette süffisant vorzubringen. »Ja, ja – ein tüchtiger Beamter.« Dann änderte er jäh den Tonfall und begann erneut zu brüllen: »Du kannst dir deine diplomatische Vertretung auf den Hut stecken, hast g'hört! So ein Stasi-Verbrecher braucht sich mit niemanden nicht beraten, damit'st das gleich weißt!«

»Aber ich bitte Sie«, wandte Praxmarer jovial ein, »ich weiß gar nicht, warum Sie sich so aufregen: Soviel ich gehört habe, gibt es die Stasi ja schon seit langem nicht mehr.«

Der Fette rang um Worte, schien aber nicht die ihm passend erscheinenden zu finden, also wandte er sich an die zwei Kerle, die Praxmarer hierher geschleppt hatten: »Habt's ihm schon seine Papiere abgenommen!?«

Beide schreckten hoch. »Papiere her!« brüllten sie gleichzeitig Praxmarer an.

»Welche Art von Papieren wünschen die Herren denn zu sehen?«

»Na, den Reisepaß natürlich!«

»Tut mir leid, der ist mir abhanden gekommen – wie man so sagt.«

Praxmarer lehnte sich entspannt im Stuhl zurück. Da sah er in der hintersten Ecke noch jemanden sitzen: Eine überraschend apart aussehende junge Frau, die in einem knappen Ledermini steckte und auf ihren wohlgeformten Beinen einen Schreibblock balancierte. Vermutlich war es ihre Aufgabe, die denkwürdige Unterhaltung schriftlich festzuhalten. Praxmarer deutete in ihre Richtung eine Verneigung an, was sie offenbar wohl bemerkte. Jedenfalls lächelte sie kokett. Vielleicht ließen sich diesem Intermezzo noch positive Seiten abgewinnen, überlegte Praxmarer. Eine Polizistin – und irgend etwas in der Art schien die Langbeinige ja wohl zu sein – fehlte noch in seiner wohlsortierten Sammlung.

Vorderhand kam er aber nicht dazu, diese Überlegung zu vertiefen. Die Tür wurde aufgerissen, und polternd stürmte die Dame herein, die Praxmarer vor wenigen Stunden peitschenschwingend kennengelernt hatte. Nun trug sie wieder den Hubertusmantel und den Hut mit Gamsbart.

»Da ist die Sau ja!« ließ sie sich vernehmen und stürzte auf Praxmarer zu – hielt mit einem Mal jedoch wie vom Donner gerührt inne: »Ja seid's denn ihr narrisch worden? Das is er doch nicht! Des is doch nur der kleine Batzi, den was er für sich ins Feuer g'schickt hat!«

Diese Vermutung ist auch nicht ganz korrekt, wollte Praxmarer eben einwenden, doch dazu fand er keine Gelegenheit. Die blutige Poppi zerrte an seinem Hemdkragen und zischte ihn mit haßerfülltem Gesicht an: »Jetzt sagst' aber auf der Stell', wo diese Stasi-Sau is!«

Über Praxmarers Gesicht breitete sich ein glückliches Lächeln aus. Dann begann er einen ehemals sehr populären Schlager zu summen: »Über den Wolken, da muß die Freiheit wohl grenzenlos sein ...«